日なたと日かげ

永井和子
随想集

祖父母

父母と著者

『日なたと日かげ』永井和子随想集　目次

I

II

まえがき

本書はこれまで折々にふれて様々な立場から記した短文の中から幾つかを選び、まとめて一冊としたものである。全体を、Ⅰ随想的なもの・Ⅱ日本の平安文学に関するもの・Ⅲ先生方・先輩方の思い出・Ⅳそのほかの短文・Ⅴ追悼の記、におおまかに分け、ほぼ執筆年時順に配列した。そのため表記その他に統一性を欠くが、明らかな誤脱等を改めたほかは、もとのままとした。

本書の『日なたと日かげ』はこうしたこれまでの日々・時間を象徴する言葉として書名としたものであり、具体的には原子朗氏の詩による。巻頭の一文〈「老い」と「日なたと日かげ」と〉を参照されたい。多くの方々と出会い、豊かな「時」に恵まれたことを思うと感謝は盡きない。

本書の編集は笠間書院編集長、橋本孝氏の多大な御尽力によるものである。心から厚く御礼申し上げたい。

二〇一七年七月

I

「老い」と「日なたと日かげ」と

かなり長いあいだ、文学における「老いと表現」といった奇妙な主題にかかわり続けている。「老い」そのものの解けない謎の故か、あれこれにつけて「老い」には関心が深い。例えば原子朗《はらしろう》氏の詩を読んでも、次のような一見非情で厳しい部分に心を惹かれる。

わたしは声を大きくしていう
多くの老いぼれたちよ
余生や病いの倨傲から下りて
日かげの奥の魑魅魍魎を追え
日なたぼっこをふみたおせ
地上に残存するのはきみたちだけではない
おそらくきみらの知らなかった
日かげだらけのくらい世界を
きみよりもっと生きねばならぬ
多くの本生《ほんしょう》たちの未来をうたえ
かげさえもたぬ多くの未生《みしょう》たちのいのちを

氏の詩集『黙契』（一九九八　花神社発行）所収「ひかげの嘆語《たんご》」と題する長い詩の結びの部分である。この詩は「おや　猫のくろいかげが路地を横ぎる」から始まり「かげのほうが生きていて／ほんものの猫がかげのように見える」「ネガとポジの逆転／ほとんど完璧なイロニイの造型！」に至り、「日かげと日なた」

から〝死と生と詩〟をかすめとるかのように歌い継いで、先に引用した終連に至る。そのあいだには、次のような部分が挟まれる。

だから　わたしはあえていう／日なたに偏倚する友よ／おねがいだから／もっと日かげのほうへ寄れ／いっそ日なたに背を向けて／ずんずん日かげの奥へと入っていけよ／するときみのかげは確実に消えて／きみの中へ転移してくる　と

全体ではなく部分的な引用のために見えにくいが、これは「詩を歌う詩の作者」（同時にそれは詩人自身に転移し得る存在なのだが）を虚構の相手として逆説的に見据えた、深く優しい詩というべきであろう。原氏は、現代文学研究者・大学教授・宮沢賢治イーハトーブ館長、新宮澤賢治語彙辞典著者・書家等々多彩な才幹を備え、深い洞察力に満ちた表現者であり、強靭にして繊細、豪放にして優雅、世界中を悠々と闊歩する詩人であって、かつ悶え、呵々大笑《かかたいしょう》に似つかわしい肉体と風貌の持ち主であり、めそめそした存在でも闘士でもない。詩人が老いの入り口にある頃の作品と推定する。

有限である人間の生において、老人には過去の時間と経験の堆積があり、老熟・智恵・豊饒といった賢者の要素と、老衰・迷妄などの弱者・愚者としての面を持つ。それは相反するようでありながら、同時に複雑微妙に絡み合い、共存し、かつ常に揺らぎつつある。そのために一瞬にして価値を反転し、存在や表現自体が鋭い異質性として働く場合がある。こうした動的な混迷は、一方では創造の源ともなり得よう。詩にいう「日なた」はこの人間世界の価値観にかかわり、そこからしかものを見ることのない「日なたに偏倚《へんい》する友」に対し、「日かげ」という別の世界の存在を示す。「日なた」と「日かげ」の反転である。

一般に、賢者と愚者の二義性によって、老いの表現には、概ね「とぼけ」という愉快な逃げ道が用意されているのが普通である。この詩にもこうした要素が内包されていると思う。さらに、老いてはいない人間が、「ろうじん」めかしてとぼけたり、はぐらかすという、隅におけない諧謔の芸も備えるのが「老い」である。

ここで日本の昔の物語を顧みれば、おおむねその「語り手」は「ろうじん」という設定である。『源氏物語』も、もちろん「語り」の体裁・たてまえをとって書かれた物語である。物語の語り手に関して触れた部分では、語り手の女房が自ら「わたしたちよりも、もっと年をとってぼけてしまった人の覚え違いでしょうか」（竹河巻）ととぼける。「光源氏の子孫」についての物語を評して、別の家族の子孫に仕える老女房がこう言う、という文脈である。紫式部は、『源氏物語』のことを紫式部日記に記した西暦一〇〇八年には決して「ぼけた老女」ではなかった。「ろうじん」と「表現」の妙がその才筆により重なりあって動的かつ鮮烈な物語世界が出現したのである。老いを問うことは時間・生・人間を問うことである。昨今は美しい老い、豊かな老い、といった表現が多いが、ある意味でそれは人間世界の埒《らち》を出ない表現であって、本物の老いではないと思う。美しさや豊かさを喪失しつくした負の状態が老いである。その極限がおのずと人間世界の価値観に突き刺してくる鋭い異世界をこそ私は問いたい。先に、「動的な混迷は一方では創造の源ともなり得よう」と述べたのは擬態《ぎたい》としての「老いと表現」の問題と関連する謂《い》いである。それにしても、「老い」とは、いったい何なのか。

『医歯薬桜友会会報』第16号（二〇〇九年一月）

教育ショック

幼稚園

私は幼少の頃、自分が「子供」であるということを知らなかったから、人類の一員として至極のんきにかつ堂々と暮らしていた。次第に、「大人」という存在に対して、少し異なる存在としての「子供」であるということがわかってきたが、それでもそうした「大人」に向かって完全に対等にふるまっていた。

ところが些《いささ》か字が読めるようになって、母の書架の本を少し覗いてみたとき、初めて「教育」という概念を知って驚愕したのである。「子供」は方向としては「大人」に成るべく位置付けられていること、「大人」は「子供」の未来に対して責任があること、従って自分の人格は「大人」から丸ごと把握されており、自分は「教育」されるべき「子供」としての存在であること、こうした発見は私をまさに恐慌状態におとしいれた。今から思えば、本質的には人間は同等の存在である、ということを前提としての「教育書」であったと思うが、そうした当たり前のことは書いてある筈もない。幼い私は特に、父母とは対等の関係ではない、ということの恐ろしさに打ちのめされた。父母は大人であるが、私はなにしろ「完成」してはおらず、父母は私を育てているのだという。子供は大人に変化する？　まさか、「育てる」？　冗談じゃない、と思ったが、孤絶した私はその驚きを自分の内部にだけしっかりとしまっておいた。

これが私にとっては時間と生命の関係、人間と人間との関係を把握した最初であり、その時の驚きがあまりにも大きかったために、私はそれ以後「教育」という概念に対して激しく反発しつづけることになった。

間もなく、幼稚園に入園すると、そこにはまさに「教育」があった。私が「よい子」ではなかったのは言うまでもない。例えば「卒園記念写真集」の中に一枚の写真がある。園長先生が紙芝居を見せていらっしゃる場面である。坐っている園児の一番後で、立ち上った私が紙芝居を指差し、かたわらのお友達に何か叫んでいるところが写っている。これは「桃太郎」か「猿蟹合戦」かの紙芝居であったが、私が常日頃なじんでいた昔話の筋とは少し異なっていた。そこで私は「同じ題名なのにこの紙芝居は間違っている」と論断し、なかよしの「洋子ちゃん」にその非を述べ立てているのである。アルバムが出来上がってきた時、幼稚園に対する秘かな反乱の証拠写真を見いだして、さすがの私もひどく狼狽した。物語には絶対的なものは存在しないことを知ったのはもっと後のことであった。因みに、通っていた大和郷（やまとむら）幼稚園はとても楽しく、かつ園長の坂内ミツ先生を心から尊敬していたのだが、それでも幼稚園というシステム自体に疑問を感じていたのである。

現在、私は首尾よく大人になって、驚くべきことに教育を「する」側に立ち「物語」という得体の知れないものと付き合っている。そして「子供」（?）の輝くような鋭い視線を大人としてうけとめている。「する」「される」の関係は私の内部で反転し、衝突し、限定されかつ拡散し、そして昇華しつつある。

今年度は母校のお茶の水で何度目かの講義を受け持たせていただいているが、私の学生時代における先生方を思い起すと、「教育」を超えて私達学生を大人として扱い、ご自分の学問における楽しさを存分に、自在に語ってくださった、という思いが強い。そしてその時のクラスメートは実際に大人であったのである（そのことを今春の卒業後三十年目のクラス会で再確認した）。そういう本物の見事な大人達に比べると私はまだ子供の混沌に在る。或る感覚を或る概念（の暴力）で組み立てなおして行くことに対する恐怖と、その新しい裂け目から立ち昇ってくる歓喜の間で、私は相変わらず「教育」というものに鮮烈なショックを受け続けているのである。

（大和郷幼稚園　一九五七年卒）

大和郷幼稚園を語る――学制体現者として

なぜ、この幼稚園に入ったのか。この幼稚園にいるのか。我々はこうした疑問を一切抱くことなく卒園した。そして年月を些か過した頃に至り大和郷《やまとむら》幼稚園に在園した意味を知るのだ。一言で表現すれば、それは若い両親が子供の未来をこの幼稚園に托した熱い夢や思いそのものであったのだ、と。入園した我々は、ばんない先生・たなか先生・よだ先生などのご指導により、かけっこやお絵かきを楽しみ、歌い踊り、競争して騒ぎ、子どもなりの小さな悲しみに嘆き、食事の折にはお野菜たっぷりの「おみおつけ」を堪能して卒園した。

　ちひさき我らによきことを　教えたまひしせんせいの
　　仰せを大事にまもりませう　大きくなりてのちまでも

と誓った筈であるが、果たして「せんせいの　仰せを大事にまもった」かどうか私自身は心もとない。しかし同級生や卒園生の顔ぶれはまさに壮観であって、本当に多士済々というべく、それぞれの場から社会の先頭に立ってしっかりと日本を支えて来られた方々が多いのが大和郷幼稚園である。そして現在70歳の半ばにある私達は、「せんせい」や若い両親たちの思いを受け、我々自身が新しい若い世代に生命そのものを委ねようとしている。

　我々の入園時から現在までに日本は未曾有の開戦と敗戦を経験した。極めて豊かな場を与えられ、先生方の高い理念のもと、送り迎えは当然のこととして通園し、立派な卒園アルバムも頂戴した我々はその戦争の影をも意味をも感じ取る以前に卒園したとしか言いようがない。しかしこの戦争は日本の社会構造を根本から変えたのであり、それを体験した我々は結果としてその証人となったのである。

私どもはおおむね大和郷幼稚園に昭和14年4月に入園し、16年3月に卒園した。このことは年齢の面から見れば日本の戦争という特殊な時期の教育制度の中で「学制体現者」ともいうべき特殊な位置にあることを意味する。16年に幼稚園を卒業した我々は、その年の4月、制度としての「小学校」には入学しなかった。16年4月から「国民学校」に変わったからである。昭和20年8月、国民学校5年生の時に敗戦を迎え、22年3月に卒業する。驚くべきことに戦後、制度はまたまた変化し、六・三・三制が始まって22年4月に「新制中学」の第一期生として入学したのである。まさに「戦中戦後教育の証人」としての稀有な学年というべきであろう。幸いなことに稀有な学年のお一人に皇后陛下がおいでになり、大和郷幼稚園について次の如く述べていらっしゃる。

「のびのびとした、子供らしい、しかも我慢強い子供に育てる」という目標のもとに静かな明るいこの大和郷幼稚園がつくられて10年ほどのころ、兄やいとこたちに続いて、私も一年間ではありましたが、この幼稚園に通わせていただきました。〈創立70周年記念誌・平成11年・p8。54年6月1日創立50周年記念式典ご臨席の皇后陛下（当時皇太子妃殿下）のお言葉による〉

幼稚園自体が戦災により焼失したと同じく大きな変換を間に挟んだ私達はかなり後に幼稚園のクラスメートに再会した。特に我々の同級生は、人と人とを絶妙に結びつける不思議な力量を持つ吉野肇氏をはじめとする力強い達人群を擁し、名簿も整えられて度々クラス会を催している。最近は六和会《りくわかい》と称し毎年の定例行事として集う。「○ちゃん」「仲良し」「いじめっこ」「憧れの君」「ヒーロー」「けんか相手」「好敵手」など、お互い幼時の記憶は感じとして身体がしっかりと覚えているが、その面々が立派な社会人「○○氏」として鮮烈に出現し慌てるのは例のとおりである。しかし吉野氏等の努力にも拘わらず決して全員の消息がわかる訳ではない。そのこと自体に私は恵まれた幼時の思い出と共に戦争による時間の欠落の大きさを世代の深淵として強く感じる。

大きくなって知ったことも多い。お隣とも言える六義園は園児にとって親しい場所であった。その六義園は大和郡山《やまとこおりやま》藩柳沢吉保の下屋敷であった故にこのあたりに都内とは思えない「ヤマトムラ」の名がついた、ということも近時に知った一つである。また容易ならぬ歴史を持つ非常に程度の高い幼稚園であるということも「記念誌」やＨＰの記載で知る。「大和郷幼稚園は、社団法人大和郷会の設置運営により、昭和４年４月に創設されました。社団法人大和郷会は、大正11年、三菱で知られる岩崎家から現在の六義園の北と西に広がる一帯の地域の分譲を受けた当時各界一流の人々が、和合協力の目的で設立したものであり、大和郷幼稚園は、その事業の一環として始められました。以来、大和郷幼稚園は、戦災で園舎が焼けたために約７年間の空白がありましたが、（中略）昭和40年に敷地を拡張し、３年保育を開設しました。」

我々が入園した昭和14年当時、日本ではどの位の幼児が「幼稚園」なるものに通っていたのだろうか。いろいろと調査したが中々判らない。文部省の公式統計による最も古いものでも昭和25年であるらしく、入園者は昭和25年７パーセント、28年14・１パーセントであり、昭和14年はもっと少なかったものと推定する。識者のご教示を得たい。

「おみおつけ」の効か戦中戦後を生き抜き、幼い一人一人なりに無心に両親の夢を担いつつ大和郷幼稚園80年の歴史の一環に連なり得たご縁を卒園生の一人として心から幸せの極みと思う。多くの皆様に深く御礼と感謝を申し上げたい。

永井和子（昭和16年卒園生）

学校法人大和郷学園80周年記念誌『80年のあゆみ』（平成二一年五月二九日　学校法人大和郷学園）

「源氏物語絵巻」とコカコーラ

益田鈍翁

昭和五十八年は益田鈍翁《どんのう》がさまざまの意味で再評価された年であったようだ。畠山記念館に於ける遺愛名品展をはじめデパート等でもその種の催がいくつかあって何度か足を運んだ。茶器・美術品を中心とするものであったが「十一面観音菩薩像」や「佐竹本三十六歌仙―斎宮女御」等も出品されており、鈍翁が愛し視た物のいのちを私もまた視、息を呑む思いであった。明治・大正・昭和初期を通じての大経済人であり大コレクターであった鈍翁が昭和十三年十二月に九十一歳で世を去って既に久しい。そのコレクションは現在各家名界に分散収蔵されており、そのうちのいくつかが展示されたわけである。従って今回の展示品は一万二千点に及ぶという全体から見ればごくごく僅かなものに過ぎない。鈍翁の生涯については白崎英雄氏の「鈍翁・益田孝」に詳しい。日本の近代化に伴って財力の極端な集中化が生じたのだが（鈍翁の月収は二十億円といわれる）、激しい社会や経済の変動の渦中にあって自己の責任を自覚した三井系の経済人が、「日本の美」に開眼し、その海外流出や消失をおそれ、知力と財力を傾けて愛するものの蒐集に心を尽した道筋が興味深く語られている。

ところで国宝の「源氏物語絵巻」といえば現在徳川黎明会と五島美術館等の蔵品として名高い。五島家には「鈴虫」「夕霧」「御法」などがあるのでごらんになった方も多いだろう。その五島家現蔵の分もまたかつて鈍翁が愛蔵していたものである。明治になってから蜂須賀家→蜷川式胤《のりたね》→柏木貨一郎のルートを経て鈍翁のものとなったのだが、鈍翁没後の戦後の混乱期にこの絵巻も流出して高梨仁三郎氏のおさめるところとなった。この時高梨氏は同時に「絵因果経断簡」「地獄草子断間」「紫式部日記絵詞」などの旧鈍翁蔵の逸品をも入手している。やはり高い識見と使命感に燃えてのことであった。昭和三十一年、高梨氏は新社会を創立する。その名は「東京コカ・コーラボトリング株式会社」である。その設立資金のために、当時「五島美術館」設立準備中であったコレクターであり茶人でもあった東急社長五島慶太氏にこの絵巻を含めたコレクションを一式譲渡したのである。今日我々がコカ・コーラを飲むことができるのも、いわば「源氏物語絵巻」のおかげというわけである。五島美術館は昭和三十五年四月に開館したが、五島氏はその前年八月開館を目前に惜しくも亡くなった（田中日佐夫氏「美術品移動史」参照）。五島氏は私財を投じての美術館収蔵という形で長い間の絵巻の流転に終止符を打ったということになる。

この絵巻に限らず国文学の対象となる書物類も所詮は「物」としての側面を忘れるわけにはいかない。この側面を支えたたしかな鑑識眼と力量を持つコレクターの存在を、そして何よりもその美に注がれた人間としての切実な愛情と情熱を、大コレクター不在の現在改めて思うことしきりである。

鈍翁直系の方は現在「ベストインターナショナル」というアクセサリーのお店を帝国ホテル内に持っていらっしゃる。私は数年前の「源氏物語絵巻展」の折、このお店で求めたペンダントをつけて五島美術館に赴いた。残念ながらコカ・コーラを飲みながら、というわけにはいかなかったけれども。

『学習院女子短期大学国語国文学会会報』13（一九八四年二月）

たじろぐ――高村智恵子のこと

　高村智恵子の切り絵は様々な画集などで何度も見ていたが、その本物にぜひ一度触れたいとかねてから思っていた。嬉しいことに主人（永井克孝）共々平成十一年の秋に福島を訪れる機会があり、福島県立医科大学教授本間好・美和子博士ご夫妻のご厚意で安達町の智恵子記念館に案内していただき、その思いがかなった。

　もう日暮れも近く、閉館間際であったが、瀟洒な建物に入って一驚した。なんという新鮮な美しさであろう。本物の切り絵はおだやかな初々しさに満ち、そのまま暖かく落ち着きながら生気がみなぎりわたって、それ自体が躍動している。私は、作者が生命の深淵に極めて自然に降ろした無垢の眼と、そこからさらりと汲み上げた純度の高い「形と色」に直対して、言葉もなかった。たじろぐ、というのはこのことか、と思った。まっすぐに進んで来るものに対して、ひるんだり、動揺したり、当方の弱さや不備を鋭く意識したりする些か複雑な感情である。たじろいでいるとどういうことだろう、どこからともなく、また、たじろぐような人物が出現したではないか。小柄できりりと引き締まった初老の紳士が、そのよく輝く眼を光らせながら智恵子のあれこれを早口に説明し、きびきびと「智恵子の生家」をも隅々まで気軽に案内される。突然の来館者にすぎない私たちを、まるで年来の知己のように誠意に充ちた懇切さをもって遇され、著書『愛に生きて―智恵子と光太郎―』（歴史春秋社）まで頂戴したので本当に恐縮し、ひたすらたじろいだ。何とも不思議な出会いであったが、名刺を戴いて運営委員をつとめられる伊藤昭氏であることがわかった。福島を訪問したのは、主人は福島県立医科大学における会合、私は福島大学図書館での調べ物の為であったが、帰京してからも私どもは、真心のこもった福島の皆様方、美しい自然と清新な空気、智恵子の切り絵、伊藤氏のこと等を、繰り返し話題にした。

しばらくしてから、思いがけないことに、その伊藤氏から主人宛て、智恵子の件で講演を、とのご依頼があった。一枚の名刺のご縁であろうか、畑ちがいの医学・生命科学関係の人間であり、大変驚き又たじろいだのだが、主人は伊藤氏の熱意に引かれて平成十二年十月五日の智恵子の命日に「阿頼耶識（アラヤシキ）」に連なる些か小難しい話をさせていただいた。

その日、八十人ほどの方々と美しい「智恵子の杜」を散策してから、堂々たる満福寺の、中村住職による智恵子の追悼供養、きりっとした稚児舞、素晴らしい吉慶詠歌に感嘆していると、次の講演の講壇は立派な仏様に背を向ける、という仏罰を蒙りそうな恐れ多い位置にある。主人の話は意識と無意識との間に存在する永遠の相を、たぐい稀な生命感を持つ智恵子の切り絵とその余白に見るといったものであった。伊藤氏が会長をつとめられる「レモン会」「レモン会報」の存在や「レモン忌」という名称にも一驚したが、そこで智恵子に連なる方々、多彩な各界名士、研究者等の真摯な、そして楽しい集まりの存在を始めて知ることとなった。それぞれのお立場からの素晴らしいスピーチや詩の朗読、歌の独唱、山のようなご馳走にも、本当に心を清められる思いであった。

折からの二本松提灯祭のご案内から始まって、伊藤氏をはじめとする多くの皆様に、万端行き届いたお世話をいただいたことは言うまでもない。宿はその名も「智恵子の湯」なる旅館を用意してくださったし、当日は朝日新聞社の取材もあり、本間教授ご夫妻も来られて、本当に豊かな驚きとたじろぎに満ちた会合であった。伊藤氏は様々なご貢献により平成十三年にＮＨＫの「東北ふるさと賞」を受けられたことをお慶びしたい。

『智恵子飛ぶ』をお書きになった津村節子氏は学習院女子短期大学国文科のご出身であり、現在は学習院女子大学となったその大学で、私は日本文学を担当して久しく、何かと津村氏のお世話になっている。また平成十四年度は日本女子大学後藤祥子学長のご紹介で、智恵子の出身校である同校にも講師として出講しており、そこでも智恵子の後輩にあたる沢山の生き生きとした才媛に囲まれている。たまたま平成十四年二月発刊の『「青鞜」と日本女子大学同窓生「年譜」』（岩淵研究室発行・表紙は智恵子の『青鞜』第一号）には森山奈智子氏の「長沼智恵子―芸術への殉教者」が掲載されており早速拝読した。こうしたあれこれも智恵子に連なる不思議なご縁であろうと、人生の出会いの面白さに心を躍らせている。

終わりに光太郎と結婚した年に成る智恵子の「無題録」の、最初の一節をひとつ（大正三年九月十一日・二十九歳・日本女子大桜楓会『家庭週報』）。

いとほしい髪の一すぢより
感情のはげしい瞬刻の閃光まで
私にとつては宝玉だ
ぬきさしならない玉条だ
よろこびはほがらかに魂身に燃え
日輪は大なるひまはり草に祝福す
いのちは一切の生にとどまる
抹殺と添削との卑穢な人間の想像こそは痛ましけれ
そのアピアランスの魂こそは痛ましけれ

混迷する現在にあって、単に安達町のみならず世界的に光太郎・智恵子の持つ永遠の価値を再認識する機運に向かっているのは当然であろう。たじろがずに、二人の目指したものをどのように見据えて行くのかという問題が一人一人に鋭く課されているとの思いが強い。その一翼としての「レモン会」の瑞々しいご発展を心からお祈りしたい。

『レモン会報』（二〇〇二年五月一日）

医者のむすめ

父

祖父・父とも医師、叔父達は殆どが理科系の研究者である家に生まれた私は、医師になるべく育てられたらしい。それを逸れて文学方面に進んだことを現在も非常に後ろめたく感じている。老後に医学部に入り直すのだ、と数年前冗談に述べたこともあったが、私は相変わらず医者ではない。

父は眼科医であった。にこにこと笑っていた父が、突如幼い私の目を真面目にじっと見つめる。それは「私」を見たのではなく「私の眼」を診るのであり、その結膜の充血を凝視するのである。「父」とは一体何か。父という存在から医師に変貌するあの引き裂かれたような一瞬の鋭い恐ろしさを、医師の肉親であればどなたでも経験済みのことと思う。逆にこれが医師自身であれば肉親の生命への対応には様々な痛みが伴おうし、自己の身体への意識には更に複雑なものがある筈である。

実際、昭和十年代の子供は何にでもたやすく感染して、風邪を引き、喉を腫らし、膝のすりむき傷を広げ、中耳炎になり、結膜炎になり、もっと恐ろしい病気を引き起こしかねなかった。手を念入りに洗え、うがいをせよ、目をこすってはいけない、手を口にもっていってはいけない、ということは生き延びて来た人類の鉄則であったろうし当時の常識であったが、抗生物質の発見を経た筈の平成の昨今も、この古めかしい衛生徳目がノロなにやら・なにやら菌といった目新しい病気の流行の度に唱えられるのは何とも懐かしいというものである。幼稚園も女子学習院初等科も電車通園・通学であった私には「電車の中ではつり革・手すりに掴まらないこと」という妙な項目があり、つり革は手が届かないが「手すり」の禁忌には大層困った。日常的にこうした禁止条項が限りなくあり、それらを真面目に遵守して、電車内では揺れてもふんばってバランスを取るといったコツを身につけたりはしたものの、それでも度々黴菌《ばいきん》に感染したのである。
　父のその屈折した眼差しを一般化すれば職業人にはしごく当然の視点で、歯科医師は我が子の歯を凝視するであろうし、大工さんは自分の住まいの木目にはことさら鋭敏と思う。「紺屋の白袴」というのも紺屋は自分の袴でなければ白袴に厳しい目を向ける職であることを前提とする謂《い》いである。小心な私にはこうした「家族」という関係から「プロとアマ」という関係への劇的な変換が怖かったし、一方で内部の重層性は非常に魅力的であった。却ってその解きがたい不思議な謎が私を徐々に文学に向かわせたとも言い得るかもしれない。そしてその文学という存在こそが我が家においては黴菌以上の感染禁止項目をなしていたのである。楽しむのはよいが、絶対にとらわれたり、のめり込んだりしてはいけない、という禁断の道は果たして底知れぬ大変な迷路であり難渋を極めた。期待に背いた私は、主人が医学部に勤務していたことで些《いささ》か埋め合わせをするしかない、といったところだろうか。現在、不思議なことに医学と文学はそれこそ「父」という存在が内包する生命自体のように、一如《いちにょ》のものとして私の前に在るのである。

『医歯薬桜友会会報』第14号（二〇〇七年四月）

擬似的時間としての平成二十年

ことし四月の大学新入生は、概ね平成二年か三年に生まれた若者たちである。元号と併走して成長する、といった感覚はあろうが、元号が変る、という経験は持たない清新な爽やかさに満ちている。元号は明治以降一種の生命体であって、永遠の継続はあり得ない、という畏れを内包する存在である。

さかのぼって昭和二十年、終戦の年。それは私が女子学習院初等科生として塩原の疎開学園で生活していた八月のことであった。その時を境とし、世界も日本も社会も学習院も価値観も激変した。

本年は平成二十年。新入学生の何倍もの年齢を持つ私は、この平成という年月を、昭和と複合する時間として把握してきた。いわば記号としての数字における「擬似年月体験」とでも言おうか。昭和二十年以降は、昭和生まれの人間としてそれなりの時間的経験のうちに何とか時を理解しつつ今日に至ったが、混沌としているのは物心がつく以前の時間である。特に昭和元年から十数年というものは感覚としては無明《むみょう》のうちにある。いったいどのような時間がそこにあったのか。私はその感覚的な欠落を、平成元年から流れる時間の裡《うら》に意識的に再解釈することによって埋めようとしている。平成「元年」が訪れた時、それは何と痛ましくも鋭い、眩しい時間であったことだろうか。一年、また一年と重ねて、やがて平成九年に至った時には生年と複合する思いを疑似的に体験した。そして平成十六年は私にとっては開戦の昭和十六年に輻輳《ふくそう》する。十六年の年月は昭和の年号としての鋭い切っ先をおさめ、やや平板化しかけた時であったのか。六十四年の稀有な継続を予想し得なかった十六年の堆積時には、人の時間への思いも半ばして、或いはあのような論外とも言うべき開戦に赴いたものか、とも想像するのである。

いわゆる西暦はひたすら直進する。日本の元号は常に新生し、初めから繰り返す。それだけに数字の長さの連続としては分かりにくく、それを回避する為に老年者の中には逆に昭和を延長して、今年は昭和八十四年、と把握する向きもある。他方、昨今は「昭和時代」という過去の括りの歴史認識も生まれようとしている。

一方で、私は西暦二〇〇八年に一〇〇〇年前を重ねる。平安時代に興味を抱く者として一〇〇〇年、或いは一〇〇年単位で時間を把握するのは習慣となっている。そうした視点からするとそこは世界史という共通項が顕在化するところであり、その中で日本はなんと若い国であることだろう。B.C.二〇〇〇年頃には既にアッシリア王国が成立したではないか。二〇世紀と言い、二一世紀と言い、これもやはり記号としてのみの存在ではなさそうで、不思議に現実の一〇〇年単位の変革を伴い、特色を持つ。西暦と年号を重ねることは既に現在における日本人の感覚の一部となっている。身近な時間からしても、日常の仕事は常に次年度を見る。平成二十年におこなうのは二十一年に関することが多々あって、当年と次年、或いは次次年が習慣的に複眼視できなければ事は運ばない。

「時は流れない」と言ったのは大森荘蔵であるが　こうしたいくつもの時間に囲まれて人は分からぬ時というものと折り合いを付けようとする。

いずれにせよこのような目で昭和と重ねれば、「二十年」は変革とそこから立ち上がる年に他ならない。果たして昭和二十年の如く、世界も日本も社会も学習院も価値観も激変し、新生を遂げるのか。私は平成二十年という現実を息をひそめて凝視している。

『医歯薬桜友会会報』第15号　（二〇〇八年四月）

オノ・ヨーコさんの力

清水敏男教授の、オノ・ヨーコ氏の芸術を本学の学生に見せたい、という志がすべての発端であった。世界中の芸術のありようとそれを人々につなぐ仕組みを知悉しておられる教授の提案に、学内の一同は賛成した。その意を汲んで学校法人学習院は資金面の強力な支えを引き受けられたのである。オノさんが卒業された女子部は、象徴としての鐘をお貸し下さるなどの厚意を寄せられ、その他の多くの方々の得難いご協力によって今回の展覧会は実現した。それは今迄とは異なり、学生そのものが主体となって運営にかかわる形が選択され、若い学生の情熱と努力と煌めきが秋から新春の大学を豊かに覆った。

21世紀におけるオノさんの存在の意味は深い。人でも国でも尖った主張が火花を散らしかねない現在、オノさんは、むしろ同時代を生きる人間としての共感を基とした地球上の「いきもの」としての生命のありように改めて眼を向けられる。それは壮絶な個人の歴史を刻んでこられたオノさんならではの「生命・母・愛・言葉」といった実に自然で本源的な普遍性である。とはいえ叙情に甘えた浅いものではなく、透徹した美意識のもとに創られた学内の展示物は、さりげない清楚な姿で、季節に応じて葉を散らし、風にそよぎ、黄ばみ、大学の風景と化した。更に、白と緑を主とした紙、樹、陶器といった「それ」は完成体として存在するのではなく、訪れた人の手が加わることによって作品となるという創造の喜びを内包し、その静かさ故に却って強靱で新鮮なメッセージを残した。オノさんは講演会においても、実に率直な純粋さで参加者と真摯に語られ、その実在の姿から迸る生気と美しさに一同は息を呑み、肩の力をぬき、紛れもなくオノさんは個としての凛とした強烈な存在であることを知った。時と空間を超え、世界に連なるオノさんの力を学生に見せたい、という清水教授の言はまさにその通りだったのである。

偶然は重なる。私はその昔、女子高等科の演劇部でオノ氏とご一緒に演劇に夢中になっていた。一九五一年には一年上のオノ氏の演出により、「悲劇喜劇」（早川書房）所載の榊原政常作「外向性168」を演じた一人である。当時、男子高等科・女子高等科の演劇部に属していた卒業生は現在も「同笑会《どうしょうかい》」の名のもとにしばしば集まる。その同笑会の皆様が、今回の展覧会に際して蔭からそっと、しかし実に力強い手をもって万事を支えて下さった。

数多くの方々のあたたかいご協力に対し、改めて心から深く感謝申し上げたい。

主催者挨拶　学習院女子大学学長

『やわらぎ』（二〇〇八）

安藝基雄先生のこと——饗宴の時

一九五八年、私は生まれて始めて入院した。結果的にその入院は挫折ではなく豊饒を極めた饗宴であって、私はここで確実に人生の或る重要な角を曲がった。

関根慶子教授のご指導を得て卒業論文「寝覚物語の研究」の楽しさに夢中になりすぎた故か、提出まで二ケ月に迫った秋に突然の高熱が下がらず食が細り、ご近所ということでお世話になっていた安藝基雄先生ご勤務の国立第一病院（現在の国立国際医療センター）に入院するという思いがけない事態に直面したのである。先生は内村鑑三の流れを汲むクリスチャンで、一九四五年に東大医学部を卒業、軍医として従軍しシベリア抑留の後に帰国された。ご専門は神経内科であり、冲中重雄先生の直弟子として小脳疾患の研究や診療に多忙な日を過ごしておられた。先生は一介の学生に過ぎない惨めな私の病室を沢山の本と共に風のように訪れ、様々なことを語ってくださった。詩をはじめとして評論、文学、思想、音楽、宗教、医学その他に及び、ドイツ語の詩を書写して暗誦する、シュリーマンの生き方を分析する、等々の宿題も出る。学習院大学の大野晋先生とは一高時代のご同級で、当時の「シンラン（親鸞）」のあだ名通り仏頭に似た温顔を持たれ、遠くに眼を向けて語られる声は気品にあふれ静かであったが、同時に生と死の世界に直対する真剣さと鋭い激しさに満ちていた。信子夫人と幼いお二人の令嬢のことを話される時には優しい笑みが拡がる。先生の精神的な香気と強靭な思考が深奥に流れ込み、低俗と崇高を共有する人間存在の不思議さに私は改めて開眼する。それは、生来の自己をありのままに肯定した上で自らの力で自らを創る気概を持つという、私の大人としての新しい感覚の出発点でもあった。

お二人の若い病棟医が私を直接担当されたのだが、安藝先生と同様実に優秀な方々であった。鹿児島県出身の朝倉先生は脳外科、安田修一先生は内科がご専門で、自らの理念を情熱的に語られやはり沢山の書物を貸してくださったから、個室には三人の医師のご厚意による難しい本が常に溢れ、病気であるような、ないような私は検査と点滴と共に耽読という饗宴の贅沢な日々を過ごしたのである。

安藝先生はその後、虎の門病院の神経内科部長として長い間診療を続けられた。入院中に語ってくださったことが基幹となって、のちに以下のような名著として結実することとなる。『平和を作る人たち　正続（花の幻）』（一九八四　みすず書房）『安芸基雄感話集1　オリオンの光の下で』（一九八九　同）『安芸基雄感話集2　いてふに寄す』（一九八九　同）『晩年の内村鑑三』（一九九七　岩波書店）『一臨床医として生きて』（一九九四・一九九八　同）等々。

多くの方々にご助力やお見舞いをいただき退院、卒業論文は秋までに書いてあった部分を提出してなんとか卒業し、やがて学習院大学大学院に入学し、結婚する。しかし、当時私の目指した「寝覚物語の研究」の構想は現在も完結せず、いまだに彷徨をつづけている。幼かった令嬢直子さんは眩しいほど美しく凛とした少女となられ、学習院大学の国文科を卒業、内藤牧氏と結婚され、私共は仲人としての栄に浴した。令息内藤晃《あきら》氏は、繊細にして秀麗な新進のピアニストとしてご活躍中である。私を含めて多くの人を活かしてくださった名医安藝基雄先生と、信子夫人に心から感謝申し上げると共に、更なるご健勝を切にお祈り申し上げたい。

『医歯薬桜友会会報』第17号　（二〇一〇年四月）

古典の世界に飛び込もう

椎を踏むな　銀杏を踏むな

——「古典の日推進フォーラム」

二〇一〇年一一月二七日、学習院百周年記念会館を会場として「古典の日推進フォーラム２０１０ｉｎ東京」が開催された。古典の日推進委員会主催、学習院大学史料館共催というかたちで、関係者各位の長期間にわたる周到な準備のもとに行われたものである。抽選を経た多数の方々が学習院の内外から参加され、「お祭り」といって良いほどの華やかさが目白を彩った。

主催・共催者側の熱意のこもる見事な挨拶に始まり、筑前琵琶の演奏、茶道裏千家十五代家元千玄室氏の基調講演、山下智子氏による源氏物語の朗読、高校生安井暸太さんの「枕草子」朗読、そしてパネル・セッション、という古典を多角的に把握した豪華で豊かなプログラムである。楽しさの中にも、史料館長高橋裕子教授の端正な、そして深い知性と学殖を窺わせるご挨拶が会場の凛とした空気を方向付けた。映像は学習院広報課のブログを参照されたい。

パネル・セッション『古典の日に想う　～いにしえからの叡智を次の世代へ～』は、芳賀徹東京大学名誉教授の軽妙きわまる自在な司会により、希代の読書家で有名な俳優の児玉清氏は、冷泉家時雨亭文庫所蔵の定家自筆本『明月記』の筆跡を見た衝撃をもとに熱く鋭く古典の真髄を語られたし、池坊の華道家池坊美佳さんはまさにその麗姿《れいし》自体が伝統と知性を宿した古典の華の証明ともいうべき存在であり、澄んだ声で古典の大切さについて述べられた。高校生安井さんの並々ならぬ古典の教養に驚き、次世代の頼もしさを見る。

このパネル・セッションには私も加わらせていただいた。当日、折から様々な樹木の輝きに包まれた晩秋の目白にあって、最初に思わず「椎を踏むな、銀杏を踏むな」といった妙なことを述べた。結果的にはパネリストとしては舌足らずな情けない前置きになってしまったのだけれども。美しい目白の自然も、歩みつつある足元の舗装路には所々に無残な痕跡がある。それは例えば人の足に踏まれて砕け乳状の白い液を散らす椎の実である。また、道を黄褐色の果肉でぬめぬめと汚しているイチョウの実であり、べたべたした靴の跡である。柔らかい地に落下し生命の循環を為すはずの木の実が硬い舗装路に落ちる空しさは一応やむをえないとしよう。しかし私自身はそれを踏むことには耐えられない。椎の実は塩原の疎開学園において貴重なご馳走であることを学び、賞味し続けて今に至る。煎《い》ってよし、弾力のある殻を割ってそのまま生でもよし、癖が無くてかぐわしい。銀杏《ぎんなん》のあまりの美味に、我々は様々な工夫を凝らして、過剰な臭気を宿す果肉と固い殻に守られた実を賞味する。木の実は動物やヒトの食物として欠かせぬ存在である。こうした木の実に対する基本的なる畏敬の念や人類の共通感覚は一体どこに行ってしまったのか。私は「古典」という存在もこの基本的な感覚の深いところにある普遍性に根源があり、その喪失は現在における古典の遠さとも関わると考えている。現代に引きつけるのではなく、古典の世界に飛び込もう……。

ことさら古典が意識化され、京都の方々を中心に「源氏物語千年紀」として二〇〇八年に「古典の日」の宣言、制定というかたちで今日に至ったのも、郷愁ではなくこうした危機感に根ざすものと思われる。古典の力を若い世代に伝える難しさの中で、学校教育においては、より積極的に伝える方向にあるし、現場の先生方はこの問題をよく理解し、それぞれの方法で古典を教える工夫をしておられるのは誠に喜ばしい。時間の選択を経た古典は本当に面白いのだ。同時に激越な破壊力を内包する危険性を含め、面白くなければ「古典」として存在するはずがない。

さて、それでは古典とは何か。それは、歴史とは何か、時間とは何か、という難問と同様に各人各様の考えがあり、日本の古典文学にかかわる私にとっても研究の出発時からの課題でもある。とうぜん様々な著作があるものの、イタロ・カルヴィーノ（一九二三〜一九八五）のエッセイ集『なぜ古典を読むのか』（須賀敦子訳　一九九七・一一　みすず書房）は書物について

まず定義を出してそこから話を始めよう。

1　古典とは、ふつう、人がそれについて、「いま、読み返しているのですが」とはいっても、「いま、読んでいるところです」とはあまりいわない本である。

という文章から書き出されている。14まである定義の中からもう一つあげる。

8　古典とは、その作品自体にたいする批評的言説というこまかいほこりをたてつづけるが、それをまた、しぜんに、たえず払いのける力をそなえた書物である。

そして、「私たちが古典を読まなければならない理由はただひとつしかない。それを読まないより、読んだ方がいいから、だ。」と締めくくられる。もちろんここでいう古典はBC四〇〇〇年に遡る文明を持つ西欧世界のそれであって千数百年の時間を刻むに過ぎない日本の古典ではないけれど、こうした難問に対するひとつの痛快な表現である。日本の古典に関しては―会場でも触れたのだが―平安時代文学の碩学、秋山虔氏による『古典をどう読むか』（二〇〇五・一　笠間書院）がある。これは12人の研究者が古典文学とどう格闘してきたか、どう読んできたかを、秋山氏が深い思索のもとに考究された名著である。

さて、イタロ・カルヴィーノの定義1のように「いま、読み返しているのですが」と言いながら、各位は、現在、本当に古典を読もうとお思いなのか、どうだろうか。『医歯薬桜友会会報』第18号（二〇一一年四月）

新しい人の誕生――天変地異と日本

黒崎幸吉先生

一、登戸学寮との出会い

登戸学寮の創立者、黒崎幸吉先生を記念する会に参上する機会を戴きありがとうございました。学寮が二〇〇八年に五十周年を迎えられたことをお慶び申し上げます。荒井安明・成子様ご夫妻のご遺志を生かした二〇一〇年の女子寮開設は、まさに画期的なことでした。先ほど今井館に参りました時に男性・女性の寮生の方々が行き届いたご案内をしてくださいましたが、そこに漲る若々しい華やぎを嬉しく思いました。

登戸学寮とのご縁を申し上げましょう。副島茂氏による「『永遠の生命』誌の中の「登戸学寮」」二十四頁には一九五八年五月二五日の「開寮式」の状況が詳細に記されております。『登戸学寮五十年誌』の福島穆氏による「創立時代」の項もご参照ください。その式典に石原兵衛氏・関根正雄氏等と共に参列した前田護郎は私の叔父にあたり、私も当時から叔父の話を通じて登戸学寮のことは大変よく知っておりました。前田は同志社における黒崎先生のご葬儀において司式をさせて戴いたことも新井明氏の「もうひとつの井戸」（二〇〇九）に記されております。しかし実際に私が登戸学寮に伺ったのは最近でございまして、こうしたすべてが皆結びつきながら今日に至ったことは誠に感無量に存じます。

三ヶ月前の、三月十一日の大地震により私達の世界は変わりました。生命を失われた方々を悼み、大変な思いをなさった多くの方々に心からお見舞いを申し上げます。その時日本に在った少なくとも半分の人間が、程度の差はあれ「身体」を激しく揺すぶられる、という肉体的な共通の経験をしました。この大地震により天地が変わったのであれば、同じく人間も変化し、我々の内側には戦慄と共に新しい人間が誕生したのではないか、と思います。誕生した、というより新しい人が予め備えられていたことに気づいたと言えばよいでしょうか。人間は危機的状況に際し、外的な対処の根源をなすこうした新しい力に支えられて現在まで生きて来たのかもしれません。本日はこうした天変地異に関連する一例として『源氏物語』に触れるつもりです。

二、黒崎先生の『旧約聖書略註』

黒崎先生には多くの方が直接・間接にお教えを戴いておられましょう。私も「永遠の生命」誌やご著書、ウエブ等から多大な恩恵を受けておりますが、ここでは現在、私共の勉強会において、先生のご本に如何にお世話になっているかを申し上げます。前田の流れを継いだ経堂聖書会に「はぐくみ会」というささやかな勉強会がございます。これは今から四十年程前に前田の勉強重視の意向によって始まったもので、幼い子供を持つ当時の母親達の勉強会です。その他経堂聖書会には年長の方の会、若い方の勉強会があり、荒井成子様は多くのお仲間と共にこの年長の会で熱心に勉強をされました。私の母前田益子などもその一人で、大変お世話になりました。

「はぐくみ会」では旧約聖書を長く読み続けております。豊富な参考書・注釈書により下調べをした上で当番が話をする形をとっておりますが、その折には黒崎先生のご編纂による『旧約聖書略註』が最初の指針となることは言うまでもありません。ただ今「列王記」を読んでおり、二月の当番は奥山恵美子さんで「上」の十八章・十九章の担当でした。奥山さんは、『略註』(中巻。立花書房・一九四三。「列王記」は下山忠夫氏担当)を始めとして、最新の研究成果に基づいた月本昭男氏による注解に至るまでの資料を、全て自筆で書写するところから勉強を始められます。この『略註』は黒崎先生の信じられない程の特別なご配慮が見える書物です。出版が戦争中の、すべてが不自由・不足の時期であったにも拘わらず、一目でわかるように考えられた細かい組み方や活字は驚くべき職人芸といった精緻なものであり、それを書写するのは至難の技と思います。奥山さんはそれをご自分なりに理解し、ペンの「色」を変えるなどの工夫を凝らして、分かりやすく、しかも正確に書き写しておられます。日本人がかつて長い間おこなって来たように一字一字を手で「書く」という行為によって、内容を自分の内部に深く取り込む力強さと確実さを痛感いたします。配布資料ではなく「下調べ」の段階から書写される姿勢と、その筆跡の美しさにはいつも感嘆いたします。登戸学寮で拝見した、荒井安明ご夫妻の残された手書きの精細な日録も思い起こされるところです。奥山さんは八〇歳を過ぎた方で、小学校の先生を勤められたのち書道の先生をしておられ、今年も毎日書道展に出品されました。奥山さんの筆写を一例として、このように黒崎先生のご著書が、私達の勉強会において鮮烈に息づいていることをご紹介いたします。資料コピーをご参照ください。

三、『源氏物語』の「天変」と「物のさとし」

天変地異を日本人はどう受けとめたかという問題に関し、平安時代に成立した『源氏物語』を小さな例として話を進めます。内村鑑三先生のお叱りを受けるかもしれませんが、『源氏物語』は恋愛のみではなく、人間の世界の深い精神性を内包する生命感に溢れた作品です。光源氏自体が矛盾と苦悩の人であり、若年から出家を志した人物として造型されています。一般に災害・天変が転換点であることは当然のことですが、特に申し上げたいのは、物語文学としての『源氏物語』は、それを社会に対してのみならず個人の自省や深部にある罪の問題と呼応するもの、としても描いていることです。災害が罪の存在の示唆として把握される時、その示唆を「物のさとし（さとし）」という言葉で表現します。啓示・託宣・霊の意思といった意味合いであり、聖書の世界と深く重くなるものがあります。平安時代のことですから当然その啓示はしばしば「神」「仏」と結びつきますがその考え方に変わりはありません。本日は、かならず天変地異と関連して用いられているこの語をキーワードとして瞥見いたします。全体に六例あり、結果的にその社会や個人が自省をもとに罪に気付くことによって更に新しい物語が展開し、こうした天変→罪の存在の啓

列王紀略　上　一八・一—七

言は眞實なるを知る」と。

八、エリヤ再び現はる

第一八章

〔一〕幾多の日を經たるのち第三年にヱホバの言エリヤに臨みて曰く『往きて汝の身をアハブに示せ我雨を地の面に降さん』と。〔二〕エリヤ其身をアハブに示さんとて往けり。時に饑饉サマリアに甚しかりき。〔三〕茲にアハブ家宰なるオバデヤを召したり。〔四〕(オバデヤは大にヱホバを畏みたる者にて、イゼベルがヱホバの預言者を絶ちたる時に、オバデヤ百人の預言者を取りて之を五十人づつ洞穴に匿しパンと水をもて之を養へり)〔五〕アハブ、オバデヤにいひけるは『我等家畜を失はざらんために國中の水の諸々の源と諸々の川に往け、馬と騾を生活しむる草を得ることあらん』と。〔六〕彼等巡るべき地を二人に分ち、アハブは獨りにて此途に往き、オバデヤは獨りにて彼途に往けり。〔七〕オバデヤ途にありし時、視よ、エリヤ彼に遇へり。彼エリヤを

識りて伏して言ひけるは『我主エリヤ汝は此に居たまふや』〔八〕エリヤ彼に言ひけるは『然り、往きて汝の主にエリヤは此にありと告げよ』〔九〕彼言ひけるは『我何の罪を犯したれば、汝、僕をアハブの手に付して我を殺さしめんとする。〔一〇〕汝の神ヱホバは生く、わが主の人を遣して汝を尋ねざる民はなく國はなし。若しエリヤは在らずといふ時は其國其民をして、汝を見ずといふ誓を爲さしめたり。〔一一〕汝今言ふ「往きて汝の主にエリヤは此にありと告げよ」と。〔一二〕然れど我汝をはなれて往くときヱホバの靈我しらざる處に汝を携へゆかん。我至りてアハブに告げて彼汝を尋ね獲ざる時は、彼我を殺さん。然りながら僕はわが幼少よりヱホバを畏むなり。〔一三〕イゼベルがヱホバの預言者を殺したる時に、吾なしたる事即ち我がヱホバの預言者の中百人を五十人づつ洞穴に匿してパンと水を以て之を養ひし事は吾主に聞えざりしや。〔一四〕しかるに今汝言ふ「往きて汝の主にエリヤは此にありと告げよ」と。然らば彼我を殺すならん』〔一五〕エリヤいひけるは『我が事ふる萬軍のヱホバは活く、我は必ず今日わが身を彼に示すべし』と。〔一六〕オバデヤ乃ち往きてアハブに會ひ之に告げければ、アハブはエリヤに會はんとて往きけるが、〔一七〕アハブ、エリ

列王紀略　上　一八・八—一七

『舊約聖書略註　中』

列王紀略上 18・1〜17

8 NO.

8章(八)エリヤ再び現はる 1節〜19節

①節 エリヤがザレパテの寡婦の許に寄寓してより幾多《おほく》の日多分二年以上を経たるのち第三年《さんねんめ》にエホバ
の言《ことば》隠遁しゐたるエリヤに臨み大使命を果さしめんとして曰く『今や汝尋ね求めらるゝを待
たず自ら進んで往きて汝の身をアハブに示せ、今まで雨降らせざりし我今こそ雨を地の面に
降さん』と。②エリヤ其身をアハブに示さんとて異邦を去り己が国に帰り往けり。時に
飢饉サマリアの国に殊に甚しかりき。③茲にアハブ家宰(いえづかさ)内蔵頭なるオバデヤ(エホ
バの僕の義)を召したり。④オバデヤは大にエホバを畏みたる者にて、イゼベルがエホバの預
言者(預言者団は当時相当に活動してゐたらしい)を絶ち滅さんとして迫害を加へたる時に、オバデヤ百人の
預言者を取りて之を五十人づつ洞穴に匿《かく》し、パンと水をもて之を養《やしな》へり。⑤アハブ、オバデヤに
いひけるは『「我等家畜を失はざらんために」国中の水の諸《すべ》ての源と諸ての川に往け、
馬と騾を生活しむる草を得ることあらん』(然らば我等牲畜をことごとくは失ふに至らじ)と。
己が幸福のみを考へ眼中国民なき悪王は塗炭の苦をなめつつある民を救はんとはせず、只自家の
畜類を失はざらんことのみを苦慮して居た。)⑥彼等巡るべき地を二人に分ち、アハブは独
りにて此途を往き、オバデヤは独りにて彼途に往けり。⑦オバデヤ途にありし時、視よ、エ
リヤ彼に逢へり。彼エリヤを識りて伏して言ひけるは『我主エリヤ汝は此《ここ》に居たまふや』
⑧エリヤ彼に言ひけるは『然り、往きて汝の主にエリヤは此にありと告げよ』地位も财力もなき
一介の平民に過ぎないエリヤも神の使命を帯びて現はれた時は国王の権威も王妃の迫害も恐れない。
⑨彼言ひけるは『我、何の罪を犯したれば、汝僕をアハブの手に付《わた》して我を殺さしめんとする(
風の如くに出没するエリヤを見てオバデヤはエリヤが再び身をかくさんことを恐れた)。
⑩汝の神エホバは生く、わが主の人を遣《つかは》して汝を尋ねざる民はなく、国はなし、若しエリヤ在《おら》ずといふ
時は其国其民をして、汝を見ずという誓を為さしめたり。⑪汝今言ふ「往きて汝の主にエリヤは
此にありと告げよ」と。⑫然れど我《われ》汝をはなれて往くときエホバの靈《みたま》我《われ》しらざる処に汝を
携へゆかん(オバデヤはエリヤの出没を神霊の働と考へた。エゼキエル 8:3、43:5 マタイ4:1 使8:39参照)
我《われ》至りてアハブに告げて彼汝を尋ね獲ざる時は、彼我を殺さん、然りながら僕はわが幼少《いとけなき》
よりエホバを畏むなり。⑬イゼベルがエホバの預言者を殺したる時に、吾なしたる事即ち
我がエホバの預言者の中《うち》百人を五十人づつ洞穴に匿して、パンと水を以《も》て之を養ひし事は吾主
に聞えざりしや。⑭しかるに今汝言ふ「往きて汝の主にエリヤは此にありと告げよ」と。
然らば彼我を殺すならん』。⑮エリヤいひけるは『我が事ふる萬軍のエホバ(万軍とは
森羅萬象で之を天使と考へ、エホバをその万象の主と呼び始めたのはアモスで、アモス以前の資料中にあるこの
称号は後年の校訂に由るという説と、この名はペリシテ人との戦争に際しイスラエル軍の軍神として始めて用ひられた
(サムエル前 17:45)が、エリヤに至って始めて壮厳な意義を以て用ひられ、その後多くの預言者が彼に倣ったと
いう説とある)は活く、我は必ず今日わが身を彼に示すべし』と。
⑯オバデヤ乃ち《すなは》往きてアハブに會ひ、之に告げければ、アハブはエリヤに會はんとて往きけ
るが、⑰アハブ、エリヤを見し時、アハブ、エリヤに言ひけるは『汝「イスラエルに禍を招く
者」(イスラエルを悩ます者)(創世 34:30 ヨシュア 6:18 7:25。義人は悪人の眼に常にかく映ずる。
国に禍を招く者は義人に非ず悪王、悪為政者、偽宗教家、曲学阿世の
学者である)此に在るか』

示→自省→新しい物語の誕生、という一連の流れが繰り返されて物語は進んで参ります。
具体的に見ると、六例のうち例1〜4は須磨に退去した源氏が経験する三月の大暴風を中心とし、源氏の流罪が不当であることを施政者の「罪」として該当者に知らせるという、一連の流れがあります。須磨の巻あたりの記述は源氏側の罪とも関わり非常に微妙で、その読み方は専門家にも様々な考え方があって難しいのですが、結果的に源氏は京都に戻ります。以下原文の必要な部分のみを引用いたします。

例1　大暴風雨・高潮・雷〔「新編日本古典文学全集」二、須磨二一七ページ　傍線筆者〕

にはかに風吹き出でて、空もかきくれぬ。…波いといかめしう立ちきて、人の足をそらなり。海の面は衾を張りたらむやうに光り満ちて、雷鳴りひらめく。…「いましばしかくあらば、波に引かれて入りぬべかりけり」「高潮といふものになむ、取りあへず人損なはるるとは聞けど、いとかかることはまだ知らず」と言ひあへり。…〔二、明石二二四ページ〕…（使）「京にも、この雨風、いとあやしき物のさとしなりとて、仁王会など行はるべしとなむ聞こえはべりし。内裏に参りたまふ上達部なども、すべて道閉じて政も絶えてなむはべる」など…語りなせど、

背景が京都ではなく、自然に対峙する「海」の立地と視点に添って暴風を描いた珍しい部分で、源氏が須磨に赴く、という設定によりそれが可能となりました。「波に引かれ」る、「高潮」という恐ろしさや、道が破壊され、閣議に出席しようにも通行不可能で国政が停滞する、という状況は現在の嵐も同様です。

例2　暴風・雷〔二、明石二三一・二三二ページ〕

（明石入道）「いかめしき雨風、雷のおどろかしはべりつれば…」と言ふ。…良清、しのびやかに伝へ申す。君（光源氏）、思しまはすに、夢うつつさまざま静かならず、さとしのやうなることどもを、

来し方行く末思し合はせて、余の人の聞き伝へん後のそしりも安からざるべきを憚りて、まことの神の助けにもあらむを背くものならば、またこれよりまさりて、人笑はれなる目をや見む、

須磨から明石へ移ることを勧める明石入道の言葉を聞き、その事態全体を源氏は「さとし」として受け止めます。ここでも暴風の意味とその解釈が中心となります。

例3　嵐・夢〔二、明石二五一ページ〕

その年、朝廷に物のさとししきりて、もの騒がしきこと多かり。三月十三日、雷鳴りひらめき雨風騒がしき夜、帝の御夢に、院の帝、御前の御階の下に立たせたまひて、御気色いとあしうて睨みきこえさせたまふを、かしこまりておはします。

朱雀帝が桐壺院の幻を視て目を病む部分で、具体的な厳しい警告です。

例4　帝・后の病・世上不安〔二、明石二六二ページ〕

去年より、后も御物の怪なやみたまひ、さまざまの物のさとししきり騒がしきを、いみじき御つつしみどもをしたまふしるしにや、よろしうおはしましける御目のなやみさへこのごろ重くならせたまひて、もの心細く思されければ、七月二十余日のほどに、また重ねて京へ帰りたまふべき宣旨くだる。

度重なる施政者側への「さとし」により、源氏は京都に戻り話は一段落します。災害は万人に齎されるものですが、それを「物のさとし」として該当者が正解にその罪を把握しなければ事態は動かない、というように物語は語られます。即ち異変は該当者ばかりでなく、一方で人々の精神的な不安感を胚胎するこ

とは注目に値するでしょう。人々はそれぞれ自分に対する「物のさとし」ではないか、という思いを抱くのですから。

例5・6はまた別の話です。冷泉帝は藤壺女院を母としますが、桐壺院の御子ではなく源氏を父とする、という物語中の大きな秘密に関わる形で天変が記されます。

例5　疫病・月日星の異変・地異（二、薄雲四四三ページ）

その年、おほかた世の中騒がしくて、公ざまに物のさとししげく、のどかならで、天つ空にも、例に違へる月日星の光見え、雲のたたずまひありとのみ世の人おどろくこと多くて、道々の勘文ども奉れるにも、あやしく世になべてならぬことどもまじりたり。…入道后の宮（藤壺女院）、春のはじめよりなやみわたらせたまひて、三月にはいと重くならせたまひぬれば、行幸などあり。

源氏・藤壺女院ともその罪と苦悩を負いつつ過ごしていますが、ここで「物のさとし」としての不可思議な天変地異が生じ、やがて藤壺女院は死去します。

例6　天変（二、薄雲四五二・四五三ページ）

（僧都）「さらに。なにがしと王命婦とより外の人、この事のけしき見たるはべらず。さるによりなむ、いと恐ろしうはべる。天変しきりにさとし、世の中静かならぬはこのけなり。いときなくものの心知ろし召すまじかりつるほどこそはべりつれ、やうやう御齢足りおはしまして、何事もわきまへさせたまふべき時にいたりて咎をも示すなり。よろづのこと、親の御世より始まるにこそはべるなれ。何の罪とも知ろし召さぬが恐ろしきにより、思ひたまへ消ちてしことを、さらに心より出だしはべりぬること」と、泣く泣く聞こゆるほどに、明け果てぬれば、まかでぬ。上（帝）は、夢のやうにいみじきことを聞かせたまひて、いろいろに思し乱れさせたまふ。

夜居の僧都が、父君は源氏であることを子である冷泉帝に知らせる場面で、すべては親である源氏の罪から始まること、父を臣下に置くことに対する帝の罪を指摘し、帝には新たな苦悩が加わります。須磨巻を始めとしてこのあたりは物語全体の大きな転換点であり、ここに「物のさとし」の例が集中するのは非常に興味深いことです。

以上に見るように『源氏物語』には罪という形で異変・災害を捉える一面があります。前途の如く一見間接的に見えますが、実は万人の心を内部の罪に向わせる厳しさを持つと私は考えます。超自然的な存在に対する謙虚さと畏れ、天変地異に際しての内的な把握は『源氏物語』や古い日本人に限らず普遍的な姿勢ではないでしょうか。

四、新しい人

「科学技術の五十年」ひとり前の講演者鷲田氏の、お話は非常に示唆に富み興味深いものでした。私なりにおおむね次のように伺いました。『「科学」の概念は日本と欧米では異なり、欧米では「科学」に起因した災害は「科学」のみならず人間の持つあらゆる知識・技術を集結して乗り越えようとする強さと厳しさを持つ。日本の「科学」の認識や概念は歴史の浅いこともあってそこまでには至らず、今回の原発の問題はその存在の是非に関する現在の日本人の非常に大きな選択に関わることとなった。似非科学は決して「科学」ではない。それを厳しく弁別して判断する知恵と厳しさを果たして我々は持つのか、その厳しさを知るための教育と勉学を、或いはそこに至るための渾身の努力を日本は重ねてきたか。』「科学」のみならず国際社会・経済・人類史にもわたる鋭い問いかけとご指摘は、それ自体が大変厳しいもので、その中でも「乗り越える」という言葉の持つ毅然とした力強さと逞しさに深く心を打たれました。

鷲田氏のお話は「新しい人」―大江健三郎氏の著書にも使われていますが―の誕生という、私の述べたいことにも関わります。それが何であるかはわからぬままに実感として「新しい人」と表現するのですが、危機に直面したとき、混沌の中から意識を切り裂いて激しく突き上げて来たその身体的な感覚を、恩恵として大切にしたいと思います。『源氏物語』の時代の日本は史実的にも地震・台風等の大災害を度々経験して来ました。その歴史の中で、前述した「物のさとし」という表現が示すように、対象や実体に正面から対するという方向性のみならず、自然や超自然的な存在に自省的に対するという形で人間の罪と罰の問題を深く意識してきたのでしょう。これも私は「新しい人」として捉えたいと思います。

私共は勉強会で旧約聖書を学び、穏やかな日本とは全く異質な、厳しい苛烈な世界が存在することを少しずつ理解しながら歩んで参りました。厳しさと救いを、旧約・新約の聖書の解釈を通じて教えて下さる黒崎先生に対する感謝の念は尽きません。鷲田氏のお話の啓発力は、日本に止まらぬ世界的な視野をこれから逞しく拓いて行くことでしょう。改めて、真剣にかつ柔軟に、未来に向き合いたいと切に願っております。

『方舟』第52号（二〇一一年一一月）

祈りの場――柏木と戸山

内村鑑三先生

内村鑑三先生の日本における足跡は各地に存在するが、ここでは東京の「柏木」と「戸山」を祈りの場として挙げてみたい。「柏木」にはかつて内村邸・今井館（一九一一年・豊多摩郡淀橋町大字中通九一九番地現在は北新宿）が存在し、「戸山」に関しては「戸山原　祈祷の森　大樹の下に立てる」（一九一〇年・五十歳）として著名な写真があるからである。この二つの場は私個人にとっても祈りの場としての意味を内包する。私は「柏木」（淀橋区柏木四丁目八九五番地）に生まれ、「戸山」で学生生活を送り、「戸山」を長らく職業の場とした。なお昔の今井館と柏木の我が家は歩いて数分の距離にあったことを『今井館のあゆみ』（二〇〇九・四刊）の高木謙次氏・高橋照男氏等のご指摘により確認した次第である。

私自身は幼かったものの、柏木の家には、前田護郎叔父や淑子叔母の友人として関根正雄氏や横山弥生、松田智雄、前田（神谷）美恵子先生方がしばしばおいでになった。私は「柏木」から女子学習院初等科に通学していたが、女子学習院は戦火により消失したために（現・秩父宮ラグビー場）学校は「戸山」に移転し、更に高等科までの学校生活を送る。進学したお茶の水女子大学も或る意味で無教会に連なる場であった。高校時代に数学を教えて下さった白井きく先生から母校のお茶大を「とてもいい学校よ」と薦めて頂いたし、進学後は関根正雄氏の令姉、慶子《よしこ》先生が日本古典文学研究の恩師としてご生涯にわたり私を導いて下さった。関根先生の課外ゼミ「古典読書会」は個人ではなかなか読み通せない世界の大古典を読む会であり、そこでは多くの信仰の友を得て現代に至っている。その後、私は大学院を経て今度は学習院女子短期大学、後に学習院女子大学の教員としてまた「戸山」に戻る。「戸山」にはかつて尾張徳川家の下屋敷があり、後には近衛騎兵連隊の場ともなった場であるが、内村先生が祈りの場とされた、樹々に囲まれる戸山原の面影は、様々な変転を経た現在でも些か残存しているのは幸いである。

今井館は一九三五年に目黒に移築され、我が家も戦時中に世田谷に移転したが、やがて前田護郎が欧州から帰国し、私も塚本虎二・矢内原忠雄・斎藤茂・山下次郎・安藝基雄先生などのお教えを頂く。こうして内村先生の祈りの場「柏木」「戸山」には、私にとっても祈りの原点としての種が蒔かれていたことを、改めて恩恵として深く受けとめているのである。

『今井館ニュース』第34号（二〇一六年四月）

著者↓

II

「眠り」の文学――枕草子

一

「枕草子」という題名ゆえでもあるまいが、この作品を読んでいると、「眠り」に関係のある記事や言葉にしばしば出逢う。「つとめて日さし出づるまで式部のおもとと廂《ひさし》に寝たるに、奥の遣戸《やりど》をあけさせたまひて、うへの御前、宮の御前出でさせたまへれば、起きもあへずまどふをいみじく笑はせたまふ。（日本古典文学全集　五七段）」と、寝坊をした失敗を記し、一方では「いたく肥えたるはねぶたからむ人とおぼゆ（三六段）」と眠たげな鈍さにはいら立ちをかくし切れない。全体として眠りに対する関心度が高く、きわめて鋭敏だったのではなかろうか。

試みに「睡眠・就寝」をめぐる言葉をいくつか拾い出してその数をあげてみよう。作品の内容も分量もことなるし、言葉の具体的な意味もさまざまであるが、比較のために『源氏物語』と『紫式部日記』をあわせて考えてみる。まず数の上からみると、三作品の[*1]「のべ語数（枕八七三七語・源氏二〇七八〇八語・紫式部日記三二九〇六語）」の比は、『枕草子』を「一」とすると『源氏物語』は「六・三」、『紫式部日記』は「〇・二六」と見てよかろう。

語	枕草子	源氏物語	紫式部日記
ぬ（寝）	二三（例）	五六（例）	五（例）
いぬ（寝）	二	一	〇

ねいる（寝入）	七	一二	○
ねおく（寝起）	五	一一	○
ねおびる（寝怖）	四	一一	○
ねくたれ（寝腐）	一	三	一
ねざめ（寝覚）	一	七	○
ねぶたげ（眠）	一	五	○
ねぶたし（眠）	六	一〇	○
ねぶる（眠）	三	一	○

単に例の数の上のみで『源氏物語』と比べても、六倍以上というのべ語数の差を念頭におけば、『枕草子』の語はかなり多いことがわかるであろう。又『紫式部日記』には、こうした語がほとんどないことにも気付く。右は『枕草子』と『源氏物語』と対比できる語であったが、『紫式部日記』にはなくて、枕・源氏それぞれ単独にしかないものを次にあげる。

『枕草子』にあって『源氏物語』にない語

いねさわぐ（寝騒）・いねぶたし（眠）・ねおきがほ（寝起顔）・ねおびれおく（寝怖起）・ねどころ（寝所）・ねおどろく（寝驚）・ねくたれがみ（寝腐髪）・ねはる（寝腫）・ねぶり（眠）二例・ねみみ（寝耳）・ねぶりごゑ（眠声）・ねまどふ（寝惑）以上十二語

『源氏物語』にあって『枕草子』にない語

ねざめがち（寝覚勝）六例・ねくらす（寝暮）・ねざめねざめ（寝覚寝覚）二例・ねすぐす（寝過）二例・ねぶたさ（眠）以上五語

『源氏物語』は一つの語から豊富な語をさまざまに派生させているが、[*2]この睡眠関係にしぼると、『枕草子』の方がはるかに豊富な語を持つことになる。『源氏物語』のみが持つ「ねざめがち」六例・「ねざめねざめ」

二例や、『枕草子』には一例しかない「ねざめ」七例は、いずれも「寝」関係の語ではあるがむしろそれを否定して「さめる」方向を持つ語であることは興味深い。「寝覚」とは、寝るべき時間に寝ずに目を覚していることで、恋の悩みゆえのねざめや、冷え冷えした孤独をあらわすことが多い。[*3] この語は『枕草子』には全く見出せないのである。

それでは「睡眠」の逆の「起・覚」の語についてはどうだろうか。

語	枕草子	源氏物語	紫式部日記
おきあがる（起上）	一（例）	二九（例）	一（例）
おきいづ（起出）	二	五	○
おきゐる（起居）	四	一五	○
おく（起）	二三	四三	一
おこす（起）	一三	二一	一
さむ（覚）	○	三○	一

このうち「おく」「おこす」は、「物事が起る」「はじまる」の意で用いられることが多いので数をあげたのみではあまり意味がなかろうが、『紫式部日記』にさえある「さむ」（源氏三十例）が『枕草子』には例がないのは注目に価しよう。全体として『枕草子』の「起」関係の語はさほど多くなさそうである。先にあげたように、単独にある語をあげる。

『枕草子』にのみあって『源氏物語』にない語

おきあふ（起敢）・おきがたげ（起難）・おこしたつ（起立）　以上三語

『源氏物語』にあって『枕草子』にないもの

おきあかす（起明）二例・おきおはします（起在）三例・おきかへる（起返）二例・おきさわぐ（起騒）三例・おきふし（起臥）八例・おきふす（起臥）四例　以上六語

今度は『源氏物語』の方が多いのは偶然であろうか。『枕草子』の例はいかにも起きるのがつらそうな語であるのがほゝえましい。

以上の数をもとにしてごく単純化して述べれば、『枕草子』は「眠り」の文学、『源氏物語』の方は「起き」の文学、といえそうである。『紫式部日記』にこうした「眠」・「起」の語が少ないのは内容からみて当然のことではあろうけれど、それにしてもこうした生理現象を超えて冷徹に醒め切った紫式部の孤独な凝視が伝わって来るような思いがする。

二

それではこの『枕草子』の眠りの語の豊富さは、どのように考えればよいだろうか。べつに、紫式部は醒めていたが清少納言はいつも眠っていた、というわけではない。むしろ溌剌《はつらつ》とした頭の活発な働きや連想力が清少納言の持ち味のはずである。結論をのべれば、恐らくこの「頭の冴え」を支えていたのが、深い健康な眠りであったのではないかと考えるのである。昼は力いっぱい働き、夜暗くなれば頭も身体も休めて熟睡する。これは照明もままならぬ時代における、ごく普通の女性の、極めて正直な生活感覚・生理感覚であったはずである。しかしこの生活リズムが、そのまま保たれていたら、わざわざ睡眠に関心を向けるまでもない。清少納言は、宮仕えに出て、中宮定子《ていし》の後宮にすっぽりはまり込むことによって自己を確立したが、後宮の生活は極めて不規則であり、ある意味では夜に中心があるといってもよいほどである。はじめて宮仕えに出たのも、「夜」のことであった。それは、照明具・暖房具を豊富に自由存分に使うことができるという、当時における類まれな豪奢の上に成立し得た生活であった。このずれが、『枕草子』に睡眠語の多い原因ではないかと考えているのであるが、いかがであろうか。生まれた時から、夜を享受し得る生活をしつづけてきて、時間の束縛から自由になっている者と、夜は寝るという生活を身体にしみつけてしまっている者。仕えられる者と、仕える者と、仕える者との乖離《かいり》。宿直《とのい》の当番にあたって中宮の許《もと》に参上した女房たちは、頭では「起きていること」が当然と心得ていたのであろうが、身体のリズムがそれに伴わない。清少納言のみではなく、当時の女房階級の女性達がひとしく感じていたつらさではなかろうか。

先にあげた語の中から、『枕草子』に六例みえる「眠たし」という睡眠欲求の例を具体的にあげてみよう。

1〔二五六段　積善寺供養〕夜ふけてねぶたくなりしかば、何事も見入れず、つとめて、日のうららかにさし出でたるほどに起きたれば、（日本古典文学全集三九〇ページ）

中宮定子が、二条の新宮に入られた時に、好奇心旺盛のはずの清少納言が眠さには勝てず眠りこんで寝坊をしてしまった、という描写である。

2・3〔二九二段　伊周の才気〕大納言殿（伊周）まゐりて、文の事など奏したまふに、例の、夜いたうふけぬれば、御前なる人々、一二人づつ失せて、御屛風、几帳のしもへ、こへやなどにみな隠れ臥しぬれば、ただ一人になりて、ねぶたきを念じて候ふに「丑四つ」と奏すなり。（前同四三九ページ）。大納言殿の「声明王のねぶりをおどろかす」といふ詩を、高ううち出だしたまへる、めでたうをかしきに、一人ねぶたがりつる目もいと大きになりぬ。（前同四四〇ページ）

帝がうとうとされたのを見て伊周が場に応じた詩を吟じたので清少納言の眼もさめた、という。

4〔六段　大進生昌〕同じほど、局に住む若き人々などして、よろづのことも知らず、ねぶたければ、寝ぬ。（前同七二ページ）。

5〔二二段　すさまじきもの、九二ページ以下。この部分能因本になし。三巻本「新編日本古典文学全集六〇ページ」による〕いみじうねぶたしと思ふに、いとしもおぼえぬ人の、おし起こしてせめて物言ふこそいみじうすさまじけれ。

6〔二五段　にくきもの〕ねぶたしと思ひて臥したるに、蚊の細声に名のりて、顔のもとに飛びありくは、風さへさる身のほどにあるこそいとにくけれ。（前同一〇一ページ）。

清少納言は年長ではあったが、こと眠りに関しては若い女房と同様に前後の見さかいがなく、それを妨げられると「すさまじく」く「にく」くまで感ずるのである。

なお『源氏物語』では「ねぶたし」は一〇例をみるが、幼い者（二例）か、思慮に乏しい侍女侍臣（三例）か、わざと現実に眼をそむけてみせる（三例）か、その他で、かなりひねって使っており、夜になったから眠い、といった単純なものは皆無である。

三

こうして見ると、清少納言の眠さというものは、実像虚像をひきくるめた宮中文化の誇らしい表明ということにもつながって来そうである。これが仮りに中宮定子自身の文章であったら、こうしたことは問題にならなかったはずである。女房という立場であったからこそ、自己の生体リズムとの格差がきわ立って感じられたのであろう。中宮定子の世界を肯定しなければ清少納言の生きる場はない。定子や自己の存在をおびやかすものに対する不安感が、力いっぱい生きる原動力を与えたともいいうるであろう。かるがると楽しげな動きの底に、どんなに強い緊張があったことかと思う。それを支えたのが、のめり込んで行くような深い眠りであった。しかし紫式部はどうであったか。物語世界を構築することにしか生きる道を見出し得ないという荒涼たる醒め切った姿を思うことしきりである。

＊1　以下宮島達夫氏「古典対照語い表」による。『枕草子』は三巻本を用いてある。
＊2　藤松紀子氏「源氏物語における形容詞＋接尾語ゲについて」など参照。
＊3　永井「題名をめぐって」（『寝覚物語の研究』（笠間書院昭四三）所収）参照。

『鑑賞日本の古典　枕草子　大鏡』月報5（一九八〇年五月　尚学図書）

中宮様のことば

中宮定子のことばは会話文として『枕草子』の中にしばしな記されている。中宮の、女房に対する発言部分は、いったい現在のことばにどのように訳したら一番よいのであろうか。言い換えれば、中宮という高い位にある年若い女性として、仕えるものに対する、如何なることばが現代語に存在し得るだろうか、という素朴な疑問を私は抱いている。

平安時代のいわゆる女性語についてはさまざまの論があるところである。女流文学の言語表現自体がある限定された社会の女性のことばであるし、個々の作品はまたそれなりのことばの世界を持つ。作品内部に記された男性女性のことばについて、仮に会話文に限って考えてみても、現代語のように主として語尾の、たとえば「だよ」（男性）「よ」（女性）、といった男女差はかならずしも明瞭ではなく、むしろ「語彙」の「かたより」としてしか把握しにくいために実態はさほど明らかではない。清少納言は、この点について言えば、

　ことことなるもの　法師のことば。男女《をとこをんな》のことば。下衆《げす》のことばに、かならず文字《もじ》あましたる。（本書など能因本4段。三巻本「おなじことなれどきき耳ことなるもの」）

と記し、男性女性の言語表現の差に対する数少ない言及者である。これとても具体的に語彙《ごい》・語法なのか、聴覚的なことか、よくわからないのではあるけれど、少なくとも差があることを認めていたと考えることはさしつかえなかろう。

中宮は公的に言えば絶対的に身分の高い方である。それは単に外的な位として他から与えられた后とし

ての高貴さや権威ばかりではなく、定子という人間自体が自立して持つ凛《りん》とした品位でもあった。それと共に、一人の年若い女性としては、誠に頭の回転の早い知的な面と、細やかなやさしさと、茶目っ気とを併せ持つ、生き生きとした方であったらしい。

「文《ふみ》ことばなめき人こそ、いとどにくけれ」(27段)、「男も女もよろづの事まさりてわろきもの　ことばの文字《もじ》あやしく使ひたるこそあれ」(262段)などの段にも見られるように、ことば、特に対話語の感覚が抜群であった清少納言のことであるから、以上のような中宮様のことばについて特に意を用いて記しとどめたであろうことは、当然考えてよかろう。その中で女房に対する中宮発言の現代語訳は、社会情況も言語表現も異なってしまった現代に於いては、大変むずかしいことであるし、また『枕草子』そのものに対する印象や定子の人柄についての印象をもかなり左右するもののように思われるのである。

たとえば有名な「香炉峰《かうろほう》の雪」(278段)の段に於ける中宮のことばを考えてみよう。実はこの段については、その把握の仕方に於いて論の分れるところでもあるのだが、それは措《お》いて単純に「少納言よ。香炉峰の雪はいかならむ」(三巻本「雪は」ノ部分は「は」ナシ)というところだけについて、任意に諸氏の現代語訳が付されているものの訳を並べさせていただく。もっと単純化すれば要するに「いかならむ」の訳である。「いかならむ」のみでは何ら特別なことばとも考えられないが、「会話」ということになると現代語では語尾にさまざまのニュアンスを持たせて表現することになる。

○「少納言よ、香炉峰の雪は、どんなだらう」(金子元臣氏、枕草子評釈)
○「…どうだろうか」(塩田良平氏、三巻本枕草子評釈)
○「…どんなだろう」(三谷栄一・伴久美氏、全解枕草子)
○「…どうであろうか」(田中重太郎氏、旺文社文庫枕冊子)
○「…どんなでしょう」(石田穣二氏、角川文庫新版枕草子)
○「…どんなふうかしらね」(萩谷朴氏、新潮日本古典集成第四版)

○「…どんなかしら」（稲賀敬二氏、鑑賞日本の古典5）
○「…どうかしら」（稲賀敬二氏、現代語訳学燈文庫）
○「…どんなであろう」（松尾聰氏・永井和子、完訳日本の古典）

大ざっぱに見れば、女性らしい親しい呼びかけの日常語（たとえば「どうかしら」）と、やや改ったことば（たとえば「どんなだろう」）に分けられるであろう。これは即ち前述のこの段の把握——私的な即興のやりとりか、やや公的な意図を含んでの場面設定か——にからんでくるのかもしれないが、諸氏のそれぞれの御苦心のさまを見る思いがする。そして松尾・永井の訳では、最も重々しい（そっけない）形をとっている。言い換えれば「中宮」の立場を重く見たことばづかいと見るのである。この段のみならず全体的にこのような傾向を私共の訳は持っている。会話の概念は今日と異なっているのであるが、中宮の女房に対する発言は、全般的には発言そのものを直接話法で記したというよりも、女房である清少納言の立場からの敬意をやや濃厚にかかえた間接話法に近い性格を持つと思うのだが、いかがであろうか。即ち「『……』と仰せられた」とあっても実は「……のおもむきの仰せ言があった」という意識が強いように思うのである。その中においてみると、「香炉峰」の場合は、上に「少納言よ」という呼びかけの語があるから、かなり直接的なことばの面が強いとみてよいであろう。私共の訳はいわば男性語でもなく女性語でもない、一種の架空語のような訳であるかもしれない。やや不統一の面もあるが、今後の問題として考えていきたいと思う。なお現在における宮中の御言葉のうち、特に上→下への場合について仄聞《そくぶん》したところでは、次第に「普通」に近づいていらっしゃるということであった。

私は女子だけの私立学校で初等教育を受けたが、低学年のころ「ことば」にきびしい先生が何度もおっしゃったのは「いやしい」ということばであった。このことばを伺う度に、全存在の核が揺らぐような激しい羞恥《しゅうち》を覚えたものであったが、そこで先生が指摘なさったのは、ぞんざいな「ことば」を使うことや、目上に対する敬意を欠いた「ことばづかい」の不適正のほかに、目下（たとえば弟妹）に対する「ことばづかい」、友人との会話の「ことばづかい」の不適正でもあった。要するに時と場合によっては「丁寧なことばばかりではなく、身分に応じたことばや、容赦のない断固としたことばを使えなくてはいけないのだし、また自在で対等の関係であるべき友人に対し、個性的ではない決り切ったことばを使えば、これまた「いやしい」のであった。しかもそれは女性語で、しかも子供のことばでなくてはならなかった。いまだに「いやしい」ことばやことばづかいしかできないことを、私自身、大変恥ずかしく、また先生に対し申しわけないことに思っている。少し前までは日本人のことばの躾《しつけ》には、程度の差こそあれこうした下のものに対することばづかいや、「場」に応じた柔軟なことばの対応への、きびしい要求があったのではないだろうか。目下に対することばは、目上に対するそれよりずっとむずかしいと実感している。

清少納言は中宮のいわば公的な場に於ける発言やふるまいと、私的な場に於ける人間としての親しいそれとを、よく区別して見つめている。そのどちらも清少納言には讃仰《さんこう》の的となるのであったが、その場における中宮の発言もその差を微妙に写しているのではないかとも考えている。

以上のようなことすべてを含めて清少納言は恐らく中宮様のことばには細心の注意を払ったことであろう。清少納言の立場から把握という一段階があるために、その微妙な表現にもう一歩迫り得ないうらみを残しつつ、なお現代語訳についてはやや絶望的にならざるを得ない。「中宮」の位を超えた「定子」の個性を、更には、自分自身の世界をしっかり持った女性のことばを中宮の発言から読みとるに至ることは、夢のまた夢であろうか。

〔栞〕「完訳　日本の古典」月報21　第13巻『枕草子二』（小学館　一九八四（昭和五九）年八月三一日）

「蟻通の明神」は日本を救った

『枕草子』「社は」の段の大半は、「蟻通の明神《ありとほしみやうじん》」の社名の由来を語る説話的な部分が占めている。これは『今昔物語』や歌学書の『奥儀抄』などにも見える縁起として名高い。

> 蟻通の明神、（貫之が馬のわづらひけるにこの明神の）「やませたまへ」とて、歌よみて奉りけむに、やめたまひけむ、いとをかし。この蟻通と名づけたる心は、まことにやあらむ、（松尾聰氏・永井訳注、小学館日本古典文学全集（能因本）二二五段。（　）内は三巻本によって補った。）

という叙述に始まるこの話の大筋を、ここに辿ってみよう。

昔、帝が若い人だけを可愛がり、四十才以上の人を殺させるという事態が起こったので、皆他国に逃げ都の内に老人はいなくなった。帝のお気に入りとして時めいていた賢い中将があったが、実は七十才に近い両親を土の中に穴を掘って隠していた。ところが唐土の帝がこの国を奪おうとして、帝に難題を言い掛けて来る。帝を気の毒に思った中将は「難題1、二尺の木の棒の元と先を当てよ。」に対して、密かに親の知恵を借りる。親は「川に流してみて先頭になった方が木の先である。」という。「難題2、五尺の蛇の雌雄を当てよ。」には「細い枝を近付けた時、尾を動かす方が雌である。」という。「難題3、中心には穴が通り、七曲がりにくねった小さい玉の中に、緒を通してみよ。」には「蟻を捕まえ、腰に糸を結びつけ、もう一方の口に蜜を塗って誘導すればよい。」という。難題を解きあかした日本を、唐の帝は賢い国とみて引き下がり、その後は何事もなかった。帝は中将の才覚によるものとして褒美の位を与えようとするが中将は辞退し、代わりに老いた父母が都に住むことを願って、許された。他の親達も大いに喜ぶ。この親が神となったのが「蟻通の明神」なのであろうか、参詣をした人に現れて「七曲にわがれる玉の緒をぬきてありとほしとも知らずやあるらむ」（在リ二蟻チカケル）とおっしゃった。

以上がそのあらましである。全体としては『雑宝蔵経』巻一「棄老国縁」によったもので、本来は古代インドの説話が伝えられたものであろう。この話には様々な側面があるが、ここでは老いた父母のみに焦点を当ててみれば、老人の知恵が日本の危機を救った話である。世界的に普遍性を持った説話であって、伝播したそれぞれの国に応じて老人の不用者としての負性を否定し、その存在価値を肯定したものと思われる。本来老人は老衰と老熟といった危うい二面性を持つが、作品としての『枕草子』の内部に関しては、このような老人の正の価値を肯定した話を記すのは実は極めて珍しい。

　作品中の「老い」という言葉の用例にのみ即して考えても、十七例のうち十六例までは老いを滑稽なものとして捉える。「老いて頭白きなどが人に案内言ひ～おのが身のかしこきよしなど心ひとつをやりて説き聞かするを」「老いばみたる者」「かしかましきまで老い上達部さへ笑ひ憎む」「鴬は～老い声に鳴きて」「老いたる女の腹高くてありく」「たとしへなきもの～老いたると若きと」「なま老いたる女法師」「老いたる乞食」「老い法師」「昔覚えて不用なるもの～色好みの老いくづほれたる」「ことに人に知られぬもの～人の女親の老いにたる」などなど。老人の不作法・弱さ・臆面のなさ・恥知らず・滑稽なさまを「若さ」との対比、或いは「高貴」との対比のうちに笑いのめす。

「蟻通の明神」は老いの価値を認める話であるが、これを以上にあげた他の老いの部分と読み合わせると、『枕草子』は基本的には老いを笑う幸福な状況を体現してみせたものとして捉え直すことができると思われる。言い換えれば、政治的に不安を内在させた定子中宮の後宮の外的状況とは切り離して、美しいか否か、センスが良いか否か、といった感性の細部に関わる差異の贅沢が許される虚構世界を、作者は構築しているのではないかということである。

「蟻通の明神」の話の次元を、現実の世界の象徴として述べれば、平和の時には不用の存在である老人は、非常の時には重要な存在理由があるものに転化している。平和な時代が永続し得るという認識にある時、社会は老人を切り捨てるが、不安感を宿す時には、その社会は老人の存在という保障なしには存続できない。「老人の知恵」といった限定的な部分を超えて、「老い」の持つ異質性や不可視の部分が、その未来の何物かに深く連なることを、人類は経験上知っている。否、未来は不可知の時間そのものであってみれば、社会は余程の飢餓的状況でもない限り、そこから老人を切り離すことは不可能なのではないか。

誕生から老いに至るまで各の時期が宿す生命の神秘など、人類は幾分も解き得てはいない。現代の世界の危機的状況から見て、「蟻通の明神」候補者＝老者が多いことは社会の自己防御的な現象であり、問題であるどころか極めて頼もしいことに思われる。

地震の時など、老人は果たして弱者であるのみだったのだろうか。その存在自体が力として働くことがあったのではないだろうか。想像を絶する危難の際には、あらゆる世代に内在する根源的な生の部分が、人間の共同体に向けて鮮烈によび醒されたのではなかったかと考えている。

「礫《れき》」特集「短歌と国文学」2（一九九五年一二月）

消えた章段——能因本『枕草子』の問題

一

以前から子供の「ばっかり食べ」が問題になっており、特に昨今は取り上げられることが多い。「ばっかり食べ」とは、食卓に複数の食物がある時、それを交互に食べずに、ひとつ「ばっかり食べ」、食べ終えてから次に移る食べ方をいうと思われる。特に給食の栄養面から、また日本の食の文化や伝統を考える面から度々注目されている。新聞記事の一例をあげると、朝日新聞朝刊に読者の疑問に答える「疑問解決」の欄があり、平成十九年五月二十一日同欄の書き出し部分には次のような記述がある。

うちの子は、味噌汁、ご飯、おかずが食卓に並ぶと、おかずだけ、味噌汁だけ、と一つの料理を集中して食べます。「ばっかり食べですね」。「十年ほど前から給食の場でよく見かけるようになりました」（注）

ここで問題とするのは記事の内容そのものや、事の分析ではない。次の一分を並べてみる。

大工たちの食事の仕方は、じつに奇妙だ。寝殿を建て、それに東の対を付属させる工事のさい、彼らが居並んで食事をする様子を、偶然、東面に出ていて、私は見たことがあるけれど、まず待ちかまえてでもいたように、運ばれてきた汁をみな飲んでしまった。そして、入れ物を無造作にそばに置く。つづいて副食が出てきたが、これもすべて食ってのけた。「ははあ、さては主食は不用なのだな」と見ているうちに、山盛りの飯がくる。あっというまにこれも腹中へ納まった。変わり者が一人だけ、そんな風変わりな食べ方をしたわけではない。たまたまその場にいた全員が、同じように、汁は汁、おかずはおかず、飯は飯だけ口に詰め込んだのだ。つまり大工というものは、揃ってこのような食事のとり方をするのだろう。いやはや、あきれかえった連中ではないか。(『杉本苑子の枕草子』一九八六年(昭和六一)四月発行　集英社)

平安時代の『枕草子』が既に、大工の「ばっかり食べ」の奇妙さを指摘していることが、杉本氏の卓抜な訳から伝わってくる。しかしこの章段の存在は、現在の『枕草子』読者にそれ程知られていないのではないかと推測される。その原因は現在のテキストが殆ど三巻本を底本としていることによる。この章段は能因本にはあるが三巻本には存在しない。能因本によってその本文をあげる。

たくみの物食ふこそ、いとあやしけれ。寝殿を建てて、東の対だちたる屋を造るとて、たくみどもゐ並みて、物食ふを、東面に出でゐて見れば、まづ、持て来るやおそきと、汁物取りてみな飲みて、土器はついするつ。次にあはせをみな食ひつれば、おものは不用な、めりと見るほどに、やがてこそ失せにしか。三四人ゐたりし者の、みなさせしかば、たくみのさるな、めりと思ふなり。あな、もたいなのこととも。

(「日本古典文学全集」『枕草子』三一三段)

以上のことを踏まえて『枕草子』の本文の視点から受容の問題に触れてみたい。

二

『枕草子』の本文系統はやや複雑である。内容や本文の違いや配列その他から、一般的に三巻本系統・能因本系統・前田本・堺本系統の四つに分類される。このうち、三巻本系統・能因本系統はさまざまな形式や内容の章段が入り交じる雑纂形態であり、様々な説があるものの、この形がおそらく本来のものであろうと推測されている。前田本・堺本系統は形式別に分類整理された類纂形態であり、これは後の人によるものと考えられるわけである。それでは三巻本系統・能因本系統のどちらを取るべきか。この点は大変むつかしい判断である。これにも各人各説があるのだが、三巻本系統・能因本系統ともに独自の世界を持っており、それぞれの特色がある、としか言いようがない。前田本・堺本系統にもやはりそれぞれ注目すべき点が多く、現在のところ「よい・わるい」といった素朴な判断は通用しなくなっている。

小学館の「日本古典文学全集11」『枕草子』は昭和四十九年四月の発刊である。松尾聰先生と永井和子が校注・訳を担当し、底本は学習院大学蔵三条西家旧蔵の室町時代書写と推定される「能因本」を用いた。このことは現在考えると受容史上大変意味のあることであった。小学館の「全集」刊行は、学術的に信頼できるテキストを提供した点において研究史上の評価を受けると同時に、上段に註釈、中段に本文、下段に訳をほどこすという体裁から大変わかりやすい古典テキストとして広く用いられ現在に至っている。一方で古典のテキストとは別に、作品全体、或いは一部を抄出して現代語の訳を施した書物も多く、これは「私はこう読む」という視点を明確にし、訳そのものを自立させたものであって、現代の読者への橋渡しとして重要な存在である。

『枕草子』の場合も先にあげた『杉本苑子の枕草子』の如く傑出した現代語訳が数多くあり、そこでは当然まず依拠するテキストが選ばれる。「全集」発刊後は、これが選択されることが度々に及んだ。杉本苑子氏の訳にもテキストが明確に記されている。

『枕草子』の本文や段立てには、底本によってさまざまな異同がある。ここでは学習院大学所蔵の〝能因本〟を底本とする日本古典文学全集『枕草子』(小学館発行)を基本にしたが、他の底本によるものは、＊印によって判別できるよう配慮した。(同書2頁)

その後小学館は研究の新しい成果を反映させた「新編日本古典文学全集」の発刊を開始し、『枕草子』の場合は平成九年十一月の発行である。「全集」とし同様に松尾聰先生と永井和子が校注・訳を担当した。しかし「全集」と根本的に異なる点は「新編」には底本として三巻本を用いた事実である。三巻本系統第一類本の陽明文庫本を基幹とし、一類本が欠けている七五段までは第二類本の相愛大学図書館本を基として校訂したものである。先にふれた「全集」に対する信頼感や利便性は、この「新編日本古典文学全集」

全般についても同様に引き継がれて評価されており、現在における標準的なテキストの一つといっても過言ではなかろう。

ここで問題となるのは『枕草子』の場合、能因本と三巻本という二種類の「信頼すべき」テキストが出現したということである。現実には「全集」は既に「新編」に切り替わっているのであるから、現在は三巻本が普通であり、能因本は見えにくくなっている。

『枕草子』の受容面からみると能因本から三巻本へという流れが存在する。近世期の流布本と言い得る北村季吟『春曙抄』（延宝二年　一六七四）は能因本系統の本文であり、昭和初期まで長期にわたって刊行された。例えば池田亀鑑氏の『枕草子（春曙抄）』（岩波文庫　昭和六年）などである。田中重太郎氏の『校本枕冊子』（昭和二八〜四九年）も能因本を基軸として他系統本を対校している。三巻本については塩田良平氏の『三巻本枕草子評釈』（昭和二九・三〇年）のようにわざわざ名称を冠する必要があるほどであったが、岩波書店の岸上慎二氏校注による「日本古典文学大系」（昭和三十三年）は「三巻本」を底本としており、いわば能因本・三巻本並立という時代が到来した。その中において昭和四十九年の『全集』は学習院大学本を積極的に紹介したわけである。その後の流れとしては、三巻本を評価することが一般化し、平成九年の『新編』も三巻本を底本とするに至った。ここで、先のようにいわば能因本の本文が消える、という現象が生じ、現在では教科書や、作家による現代語訳等も三巻本を底本とするテキストを採用することが多い。

もうひとつの例として能因本の「湯は」の段をあげよう。

湯は　ななくりの湯。有間の湯。玉造の湯。（『全集』一一七段）

これも三巻本にはない章段である。現実の「温泉地」と関わってくるだけに問題は深刻であり、特に古歌に度々詠まれている「ななくりの湯」は榊原温泉（三重県）・別所温泉（長野県）等の説があって『枕草子』との関係は複雑を極めることとなる。

能因本には存在するが、三巻本には無いものは次の章段である。(『日本古典文学全集　枕草子』による)。五四・六一・八二・八四・一一七(「湯は」)・一五二・(二一三)・二一九・二二〇・二二一・三〇三・三一〇・三一一・三一三(「たくみの」)三一四・三一八・三二三

三

ある本文が一般化すると他系統の本文が見えにくくなる、という現象は普通のことであり、『源氏物語』も例外ではないが、『枕草子』の場合は章段存在の有無が関わるだけに様々な問題に発展する。ここでは能因本を取り上げたが、逆に三巻本についても同じことが言い得る。更に前田本、堺本の場合にも当てはまり、前に述べたように異本は本文の優劣とは別にそれぞれ独自の世界形成を果たしていることが再確認されている。『枕草子』は親しまれている作品であるだけに、この「違い」の意味を研究者の問題にとどめるのは惜しい。どの本文を読むにせよ、『枕草子』はそれで絶対的なものではなく、そこから『枕草子』とは一体何か、という根本的問題に派生していく作品であることを強調したい。本文の面からも『枕草子』は決して閉じてはおらず、開いているのである。考えてみれば、成立時から動いているこの作品を静止させることは『枕草子』の生命を絶つことになるかもしれない。能因本は、今、一時消えているに過ぎない。文学作品は、同一本文を万人が共有しているとは言えないのが現実であり、そのずれや多様性もまた楽しい、としようではないか。

注
〈疑問解決　モンジロー〉の「答え」に関する一部をあげる。
文部科学省の「食に関する指導の手引き」でも正しい食べ方として「主食とおかずは交互に食べる」とある。なぜ?　同省学校健康教育課の田中・学校給食調査官の答えはこうだ「日本の伝統では、交互に食べて口の中で混ぜておいしさを味わう口中調味が基本。一品ずつ食べておなかがいっぱいになると料理を残し、栄養のバランスがよくない。料理を同時に食べ終えるのが美しいマナー」。ばっかり食べ派の小学生は二〇〇四年四割を超えた。

場所によって食べ方は多様で正解はないということでしょう」。

——中略——「西欧のコース料理や茶懐石もばっかり食べの一種。

「櫟《れき》」八月号特集「短歌と国文学」（二〇〇七年八月）

『枕草子』の空間——中宮定子と清少納言

一、『枕草子』研究の現状と問題点

21世紀も10年を超えた現在、あらゆる研究領域において今まで以上に大きな転換点を迎えつつあることは言うまでもない。その一端として、専門領域内の「深化・細分化」と共に、既存の研究領域自体をより広い視点で見直す「学際化」の概念が挙げられよう。この巨視的な観点により多数の創造的な研究の進展がもたらされたが、同時に、専門性の「深化」と「学際化」はその両立に伴う問題をも顕在化させつつ現在に至っているように思われる。基礎的な視点から立ち上げた歴史を刻む専門領域には固有の前提的な問題がそれなりに存在し、巨視的視点からのアプローチはそれを見落としがちであることも一因であろう。

極めて狭い範囲における学際的な問題の指摘ではあるのだが、こうした視点に立ちつつ『枕草子』を例とし、文献資料として扱う場合の聊かの問題点を瞥見してみよう。『枕草子』は生き生きとした精神の躍動を伝える魅力的な作品である。しかし研究対象として見ると不明の点が数多く、極めて気難しい存在である。第一に、テキスト間の不統一性があり、第二には、もし文献として見ようとすれば、作品の「事実」と「虚構性」の問題が浮上する。作者の本体・書名・成立などもはっきりせず、研究者側は『枕草子』とは何かという根本的な疑問にたちまち逢着し、『枕草子』に対する姿勢が鋭く問われるのである。

もともと原本が単一ではないためもあって、現在の我々は『枕草子』の共通テキストを共有している訳ではない。本文も章段数もテキストにより異なるために、共通性を持つ「第○段」という言い方は通用しない。大まかに見れば①多様な伝本の存在、②同一底本を用いても校訂方法・章段（約三〇〇段）の切り取り方等のテキストによる差異、③注釈面の問題、等に関わることが多い。

①については、現在存在する多数の伝本はそれぞれの世界を持つが、おおまかに三巻本系統（雑纂形態）・能因本系統（同）・前田本（類纂形態）・堺本系統（同）の四系統に大別分類され、雑纂形態の二系統―三巻本・能因本―をもとの形にする見方が支持されている。差異自体はそれほど大きくはないが、三巻本・能因本それぞれに特色があるために両本両立が現状である。一般的には三巻本を底本とするものが多いだろうか。なおこうした問題は『枕草子』に限らず平安期の物語で言えば『伊勢物語』を始め多くの作品が共有する傾向である。

・「三巻本系統」「能因本系統」（ともに雑纂形態本）
・「前田家本」「堺本系統」（ともに類纂形態本）

②については底本尊重の方向性と、校訂重視の方向性がある。「章段」の切り方の認定自体が作品の読み方と関わることとなるのだが、その内容は大まかに三（四）形に分類される。因みに①で述べた雑纂形態とは、この三（四）形が入り混じっている形をいい、類纂形態は類別された形をいう。次のように成立年代を併せて考える見方もある。このうちの日記的章段については後に触れる。

・類従的章段（「…は」型・「…もの」型→第一次成立（九九六年頃）か
・日記的章段→第二次成立（一〇〇〇年頃）か
・随想的章段→第三次成立（一〇〇〇以後）か

③は言葉や表現をより深く考えると同時に、前述の如く学際的な面の研究成果をも取り入れた様々な研究が現在目覚ましい進展を見せている。

①②③は個別の問題ではなく輻輳しており基本的には作品としての理解に直結することは言うまでもないが、特に③が今後における発展的な問題である。中でも多岐にわたる服飾関係の記述は文学面からの把

握には限界があり、国際的視点を含めた服飾学による考究は最も期待される方向性のひとつである。

二、二つの章段――二つの本文

以上を前提とし、章段の有無に関する具体例として『枕草子』のA「食」とB「衣」に関わる二章段を挙げる。

A　たくみの物食ふこそ、いとあやしけれ。寝殿を建てて、東の対だちたる屋を造るとて、たくみどもゐ並みて、物食ふを、東面に出でゐて見れば、まづ、持て来るやおそきと、汁物取りてみな飲みて、土器はついすゑつ。次にあはせをみな食ひつれば、おものは不用なめりと見るほどに、やがてこそ失せにしか。三四人ゐたりし者の、みなさせしかば、たくみのさるなめりと思ふなり。あな、もたいなのことともや。（『日本古典文学全集』三一三段　小学館　一九七四年〈三巻本ナシ〉）

B　古代の人の指貫着たるこそ、いとたいだいしけれ。前にひき当てて、まづ裾をみな籠め入れて、腰はうち捨てて、衣の前をととのへはてて、腰をおよびてとるほどに、うしろざまに手をさしやりて、猿の手結はれたるやうにほどきたてるは、とみの事に出でたつべくも見えざめり。（『新編日本古典文学全集』二五四段　小学館　一九九七年〈能因本ナシ〉）

内容的にはAは御殿の建築に携わる大工が、汁、おかず・ご飯を別々に食するのを見た驚きを描く。現代の食生活の問題として小学生のこうした食事の仕方が「ばっかり食べ」として話題となったことは記憶に新しい。Bは年配の男性が袴を着ける様子の奇異な有様を捉える。わかりにくい部分もあり服飾学からの考察に期待するところが大きい。

さて、この愉快な二章段の引用に用いたテキストはA・Bとも松尾聰氏と永井和子による校注・訳であるが、実は底本が異なる。二十三年ほどの間隔を経つつ、出版社も同じであるものの、諸般の事情からA『日本古典文学全集』は能因本、B『新編日本古典文学全集』は三巻本を底本とすることとなった。この変更は一見些細な問題に見えるが上述のように『枕草子』の場合には章段の有無にまで関わる点が難しい点である。能因本を底本とするテキストの読者にとってはBの章段自体が存在せずその逆も然りであって、研究も顕在化し難い。このような理由により、引用する時には単に『枕草子』ではなくテキストを明記し、更に「第○段」のみならず「古代の人の」の段、といった指定を必要とするのが誠に厄介な現状への対応である。

三、『枕草子』の空間――中宮と清少納言

ここで、作品としての『枕草子』の機軸となる一条天皇の中宮定子と清少納言の心理的空間に触れたい。三巻本系統第一類本（陽明文庫本）を底本とする『新編日本古典文学全集』をテキストとして、前述の区分により約八〇段に及ぶ日記的章段を年時順に並べ換えると、歴史的年代としては清少納言の宮仕えは九九三年頃から中宮定子崩御の一〇〇〇年と推定され、そこには基本的に清少納言の中宮に対する絶対的信頼が微妙な心理的な変化を見せつつ存在し、その空間には侵しがたいものがある。

宮に始めて参りたるころ、物の恥しき事数知らず、涙も落ちぬべければ、夜々まゐりて、三尺の御几帳の後に侍ふに、絵など取り出でて見せさせたまふを、手にてもえさし出づまじうわりなし。…中略…見知らぬ里人心地には、「かかる人こそは、世におはしましけれ」と、おどろかるるまでぞまもりまゐらする。（一七七段）

九九三年春または冬の初宮仕えを記すこの章段は精神的な空間の基本形であり骨子であろう。『枕草子』の日記的章段の時間には、そのことが生起した年時と、それを記述する執筆年時とが存在する。『枕草子』が「作品」である以上、ここには執筆時における作者による意識的な記述も条件として考える必要がある。『枕草子』の歴史的背景としては中宮の父、関白道隆の九九五年の死去によって中宮一族は没落し、道隆の弟道長に政権が移る、という事実があるが、その暗転に対する記述は極めて限定的であり、直接的な記

述は殆ど見えない（例外的な一三七段「殿などのおはしまさでのち、世の中に事出で来」参照）。作者の意識差については宮仕え前期・後期の差異として、表現面から精緻な研究がなされている。

四、『枕草子』の柱―事実と虚構性

一般的に歴史的時間に関わる作品については、その内包する虚構性―思い違いを含めての作為性―が常に問題となる。独自の世界を持つ『枕草子』もその事実性と表現、すなわち「記録」と「作品」との〈ずれ〉の存在は否定しがたいものの、その論証自体は極めて難しい。このあたりに学際的な視点からの再検討が残されていよう。

心情的な空間形成が堅固であればあるほどそのしっかりした柱の蔭にある〈ずれ〉が気になるというものだが、ここでは、やや無作為的な記述と思われる例として、現実の住空間に在る宮中の「柱」を巡る清少納言の座位置を見たい。強い連帯を持つ両者の精神的な空間形成に対して、座位については無意識的な記述と推定され、補完的なものとして把握できるからである。柱の用例は12例に過ぎないが、宮仕え初期の記述によると清少納言にとって柱は身を隠すものであり、堂々と「寄りかかる」動作をするのは帝や中宮の父関白道隆であった。九九七年頃になると、作者が寄りかかる、といった記述が見えるようになる。

・右近内侍に琵琶ひかせて、端近くおはします。これかれ物言ひ、笑ひなどするに、廂の柱によりかかりて、物も言はで候へば、（九六段「職におはしますころ」）

・御方々、君達、上人など、御前に人のいとおほく候へば、廂の柱によりかかりて、女房と物語などしてゐたるに、（九七段「御方々、君達、上人など、御前に」）

即ち柱は清少納言にとって「姿を隠す」ものから「寄りかかる」ものへと時間的に変換しており中宮に対する畏敬から親愛へと移行する状況が、ここからも見えるのである。

服飾研究と文学作品を巡る最近の研究成果として、河添房江氏の編による（『王朝文字と服飾・容飾』二〇一〇・五　竹林社）を紹介しよう。中島和歌子氏による「装束表現から見た『枕草子』と『栄華物語』」の論は、『枕草子』の服飾表現の独自性を指摘したものとして極めて興味深い。「対談　王朝文学と服飾」（近藤好和氏〈有職故実〉・武田佐知子氏〈服飾史〉。聞き手　河添房江氏〈日本文学〉）には序論としての学際的な視野と問題点が鋭く指摘されている。『源氏物語』を中心として服飾の「制度」とそこからの逸脱や自由度を作品の表現と共に服飾学の面から読み解く視点は新鮮で見過ごせない。なお河添氏は源氏物語研究・服飾関係の研究はもとより、『源氏物語と東アジア世界』（ＮＨＫブックス、日本放送出版協会、二〇〇七年）等の多数の著書もあって、それこそ学際的な研究でも知られた方である。

秋山虔氏はかつて「『枕草子』寸見」の論に「現実を遮断するたたかい」の副題を付された（新日本古典文学大系『枕草子』月報一九九一・一）。直接的には、清少納言の、歴史的現実を遮断することによる作品世界の構築について述べられたものであるが、『枕草子』のあらゆる面について言い得る至言である。『枕草子』はすべてが固定的ではなく動態的であることによって、逆に読み手を喚起しその姿勢自体を大きく揺り動かす作品である。ひとまず、テキストの不統一といったもろもろの厄介な手続きは、読む側における作品認識にかかわる関門、としておこう。

ここでは学際的な面を、隣接する『枕草子』（日本文学）と服飾学に限定してその成果と問題点の一端に触れたが、これからの研究が「科学」即ち分ける学問、を成立させ精緻な専門性を得つつ、問題点を逞しく乗り越えて新たな巨視的視点へと向う未来に期待したいのである。

『国際服飾学会誌』No.40（国際服飾学会　二〇一一年一一月）

『源氏物語』と絵と筆跡と

『むらさき』巻頭言

筆写作品を「読む」とはどういう行為なのだろうか。

研究の進展もあって、近年『源氏物語』の絵巻等を目にする機会が増えたのは本当に嬉しい。しかし「国宝の絵巻を見て『源氏物語』がよくわかるようになった」というふうな学生の方々の発言には、ややとまどうのも事実である。絵が先にあって『源氏物語』は創られた、という理解に繋がりかねないからである。日本に於ける声から文字への歴史の中で仮名の表記は新しい日本語の発見でもあった。「絵」や「文字」の、それぞれによってしか表現し得ぬものの存在を前提とし、絵の或る意味の優位を認めつつも言葉の表現に徹したものが仮名文学であり『源氏物語』であろう。歌・散文を問わず、表音文字の限界や問題点を突き抜けて逆手にとり、新しい世界の構築のみならず、仮名表記特有の面白さまで技巧として具現しているのだから、現在の我々が直面している日本語の問題は仮名作品がけなげにも既に提示し切ったとも言えよう。人間は太古の時代から絵によって三次元の現実世界を二次元化してきた。平安期には既に絵は見事な達成に至っており、絵に『源氏物語』の詞を重ねた『源氏物語絵巻』は新たな異世界の再創造というべきものである。

絵巻に限って言えば、詞は実際には「物語」というより、視覚的な「筆跡」「手」であることに注目したい。一般に、筆写による作品は「モノ」を超えて作品として自立するのか。『更級日記』の作者は『源氏物語』を読んだ。その時、筆跡から立ちのぼる「なにものか」から完全に訣別して『源氏物語』を把握したのだろうか。『枕草子』には藤原行成の「手紙」が「筆跡」として把握されたことを明示する章段があるし（新編日本古典文学全集一三〇段）、筆写・筆跡に関わる記述は枚挙の暇がない。

近代の印刷や活字も個の筆跡から記号性へ歩みを進めたかに見えるが、それでも文字が視覚的な存在である以上「かたち」の問題からは免れ得ない。こうしたことは「書物」「書籍」という総合的存在とも関わろうし、電子書籍でさえ、媒体のみならず視覚的な書体等にこだわりを持つ。一方で、文字による言葉の表現から視覚的・映像的表現に重みを移しつつある現在の傾向は、太古の営みの再発見といったところか。

最近、作品と筆跡の不思議さを捉える島内景二氏の鮮烈な歌を知った（『歌集 夢の遺伝子』（二〇一一・八））。

藤原《の》定家「更級日記《にき》」ありて老《ひ》ねたる文字の「女の一生」

よほどよき筆もちたるか伝貫之「堤中納言集」の女手《をんなで》

これらの歌は、定家筆の『源氏物語』を『更級日記』作者は読んだのではないか、といった「読む」と「視る」の、時代を超えた愉快な錯覚にまで私を誘うのである。

『むらさき』第四八輯（紫式部学会 二〇一一（平二三）年一二月）

草の庵をたれかたづねん

枕草子の大系本八二段に、頭中将斉信が言い掛けた漢詩に対し、清少納言が即座に和歌の一句をもって答えたという有名な逸話がある。

　蘭省花時錦帳下

と書きて「末はいかに、いかに」とあるを、いかにかはすべからん、御前おはしまさば御覧ぜさすべきを、これが末を知り顔に、たどたどしき真名に書きたらんも、いと見ぐるしと、思ひまはす程もなく、責めまどはせば、ただその奥に、炭櫃に消えたる炭のあるして、

　草のいほりをたれかたづねん

と書きつけて、とらせつれど、また返りごともいはず。

「草の庵」は宮中で大評判となり、仲たがいしていた斉信は清少納言と仲なおりした。これは白氏文集十七「盧山草堂夜雨独宿」の「蘭省花時錦帳下、盧山夜雨草庵中」をふまえているのであるが、清少納言の句が「草の庵」という詞を含みながらも内容的には原作の漢詩に必ずしも忠実ではないことから、その解釈について様々の説が提起されて来たのであった。然るに池田亀鑑博士は、公任集の中に

　　いかなるをりにか
　草の庵をたれか尋ねむ
　　と宣ひければくら人たかたゞ
九重の花の都をおきながら（群書類従本）

という連歌があるのを見出され、清少納言は公任の句を「草の庵」の縁で転用し、斉信の漢詩に対して当

意即妙に答えたものであるとされた（「大納言公任卿集と枕草子」日本文学論纂・昭7）。以来、これは清少納言の創作ではなく公任の句であるとする説が一般的になって来たようである。これは誰が誰を（或は何が何を）「尋ね」るのかという疑問を、先人の句をそのままとったとして解決した点で、充分根拠のある御説と思われる。

しかし枕草子の記事からすると公任作説に多少の疑問がないわけではない。まず「草の庵」の返事が評判になるからには、公任の句がよほど有名になっていなくてはなるまい。斉信は勿論、この事件を報告に来た宣方・則光、殿上人までも、公任の応答を知っていた上で彼女の機知を賞揚したことになるのであろうが「公任」なることばが、この段のどこにも現れないのはどうしてであろうか。公任の句であることはすでに自明のことであったといえばそれまでながら、さすがの清少納言も時の才人公任にはかなり遠慮していたことが一〇六段などから知られるのである。清少納言は万葉・古今・拾遺にみえる古歌などをかなり自由に使いこなしていたのであるが、近い時代の人の詠を用いたのは保憲女・兼澄くらいなものである（岸上慎二氏「清少納言伝記攷」参照）。現に宮廷にいる公任の有名な句を返して、しかも公任を少しも顧みないというのは、少し妙な感じがする。又、「草の庵をたれかたづねん」の句に対し、「夜ふくるまでつけわづらひてやみにし」「本つけこころみるにいふべきやうなし」などの記事がある。これも「九重の花の都をおきながら」がすでに知れ渡っていたとすれば、又後から改めて別の本をつけるのはかなり困難であろうし、又戯れにそうしたとしても、先のつけわずらったという記事は「たかただ」の本を必ずしも前提としてはいないように思われる。根拠は示されていないが池田博士とは逆に

（枕草子八二段ノ出来事ハ）公任の興味をひいたとみえてのちに蔵人たかただにこの下の句をいいかけて「九重の花の都をおきながら」とつけさせている。（村瀬敏夫氏「藤原公任伝の研究」東海大学紀要第二輯）

のような考え方も当然有り得るわけである。

ただそうすると「誰か尋ねん」の句の解釈が問題となろうけれど、清少納言は漢詩の意味をそのまま和歌で言い替えたというより、「草の庵」をよみこむことで漢詩の下句を知っていることを示せば足りたのであるから、内容を発展させて「草の庵をだれが探し求めましょうか」とよんだとみることもできよう。従ってこの公任・清少納言の句の先後は、いずれにしても疑問があり、現在の段階では必ずしもはっきり決められる問題ではないように思われるのである。

なおついでにいえば、池田博士は「たかただ」を「隆忠（不詳）」とされたが、蔵人を経たことがあり「たかただ」と訓める人物を尊卑分脈に検すると三人が浮び上ってくる。このうち、「孝忠（藤原期生息）」「隆忠（藤原顕季弟）」は時代的に先後するが、常陸介永頼の息「孝忠」はこれに当るかと思われる。天延二年（九七四）に七九才で没した祖父守義は寛平八年（八九六）に生れたことになり、その孫の孝忠が九九〇年前後に蔵人であったことは充分考えられる。兵衛佐・蔵人・伊勢守を経た由の註があり、位は従四位下に終っている。尊卑分脈の記載の範囲で探すとすれば、この「孝忠」が最もふさわしいことになろう。更に、孝忠の父永頼の註記に「母右中将平好風女」とあるのは興味深い。即ち孝忠の曽祖父はかの有名な平好風であり、祖母の兄が平中物語の平貞文に当るというわけである。この点からみても、公任の交渉圏内に入る可能性のある人物といえよう。

（萩谷朴氏「平中全講」平中家系参照）

「武蔵野文学12」―特集枕草子Ⅱ　（一九六五年）

黒髪のみだれ　かきやりし髪

一

平安のむかし、一筋の髪が散っていたとする。当時の人々は、たやすく、そのもとの持ち主を推し量りえたのではなかろうか。そう思われるほどに人々の黒髪に対する関心は強く、又細微な点にまで敏感であった。長さ、重さ、色、太さなどはもとよりのこと、光を含む艶の具合、しっとりしているのか又は柔らかく空気をはらんでいるのかの区別、動作につれて流れゆれるかげ、匂い、手ざわりといったものの、精緻な描写は枚挙にいとまがない。当然その美的判断もきわめてきびしく、女性の内面をそのまま表現するものとして、清らかな洗練された美しさが要求された。白描の枕草子絵巻などを見ると、黒髪の美しさに息をのむ思いがする。

すべては厚い衣に隠されており、わずかに外に見えるのは顔と髪のみという当時にしてみれば、それも当然のことであろう。逆にいえば、髪を長くあらわにしておかなければ、自己表現の場がないのであった。そして黒髪は、肉体の一部でありながら生命を持たぬ物質でもある、といった中途半端な不気味さをかねそなえているのである。一夜にして白髪と化すほど人間の精神と直結しながら、その先端の一筋をさえ自在に動かすこともできない、といった微妙なおもしろさとすごさをあわせ持っている。髪に霊力が宿る、とする人間共通の思いはゆえなきことではない。

二

そのような黒髪が、乱れる、ということは、とりも直さず女の心の乱れにほかならない。しばらく、象徴的な髪の乱れをたどってみよう。

くろかみの乱れも知らず打ちふせばまづかきやりし人ぞ恋しき　（和泉式部正集八六・後拾遺集恋三）

有名な和泉式部の歌である。この歌はつづけ具合によっては微妙に解釈の変化を生ずる。「打ちふせば」は「まづかきやりし」にかかるのか、又は「（人ぞ）恋しき」にかかるのだろうか。たとえば「和泉式部集全釈」（佐伯梅友・村上治・小松登美著。東宝書房版）によると、前者である。

あまりの悲しさに思ひ乱れて髪がめちゃくちゃになるのもかまはずわっと泣き臥すと、こんな時にはすぐ側に寄って髪を撫でては慰めてくれたあの人の事が恋しくてなりません。

寺田透氏は、後者のように解される。

前略……かの女は自失の状態で自分の髪の毛にくるまれて倒れているのだ。そしてそれがつねのことで男の方が早くわれに帰る。……中略……乱れてかの女の顔をかくしていた髪の毛を向うへ押しやるように掻きあげて、そうしてかの女の顔をのぞきこむようにした男が恋しいとこの歌は歌っているのであり、かの女が恋しているのは自分の肉体の征服者としての男なのだと断定してさしつかえない筈である。　（日本詩人選・和泉式部）

うちふす度ごとに「人」が恋しいとする解も優艶で捨てがたいし、又乱れた事情について必ずしも寺田氏ほど限定して考えるわけではないが、私も後者のように、一息の歌として受け取りたいと思う。乱れをかきやる、という動作は、乱れの心を汲みつつ、外面的なものをうけとめて、かつもっと女の内面に迫ろうとするやさしく又能動的なしぐさである。二人の人間の、ことばによらない心の動きを「髪の乱れ」を軸に見事にうたい上げる感覚の鋭さは、まさに和泉式部の真骨頂というべきであろう。なおこの歌を本歌とした定家の歌に次のようなものがある。

かきやりしその黒髪のすぢごとにうちふすほどは面影に立つ　（新古今集恋五）

和泉式部の歌を真正面から受けて立って、表裏一体をなし、たしかな手ごたえを感じさせる歌である。

長からむ心もしらず黒髪の乱れてけさは物をこそ思へ　（千載集恋三）

百人一首にもとられている待賢門院堀河の作。男性からの後朝の歌にこたえた形をとり、やはり黒髪の乱れに心の乱れを重ねている。しかし前の和泉式部の歌に比べると、縁語じたてのせいかこの「乱れ」はやさしく、たおやかである。個性と時代の差であろうか。

源氏物語に眼を転ずると、夕霧の巻に次のような描写がある。

内は暗き心地すれど、朝日さし出でたるけはひ漏り来たるに、埋もれたる御衣ひきやり、いとうたて乱れたる御髪かきやりなどして、ほの見たてまつりたまふ。（日本古典文学全集四、四六五ページ）

夕霧が落葉宮にはじめて逢った折の情景であるが、何と先の和泉式部の歌と似通っていることか。落葉宮の詠としても不思議ではないほどである。それでは何故落葉宮はこれほどに髪を乱さなくてはならなかったのか、しばらくこの二人の間柄をたどってみることにしよう。

源氏の嫡男で、律気なまめ人として名高い夕霧は、親友の柏木の突然の死のあと、未亡人落葉宮（朱雀院女二宮）をしきりに慰めて通っているうちに、その思いはいつしかはげしい恋慕の情にかわってしまう。落葉宮の母御息所は、こうした事態に驚き、心痛のあまりに篤い病いに臥してしまう。母の自室におもむこうとする落葉宮の心も重い。

渡りたまはむとて、御額髪の濡れまろがれたるひきつくろひ、単衣の御衣ほころびたる着かへなどしたまても、とみにもえ動いたまはず。（四、四〇七ページ）

「御額髪」がぬれるのは、こうした悲しみの場によく見られる表現である。ついに、母御息所は亡くなってしまう。夕霧は、小野の山荘にあって、亡き母を偲びつつ茫然としている落葉宮を、強引に宮の自邸である一条邸へ帰るようにとり計らう。

集まりて聞こえしらふるに、いとわりなく、あざやかなる御衣ども人々の奉りかへさするも、我にもあらず、なほいとひたぶるにそぎ棄てまほしう思さるる御髪をかき出でて見たまへば、六尺ばかりにて、すこし細りたれど、人はかたはにも見たてまつらず、みづからの御心には、いみじの衰へや、人に見ゆべきありさまにもあらず。さまざまに心憂き身を、と思しつづけて、また臥したまひぬ。

（四、四四八ページ）

髪をそぎ棄てることは、女であることを放棄しようとする思いに外ならない。改めてその眼で自分の髪を見ると、夕霧にかたくなに心身をとざす落葉宮にとっては、うとましく、又衰えをも敏感に反映しているものにうつる。しかし、夕霧を宮の婿として迎え入れようとしている周囲の人々にとっては、宮の髪は相変わらずすばらしく、おとろえなど思いもよらぬものに映るのである。更にその先には、

心ひとつには強く思せど、そのころは、御鋏などやうのものはみなとり隠して、人々のまもりきこえければ、

（四、四四九ページ）

と、容易ならぬことが語られている。心弱く、自己を持たぬ女性のように描かれていた宮であるが、この「鋏」の語はまさに刃《やいば》のごとく鋭くさしはさまれており、さえざえとした冷たい金属と、それによって切り落とされるおそれのある長い黒髪をまざまざと眼前に見る思いがする。宮の心のはげしさを伝えるものであろう。一条宮へ帰邸する道中では、髪は母の思い出にかさなるものとしてとらえられる。

こち渡りたまうし時、（母御息所ハ）御心地の苦しきにも（宮ノ）御髪かき撫でつくろひ、下ろしたてまつりたまひしを思し出づるに目も霧りていみじ。

（四、四五〇ページ）

一条邸に帰着してからは、宮は泣くばかりである。

単衣の御衣を御髪籠めひきくくみて、たけきこととは音を泣きたまふさまの、心深くいとほしければ、……

（四、四六四ページ）

「御髪籠め云々」というのはよくわからないが、髪ごとくるめて衣をかぶってしまうというようなことであろう。この動作は同時に「女」であることを否定したい気持ちをも示しているように読みとれるのである。

こうした経緯のある、女の思いのありたけをこめた宮の髪なのであった。夕霧は、それを先にひいたように「埋もれたる御衣ひきやり、いとうたて乱れたる御髪かきやりなどして」、宮と逢ったのである。夫と母を失って喪の中にある宮との、凄艶な出あいであった。源氏物語の本流の中にあっては、小さな挿話じみた恋であり、まめ人夕霧との取り合せはいささか滑稽な哀感を漂わせるものではあるが、女の側の心の乱れと、前夫や母を忘れて、自分の方に心を向けよ、過去をふりむくな、とする男のひたむきな思いが、この「乱れたる御髪かきやり云々」という描写に、何と見事に表現されていることだろうか。

このように髪は女の心といのちを直接に示すものであって、単に美しいものとして外面的に描かれているのではないといってよいと考えられる。

三

さて、こうした「乱れ髪」があるためには、それ以前に、乱れず、清らかに整えられた髪が存在するのが絶対条件である。髪の豊かさに関しては、大鏡の師尹伝に見える宣耀殿女御芳子が有名である。

御女、村上の御時の宣耀殿の女御、かたちおかしげにうつくしうおはしけり。内へまいり給とて、御車にたてまつりたまひければ、わが御身はのり給けれど、御ぐしのすそは母屋の柱のもとにぞおはしける。ひとすぢをみちのくにがみにをきたるに、いかにもすきみえずとぞ、申つたへためる。

（岩波日本古典文学大系本、『大鏡』九六ページ）

紫式部日記には、女房達の容姿についての言及が見えるが、髪についての部分をあげると次のようである。

○大納言の君は……髪、たけに三寸ばかりあまりたる裾つき、かんざしなどぞ、すべて似るものなく、こまかにうつくしき。
○宣旨の君は……髪のすぢこまかにきよらにて、生ひさがりのすゑより一尺ばかりあまりたまへり。
○式部のおもとは、……髪もいみじくうるはしくて、長くはあらざるべし、つくろひたるわざして、宮にはまゐる。
○大輔は……髪うるはしく、もとはいとこちたくて、丈に一尺余あまりたりけるを、おち細りてはべり。
○宮木の侍従……髪の、袿にすこしあまりて、末をいとはなやかにそぎてまゐりはべりしぞ、はてのたびなりける。
○五節の弁といふ人……髪は、見はじめはべりし春は、丈に一尺ばかり余りて、こちたくおほかりげなりしが、あさましう分けたるやうに落ちて、すそもさすがにほめられず、長さはすこし余りてはべるめり。
○小馬といふ人、髪いと長くはべり。　（日本古典文学全集、『紫式部日記』二二四〜二二九ページ）

一人一人についての、精緻にして用捨のない観察が窺われるであろう。
物語の世界でも、たとえば源氏物語などには、落葉宮のみならずおもな登場人物はそれぞれに美しい髪の持ち主であったことが記されている。又、その髪を切るという場におかれた浮舟が、無骨な手でそがれた髪のすその不揃いなのを、尼となった瞬間もまず気にするというのも、複雑な女心を伝えていたいたしい。俗世を捨ててなおかつ髪の切り様に執着するのである。

このように、髪は女のことばであり心であり生命そのものであったのであるが、平安時代をすぎて、女性が手や足を自由に動かし、口や言葉を自由に操る時代が来ると、もはや黒髪を「乱す」必要も「乱れる」必要もさほどなくなってしまった。しかし与謝野晶子の「乱れ髪」をまつまでもなく、黒髪の乱れの訴える切実さは、女性が女性である限り現在の私たちにまで受けつがれているというべきであろう。現在でもやはり女は髪を乱すのである。

『国文学解釈と教材の研究』（一九七八年三月）

物　語　（源氏物語以後）

この章で扱う物語の範囲は、大体『源氏物語』の成立後五〇年ほどから、いわゆる「物語」が消滅する鎌倉初期のころまでをふくむ一五〇年ほどの間に成った物語を包含するものとみておきたい。この期間は、物語の流れからみておのずから二つに分かれるであろう。これを仮りに「平安後期」・「平安末期」とする。

平安後期　『源氏』以後一一世紀後半まで。後冷泉朝を中心とする。作品としては、『浜松中納言物語』、『寝覚物語』（「夜の寝覚」、「夜半の寝覚」ともいう）、『狭衣《さごろも》物語』、『堤中納言物語』などがある。

平安末期　一二世紀。院政期を中心とする。作品には『在（有）明の別』、『松浦宮物語』、『今とりかへばや』などがある。

物語史の平安後期と平安末期

平安後期は、道長という個性的な人物によって固まった藤原氏の摂関体制が、長子頼通の手にゆだねられた時代であった。長保元年（九九九）道長のむすめ彰子は一二歳で一条帝のもとに入内したのであるが、この彰子を軸として、後一条帝（母＝彰子）、後朱雀帝（同）、後冷泉帝（母＝彰子の妹嬉子）の三代の帝がこの一族による独占の形で約束されたのである。ところが万寿四年（一〇二七）に道長が死去したことにより、この三代の帝はそっくり頼通のうけつぐところとなった。後朱雀帝の後宮および後冷泉帝の後宮は頼通が関与する形となったが、彼は同時にそこに生まれた後宮文化をも宰領する位置にあった。特に後冷泉帝の時代にはその傾向が著しく、「後冷泉朝文壇」なる呼称も行なわれるほどである。後冷泉帝は頼通の甥にあたる上に、中宮彰子、女御歓子、皇后寛子はいずれも姪やむすめなのであった。独特の文化サークルを築いていた祐子内親王、禖子内親王も帝の妹にあたる。こうした閉鎖的な血族による後宮は、一条帝の時代におけるような氏族間、兄弟間の葛藤や競争・対立よりも、小さくまとまった友好的なグループを形成する。そこに生まれる文芸もやはりこうした面を強く持っていることが推定される。当時の歌合の盛行は、こうした雰囲気のもとに生まれえたものであった。

ところで、友好的なグループだからといって、対立は全くなかったと言えるだろうか。狭く、どろどろした血族・親族の集まりであり、人間である以上、矮小化したとはいえ、かなり熾烈な息苦しいまでの対立や悩みがあったのではなかろうか。その暗い悩みは物語という作品形態が引き受ける種類のものである。そこに、歌とはまたちがった後冷泉朝の物語の特色があるように思われる。友好的なやさしさの中からは物語などそもそも生まれえないのではなかろうか。

一方、道長の死後、隆盛を誇った一条帝の文化も変質し、現実の貴族世界は崩壊に瀕していた。頼通はこれらを守るのに力をつくしたが、もはや昔日の面影はなかった。貴族階級の不安に加えて、永承七年（一〇五二）は仏法上の「末世」にあたるということで、人びとの動揺はかくせず、宗教的な傾向に拍車をかけることになった。

平安末期に至ると、ついに藤原氏による独占政権は崩壊した。後冷泉帝の東宮には、三条帝皇女の禎子を母とする尊仁親王が立たれたが、この皇統をつぐ親王が次の後三条帝である。帝のみではなく、後宮も藤原氏の手をはなれることになり、新帝は皇権を自ら復活され、新しい時代を目指されたのである。後三条帝の在位期間は短く、白河・鳥羽・後白河の各帝の、いわゆる院政時代にひきつがれて行くが、帝側の親政を目指した点で共通したものがあったと見てよかろう。物語を生んだ女房集団も事実上縮小化され、文芸サロンどころではなくなった。この期には物語はもはや生まれえなかったといってもよいほどであり、すでに平安後期をもって物語の時代は終りをつげたと言っても過言ではあるまい。この期の物語は、歴史的な存在の意味は別として、文学の対象になりうるかどうかさえ疑わしい。文学の主流は歌に移り、男性歌人の間に歌人グループが形成され、『後拾遺和歌集』はそうした機運の中に生まれた。この期の物語作品の作者に男性が擬せられることが多いのもこうした情勢と関係があろう。

このようなわけで、『源氏』以後の物語は、なぜ物語は消滅したのか、という物語史上の大きな問題をもかかえこむことになる。『源氏』、あるいは『源氏』以前の物語に比して、この面での結論はまだ出ておらず、また性急に定位づけるべきではないが、一応の推定を試みてみよう。

物語における男性と女性

物語を考える上で『源氏物語』のみを基準に捉えるのは、あまり当を得ていないように思われる。むしろ『源氏物語』は物語を超えた最高の達成であり、孤高の隔絶した存在である。『源氏』以後の物語の衰退は、時代のしからしむるところであると同時に、個性の問題でもあろう。物語から一歩ひろげて、平安中期のいわゆる女性作家たちを見渡しても、道綱母、清少納言、紫式部、和泉式部など第一級の女性達は、必ずしも周囲と同化した存在ではなく、激しい個性を持ち、ある意味で反宮廷的・反平安的な強烈な魂をどうしようもなく持っていた人達である。にもかかわらず、こうした激しい魂の、内奥の毒を持つ人達が、文学・文芸の場では抑えられうる「時代」が存在した。たけだけしい野性的な面もあったこの人達は、それを抑制しうる能力をもち創造力への転化が可能であったゆえに歓迎されたのである。

道長以後、前述のごとく、政治は前へ進むより守りつづけねばならない時代になってくると、宮廷自身、こうした強烈な個性を持つ女性を必要としなくなる。当時の文芸にかかわる人達が、いやおうなしに宮廷という文化圏に何らかの意味でかかわりを持たざるをえない時代において、これは文学そのものの変質をも余儀なくするものであった。ある範囲を逸脱しない個性、個性的であるにせよ狷介ではなく、十分に適合性を持つ人物、となると、図抜けたものは生まれようもなく、またそれを迎える享受者の側も、そのような没個性的なものの中での、細かい資質に目を注ぐ結果となる。内部の約束事を逸脱しない範囲での洗練が要求されたのである。

もう一つ重要なことは、現在残っている物語は当時の物語の極く一部分にすぎないという事実である。

生まれては消え、生まれては捨てられる、という極めて不安定な物語の性質を示すのであり、このはかなさの把握なくして、物語の全体像を視野に収めるべきではないであろう。

それではなぜいくつかは残りえたのでろうか。ここに私はどうしても男性の存在を抜き去ることはできない。ある意味で、男性の側あるいは権威の側でえらびとられたのがこれらの作品ではないかと思うのである。女性のひそやかなたのしみとしての物語は、必ずしも文学的にすぐれているとは限らない。『源氏物語』「螢」の巻に見えるように、男性にとっては、少なくとも表面的には、物語はかかわりのないものであった。しかしその中に「耳とまる一ふし」のあることによって物語は後世に伝えられる可能性を持ったのであろう。

平安女流文学と一口に言うが、すぐれた女性を支持する場と、すぐれた男性の鋭い評価および感受性なくしては、残るべきものも残るはずはなかろう。短絡は避けたいが、平安の女性は、すぐれて個性的な男性達に支えられて、むしろ男性の代弁者として、その批評の上に成り立っていたのであると考えられる。女性の支持のもとで物語をひろめ、残すべく実際に手を借したのは、おそらく男性の批評力である。そして、女性の手による『源氏物語』を、同時代の他の文学形態のどれよりも勝れたものと認定したのも、男性であった。

この視点からすれば、物語の衰退はすなわち男性の批評力の衰退である。『源氏』以後、男性達は物語に見切りをつけ、歌の方に活路を見出だした。中世期を代表する藤原定家の頃になると、あれほど何度も物語を書写し、校訂し、楽しみながら、ついに、物語としては（定家の作であることを認めるとするなら）『松浦宮物語』一篇を残したのみであるらしい。すでに器としての物語は古びていたのであろう。こうした場においていくら力んでみても無駄である。したがって『源氏』以後の物語は、特に、ある程度同じような傾向のものが残っているのではないかと推定されるのである。強烈な個性を持った作品は残らず、穏やかなものが残っているのであって、それは今日の眼から見ればおよそ文学的評価にはたえぬものである、といったことも考えられる。『無名草子《むみょうぞうし》』の時代（鎌倉時代初期）でさえすでに、非現実的・超自然的なものは退ける、といった批評の基準の変移があったのである。

貴族の美意識と誇り

『源氏物語』以後、物語作者たちを支えたのは何であったろうか。時は移り、新しいものと古いものが混在して、交替しようとひしめいていたこの時代、物語作者は疑いもなく古い方の陣営に属することになろう。『源氏物語』に追随し模倣するのみであったという厳しい評価が存在し、またそれは一面まぎれもない事実であるけれども、先に述べたように、個性の乏しい女性たちが「物語」という古い形式を果敢に守りつづけたというのもまた事実である。自分達は平安の貴族文化の美意識の伝統を受けついでいるのである。成上り者の理解などは要しない、といった高貴な誇りがあったのではなかろうか。時代の変移を予感し、あるいは実際にゆすぶられながらも、ありとあらゆるものをあらわには示さずに慎しみ、抑制して、物語の形式の中に凝縮してゆく作業は、作者たちの欲求というより、「物語」そのものの要求したものであったかも知れない。文化の各部門で行なわれた貴族の伝統文化の集大成といった面が、物語にも有りえたのであろう。具体的に述べれば、新しいものを物語の中に取りこむのではなくて、むしろ今までの歴史の完成である。その意味で、『狭衣物語』は最高の完成度を持った作品であろう。貴族の「物語」における美意識といったものの今後の検討が望まれる。

物語とは、かなりきびしい約束事の上に成り立っているのではなかろうか。その約束事を十分練り上げたのが平安後期の物語で、約束事だけが残ってもはや魂が入らなくなってしまった、あるいは約束を破ってしまったのが平安末期の物語だ、というようなこともいえるであろう。その場合、何を約束事としたかを追求するのが当面の課題であろう。たとえば、『源氏』の時代には約束事であったらしい、没落した皇子の物語、侵犯の物語、といった神話的伝統は、この時代にはかえりみられなかったようである。罪やあやまちや報復の、スケールの大きい人間把握ではなくて、超自然的現象を趣向としてとり入れただけの恋愛物語となってしまっている。思うに、生・愛・死といった大きなものを相手にするときには、豪快なユーモアがなくてはとらえ切れないのではなかろうか。後期の物語に共通のきまじめな余裕のなさはすでに指摘されているが、あらゆる意味で創造の自在さを失っているのがこの期の物語の特色といえる。

伝統的形式の中に、自らの不安や苦悩をとかしこみ、きびしく慎しみ抑えたところに、独得の悲哀美が生まれたのであろう。露骨で生々しい混乱の時代にあって、その意味では物語はある安らかさをそなえているのである。

浜松中納言物語――構成と梗概

まず『浜松中納言物語』から述べよう。この作品は、定家筆の『更級日記』奥書に

> 常陸の守菅原の孝標《たかすえ》のむすめの日記なり。傅《ふ》のとのの母上のめひなり。よはのねざめ、みつのはま松、みづからくゆる、あさくらなどは、この日記の人のつくられたるとぞ。

と記されているうちの『みつのはま松』であり、菅原孝標女（一〇〇八～?）作かとする伝はかなり信頼がおけるものと認められている。

現存するのは五巻であるが、発端の巻を失っている。この巻の存在したであろうことは、『無名草子』、『拾遺百番歌合』、『風葉集』などから推定される。『河海抄《かかいしょう》』「空蟬巻並事」の条と、『拾遺百番歌合』の配列とを根拠として、現存本巻一の次にさらにもう一巻あったかとする説もあるが、なおさだかではない。また、五巻という現在の形も、昭和五年秋松尾聰氏によって尾上八郎氏所蔵の一本が紹介されるまでは、その末巻をも欠いていたのであった（松尾聰「浜松中納言物語末巻略考」『国語と国文学』昭6・4）。さらに昭和一二年、臼田甚五郎氏によって広島市立浅野図書館本も同じく末巻を持っていることが紹介された。しかしこの二本を含めて、およそ四〇本の伝本のうち、近世期をさかのぼるものはないといってよい。

さて、発端・末巻を含めて、その梗概を記してみよう。

式部卿宮とよばれる方があったが、この宮は若君（この物語の主人公）と北の方をのこして亡くなってしまった。また、北の方を失い、亡れがたみの大君・中君と共にすごしている左大将があった。自然のな

りゆきで、左大将は故宮の北の方のもとに通うようになった。中納言となった若君は、こうした母と左大将との結婚を喜ばなかったが、やがて自身も大君と結ばれるようになった。中納言は、故父宮が唐の国の第三皇子に転生していることを聞き、三年の予定で唐にわたる。大君は中納言の子を宿していたが、別れの悲しさから尼になってしまう。左大将は、以前から大君に執心であった帝の皇子式部卿宮を、中君のもとに通わせる。尼になった大君は、やがて女児を出産した（以上、首巻の推定）。

中納言は、阿陽県に第三皇子を訪れると、七、八歳になっておられた皇子は再会を大変よろこばれた。母后は、唐の遣日使と日本の上野宮の姫君との間に生まれた方であったが、中納言はその美しさに心をひかれるようになる。后は物のさとしがあって山陰にこもった折に、中納言がその地をたまたま訪れ、別人と思いこんで后と契りを結ぶ。后は中納言そっくりの若君を生む。事情を知って驚いた中納言は、若君をつれて日本に帰ることになる。后は母君への消息を託した。帰国して中納言は、大君が尼になったことを知る。三月の末に、中納言は、唐の后の消息を尼となった母君に渡す。この尼君には、帥宮との間に生まれた吉野姫君があったが、あとを中納言に託して尼君は亡くなる。好色な式部卿宮は、ひそかに吉野姫君を盗み出して契りを結び、姫君は懐妊してしまう。中納言は夢でその腹中の子が、唐の后の生れ変りであるというお告げをうけて、思いは複雑であった。翌年唐から「去る三月に后はなくなり、第三皇子が春宮に立った」との消息に接し、涙にむせんだのであった。

夢と転生

右の梗概からも一部うかがわれるように、この物語には一三の夢と三つの転生が語られている。しかもそれらは極く自然に描かれていて、作者の側に抵抗感がない。ここに、一一の夢を語る『更級日記』との共通性が云々されてくるわけである。主人公は中納言という官にとどまり、現実世界における栄達などは眼中にない。これは、仮りに孝標女の作ではないとしても、現実に対する絶望と、仮想世界に対する積極的な姿勢を示すのであろう。

ただ、それを直ちに頼通支配下の閉塞した社会にのみ結びつける必要はなく、作者の資質がかなり大きな要因となっており、それを支持する読者が存在したことがむしろ重要であろう。『源氏物語』、特に宇治十帖の影響を強く受けたと思われるこの作品は、薫のごとく内省的なやさしい男性を主人公とする。先に述べた夢と転生は、『源氏』の周到な現実性と比べて、価値の低いものと見られがちであるが、これほど強い人間の願望もなかろう。仏典その他の影響もあろうが、創作の中心となったのは、決して再び逢うことのできない人間に、時間・空間を超えて逢う、という夢である。生を隔てたものが、別の生の形で人間の世に与えられる、というのは大きな救いであろう。切実な死や離別の苦しみを知る人であったからこそ、こうした夢が可能であったのであろう。現代においてすら、これを否定する事実の証明はできはしない。「生」の神秘の面はそのままわれわれに残されているのである。こうした大きな宇宙意志を信じた人間はそれなりに評価されてよいと思われる。中納言の父が唐の第三皇子に、唐の后が吉野姫君の胎内に転生するというプロットは、『無名草子』に、

あまりに唐土と日本とひとつにみだれあひたるほど、まことしからず。云々

と評されているが、転生そのものは否定されてはいない。

成立時期は、作者が孝標女であるとすると、この人物の『更級日記』に描かれた人生の歩みと、末巻の「なきにはえこそ」とある部分が周防内侍の歌によったかとみる推定をふまえて、五〇〜六〇歳のころ、すなわち康平三、四年（一〇六〇〜一）以降かとする説が有力である。

寝覚物語――構成と梗概

『寝覚物語』（「夜の寝覚」、「夜半《よわ》の寝覚」とも）は、後期の物語中でも最も特色のある作品である。さまざまな意味において不完全であり、それを完成させようとする意志を読者にかり立てさせずにはおかないという点においても特異であろう。

まずこの作品は、全体が残っているわけではない。中間と末尾にかなり大部の欠巻があって、われわれの読むことのできるのは全体のうちの一部分にすぎない。その欠巻を目安として、全体の構成は次のように考えられる。

第一部（五巻本の巻一・二、三巻本の上巻）　美しい姫君としての女性
第二部（中間欠巻部）　運命に流される女性
第三部（五巻本の巻三・四・五、三巻本の中・下巻）　知性に目覚めた強い女性
第四部（末尾欠巻部）　母としての女性

この分類は形態からきたものではあるが、同時に構想にも密接に結びついている。

まず梗概を述べる。欠巻部分の内容は、後述する中村本『夜寝覚物語』、および『無名草子』、『風葉和歌集』、『拾遺百番歌合』などによる推定である。

源氏太政大臣には二人の妻があったが、それぞれ二人の男子、二人の女子を残してなくなってしまった。この二人の女子の大君・中君のうち、中君はとりわけ美しく、楽の才にも恵まれ、一五歳の秋には夢に天人が下って琴の秘曲を授けられた。それと同時に将来の運命の、「あたら人の、いたくものを思ひ、心を乱したまふべき宿世《すくせ》のおはするかな」という予言も与えられ、ここにこの中君こそ女主人公であり、物語の主体であることが明らかとなる。すなわち、この物語の主人公は「女性」なのである。大君は、関白左大臣の息、中納言と婚約したが、中納言は、乳母の病気見舞の折、それと知らずに、妹の中君と契りを結んでしまう。この中納言（のちに関白に至るがこの呼称を用いる）が男性の主人公である。中君は密かに出産するが、姉大君との反目はどうしようもない（以上第一部）。やがて中君は、三人の姫君を持つ年老いた左大将のもとに嫁す。まもなく中君は「まさこ（若君）」を生むが、実は中納言が父である。大君は、中納言が女一宮のもとに通い出したこともあって、出産後、嫉妬の苦しみのうちになくなり、また、老齢の左大将もあとを中君に託して世を去ってしまう（以上第二部）。中君は、左大将の長女である尚侍の参内につきそって宮中に参じたが、前から中君を望んでおられた帝は、無理に中君と夜を共にされる。逃れ出た中君は、自分の心がやはり中納言に傾いていたことを知る。結局中君は中納言を通わせるものの、心の中は出家の志を持ち、中納言にうちとけようとはしない。しかし子ゆえに出家できない嘆きのうちに巻を終

える（以上第三部）。中君と中納言の第一子である石山姫君は、東宮の女御となる。「まさこ」は三位中将に進むが、帝のかわがっておられる女三宮との間に恋が芽生え、帝の怒りにふれて勅勘の身となった。中君はその悲しみのためであろうか、一度死を装い、のちには尼となり、ついに死に至った（以上第四部）。

女性の発見

以上のように、物語は中君を軸として進められているが、『浜松中納言物語』と比べると著しく現実的であり、また筋も単純である。そして、外側の事件の代わりに作者が目を注いだのは、ひたすら心の中であった。女性のさまざまに揺れる心をこれほど克明に描き切った物語は珍しい。そしてそこから、次第に深く女性を発見してゆくことにもなったのである。女性の、母である面、肉体と精神の相剋、したたかな生活者、家の統治者である「家刀自《いえとじ》（主婦）」の面、などは、女性を主人公としたために見えてきた面であった。しかしそれは、現在でこそ高い評価を与えられてはいるものの、物語のバランスを崩しかねないものであった。男性はこうした女性を理解できない存在として位置づけられている。すなわち、作者は物語の約束をはみ出しかねない傾向を持っていたのである。

このように、物語自体の中に内側からそれをつき崩すような何ものかをはらんでいることが、この物語の、物語史上最も重要な点であろう。第一部から第二部の欠巻をへだてて第三部が存在することが、この作者の物語内容への密着ぶりをきわ立たせているのであるが、その女主人公の女としての開眼・成長が、物語作者自身の成長と重ね合わせられるところが、まぎれもなく創作というものの神秘をかいまみさせるのである。文学的にはこの作品が後期物語中最も高い評価を与えられているのも故なきことではない。『更級日記』、『浜松中納言物語』とはやや異質なものが感じられるのである。

寝覚物語の伝本と改作本

『寝覚物語』の伝本は極めて少なく、前田家本、国会図書館本、天理大学本、静嘉堂文庫本、東北大学本、実践女子大学本、島原本などの六本である。前田家本は三巻本であり、あとの諸本は五巻であるが、五巻本のすべては島原本を祖本としており、したがって前田家本・島原本（二本とも近世初期書写）の二系統に単純化されよう。両系統とも中間・末尾に大きな欠巻を持つ点では同様であり、本文にもさほどのちがいはない。

また、鎌倉末ごろの改作本として、中村本『夜寝覚物語』(五巻)が存在する。中村本のほかに三条家旧蔵本もあるが、巻四・五を欠く。中古の物語とそれの中世の改作本の両様が残存していることは極めて珍しく、物語の変遷の歴史をたどる上で、また原本の中間欠巻部の内容を考える上で、また物語そのものを考察するためにも、非常に貴重な存在であるといえよう。原作の第一部から第四部のはじめの部分にかけてを一つの作品としているが、第一部、第二部と物語が進むにつれて変改が著しく、例のくだくだしい心中描写はきっぱりと取り去って、ハピーエンドの物語に仕立て上げている。『寝覚物語』の中世における把握を示すものであろう。

物語の完成――狭衣物語

『狭衣物語』は前記の二物語と比べると、『源氏物語』の宇治十帖の世界をより忠実にうけついだものと言える。起筆の部分の、

少年の春は惜しめども留まらぬものなりければ、弥生の廿日余にもなりぬ。御前の木立、何となく青み渡れる中に、中島の藤は、「松にとのみも」思はず咲きかゝりて、山ほとゝぎす待顔なるに、池の汀の八重山吹は、「井手の辺にや」と見えたり。

という文章は、『無名草子』に

少年の春はとうち始めたるより、ことばづかひ何となく艶に、いみじくじやうずめかしくなどあれど、さしてそのふしととりたてて、心にしむばかりのところなどはいと見えず。云々

と批評されているように、内容よりもその詞藻に注目すべき点を多く持っていよう。漢詩・歌・故事・物語などを自在に引用したことは、すなわち、それを理解し評価しうる読者の存在を予測させるものである。いうなればそれは決して広い範囲の読者ではなく、ある閉鎖的な文化集団とでもいうべきものであろう。いわゆる王朝文化の集大成、総まとめ的な物語であって、決してそれ以上の世界に飛翔をとげようとなどはしていない。前述のように、あらゆるものを敏感に感じ取りながら、それをあらわには見せようとせず、

あくまで抑制のきいた慎しみのある筆で物語を織りなしていることは、「物語」というものの一つの典型を示しているようであり、それなりの完成美があるといえよう。当時『源氏物語』についで人気のあった作品であり、後世に多くの影響を与えた。

狭衣物語の梗概

梗概を記す。起筆部分につづく人物の紹介によると、「木立や山吹」を眺めていたのは狭衣中将とよばれる貴公子であった。狭衣中将は、一つ家に兄妹のごとく育てられた従妹の源氏宮を恋い慕っているのである。横笛の名手である彼のもとには天から天稚御子《あめわかみこ》がくだる。宮中から戻る途中、中将は飛鳥井姫君《あすかいのひめぎみ》に出あい、しばらくの間心をなぐさめるが、この姫君も行方不明となる。実は船中から海に身を投じたのであった。女二宮との結婚のきまった狭衣中将（官位は次第に昇進するが中将の呼称を仮りに用いる）は、女二宮を垣間見て契りを結ぶが、女二宮側は相手が狭衣であるとは知らない。やがて若君を生んだ女二宮は、嘆きのうちに尼となってしまう。一方、飛鳥井姫君は入水したものの助けられて、狭衣中将の姫君を生み、母君の死後、その姫君は一品宮《いっぽん》のもとに養われている。狭衣中将は一品宮と結婚したものの、お互いにうまくゆかない。式部卿宮姫君ともかかわりを持つが、そうこうしているうちに源氏宮は斎院となり、逢うことはできるはずがない。そのうえ出家もかなわぬ身であることを悲しむ狭衣中将は、物思いに沈む。しかし帝の譲位ののち、狭衣はついに「帝」となり、最高位をきわめて、外側の栄誉と心中の憂愁との二重性になやむのであった。

狭衣中将をめぐる女性には、永遠の女性である源氏宮のほかに、飛鳥井姫君、女二宮、一品宮、式部卿宮姫君の四人がある。その四人とともにお互いに満足していないのであるから、この物語をおおうのは全体に暗い憂愁に満ちたムードである。天稚御子の降下など、超自然的な事柄も描かれているが、これは後期物語に共通することで、人間の及ばぬ世界に眼を注いでいたらしいことと関係があろう。しかし、後期物語が宿世に流されるのみの人間を書いたものとする論には従えない。

狭衣物語の作者

この物語の作者は、禖子《ばいし》内親王家に仕えた宣旨《せんじ》という女房であるとみる説が有力である。ただしこの宣旨を特定の個人に認定することはむつかしく、源頼国のむすめの源隆国妻がそれにあたるかといわれている。天喜三年（一〇五五）五月三日の物語合に「玉藻に遊ぶ権大納言」を出品した「せじ（宣旨）」と同一人であるらしく、これが妥当であれば、当時の物語を生み出す主体がサロン的な雰囲気の中にある女房であること、さらに、一人の女房が時間をへだてて複数の物語作家でありえたことも推定されてくるであろう。そして、このことは、先に述べた読者の問題ともかかわりを持ってくる。その範囲が狭いものであれば、その内部の人びとに共感される作品を書けばいいことになろう。

この作者は「物語」というものをある意味で解釈していたといえる。こうもあろうかという理想的な典型を打ち立てたのである。虚構の約束事の範囲内でそれはまさに見事なものであった。人工的に完璧な別世界を作り出すことには成功しているが、それを果して文学であるかどうかは別問題である。

こうした作者・作品と対比すれば、ほぼ同時代の『寝覚物語』、『浜松中納言物語』は、やや異なった作者像が求められるかもしれない。作品の土壌はほぼ同じであろうが、「宣旨」のごとくサロンの内部に密着していた女性ではなく、やや異質の、作者自身の個性・好みを強く持ち、それを優先させた人物を感じるのである。たとえば『寝覚』第三部におけるくだくだしい心中描写は、作品の均衡を破る危険性をはらんでいるが、当時の人びとにはどのように評価されたであろうか。ややのちのものであるが、『無名草子』、『風葉和歌集』もこのあたりは素通りし、前述のごとく鎌倉時代の改作本である中村本『夜寝覚物語』になると小気味よくこのあたりを刈り込んでしまうのも、一つの見方であるといってよかろう。

『狭衣物語』は当時の歌壇とも密着していたようである。それは新古今時代に引きつがれてゆくのであろうが、象徴的な、現実再編成への志向と、無関係ではありえないであろう。ある意味で、これほどの人生への絶望はないとも言える。人生を見すえてその上に人工的な世界を構築しようとする「すさまじさ」に比べれば、『寝覚』の、自分の筆で何とか人生そのものを解きほぐそうとする努力の方が、まだ救いがあると言えそうである。外面的な要因よりもむしろ、このあたりは作者の資質の問題にもなってきそうである。くずれを見せずに洗練を極めた一篇の完成度は、それなりに評価されてしかるべきものであろうが、逆に生き生きした自在さのない点が、現代のわれわれには物足りない。

作者を宣旨であるとすると、その成立は大体白河帝の時代の初期、承保三年（一〇七四）前後であろうか、と推定されている。

この物語のもう一つの問題は、本文の間に異同がはげしいことである。最も古い書写本である西本願寺本に対し流布本系本文のちがいは著しく、また、流布本中の古活字本（日本古典全書底本）、内閣文庫本（日本古典文学大系底本）を比べても相当の差異がある。おそらくいずれの本文も原本とはかなり隔っていることであろう。したがって、以上述べたことはあくまでも推定の域を出ず、『狭衣物語』を論ずること自体若干の危険性を伴うことになるのである。

この期に残されている唯一の短篇小説集である。一〇の短篇と一の断章を含むこの物語はさまざまな問題を提起している。

短篇小説集、堤中納言物語

まず「花桜折る少将」は、姫君とまちがえて年老いた尼君を車にのせて帰ってきてしまったという話である。「このついで」は、中宮の御前で薫物《たきもの》を試みつつ三人三様の体験譚を語る、という構成を持つ。「虫めづる姫君」は、毛虫を愛し合理性を尊ぶ姫君を描く異色の作品である。おそらく、美しい蝶が実は気味の悪い毛虫から成長したものだということを発見した作者が、その素朴な驚きをからめて描いたものであろう。「ほどほどの懸想」は、小舎人童《こどねりわらわ》、男、頭中将という下・中・上の主従の「ほどほど（身分身分）」に合わせてやはり下・中・上の女性との恋が生じたとする物語である。この当時の横・縦の情報網がうかがわれておもしろい。「逢坂越えぬ権中納言」は、当代随一のすばらしい男性たる権中納言が実は女性に対しては全く無力であるという二面を、五月五日の根合せの遊びにからませて描く。「貝あはせ」は、一三歳ほどの姫君が異腹の姫君と貝合せをするのを、蔵人少将が垣間見して、少女達にわからないようにこっそりと応援するという、恋愛の直接には入らない微笑ましい話である。「思はぬ方にとまりする少将」は、少将と権少将という紛らわしい官名を持つ二人が、姉妹の婿となり、通っているうちに、あるとき取次ぎの思いちがいから、それぞれ相手を交換して契るような事態になってしまった、というもので、これもいかにも有りそうな一話である。「はなだの女御」は、大勢の姉妹が集まって、それぞれお仕えしている女主人たちを花にたとえて語り合っている、という趣向であり、題名は「花々のをんなご」、「はなだの女子」の誤写であろうかといわれている。「はいずみ」は、新しく男の妻となったあわてものの女が、男の急な訪れに動顚して、白粉をつけたつもりで「はいずみ（掃墨＝眉墨）」を顔に塗ってしまったので、男は驚いて逃げ帰る、という滑稽譚。『平中物語』や『伊勢物語』の話を一つにまとめたような構成を持つ。「よしなしごと」は、ある僧が女から品物を借りようと思って記した手紙の形である。大げさな物を要求しながら、それがだめならせめてこれだけでもと、卑小なむしろ・たらいの類を述べ立てるというおかしさが中心となる。後世の俳文・戯文の類で、往来物の影響があるかともいわれている。以上一〇篇の他に、「冬ごもる空のけしきに、しぐるるたびにかき曇る袖の晴間は」の書き出しを持つ断章が残されている。

短篇物語の成立事情

以上の短篇物語の成立を云々する上で最も興味のあるのは次の事実である。後冷泉帝天喜三年（一〇五五）五月三日に「六条斎院禖子内親王家物語合」が行なわれたが、その八番左に（『類聚歌合』所収）

あふさかこえぬ権中納言

左　　こしきぶ

きみがよのながきためしにあやめぐさちひろにあまるねをぞひきつる

とある歌が、現存する『堤中納言物語』中の「逢坂越えぬ」の歌と一致するのである。昭和一三年における『類聚歌合』の発見により、少なくともこの一篇だけは、天喜三年以前に小式部なる女房が作ったものであることが推定されるに至った。この物語合のことは『栄花物語』の「煙の後」の巻に描かれており、短篇物語成立の事情を、かなり正確に示すことになったのである。しかし他の諸篇については成立時の確証はなく、「虫めづる姫君」、「はなだの女御」、「はいずみ」、「よしなしごと」の四篇は内容や題材などからおそらく平安末期の成立であろうこと、したがって残りの各篇は「逢坂越えぬ」とほぼ同じ平安後期に属するであろうことが推定されるにすぎない。一〇篇まとめられたのは『風葉和歌集』以後であろう。しかしここでも、後期から末期にかけての、作者が女性から男性へと変わる流れは、やはりその内容から考えられるように思われる。

これらの短篇は、極めて現実的な、身近な材料を用いている。生命や愛の神秘性や人生の重みよりも、短篇物語はさまざまの意味での遊戯性を持っているようである。個性的な生き生きした叙述は長篇の物語とはかなり異なるものの、いずれも、短篇を目指した完結性よりも、長篇に移行して行きかねない要素をはらんでいる点で注目される。短篇物語はその性質上残りにくいが、平安初期の物語の始発時からずっと存在しつづけていたものであろうことが推測されるのである。なぜ『堤中納言物語』と称せられるのかは現在のところ明らかではない。

平安末期の物語―今とりかへばや・在明の別・あさぢが露・松浦宮物語

『源氏物語』以後、物語の創作と共にその改作もかなりあったことは、中村本『夜寝覚物語』の存在からも推定できることである。

さて、『とりかへばや（物語）』とよばれる作品が現存するが、これはどのように位置づければよいであろうか。『風葉和歌集』は『とりかへばや』と『今とりかへばや』の二つから歌をとっている。『無名草子』にも、『（古）とりかへばや』の改作・改良本として『今とりかへばや』が生まれたことへの記述がある。現存本は歌や内容からみて『今とりかへばや』であることが松尾聰氏によって明らかにされた（『平安時代物語の研究』）。その成立は、「古」が大体承暦四年（一〇八〇）ごろ、「今」は嘉応二年（一一七〇）頃までに成ったかと推定されている。

題名は、男らしい姫君と女らしい若君を持った権大納言の述懐「御心の中にぞいとあさましくかへすがへすとりかへばやと思されける」によっている。これは、性格を交替させたい、あるいは性格にふさわしい性（男女）に取りかえたいということであって、男に女を演じさせたいということではなかろう。

さて物語は、やむを得ず性をとりかえたものとして演じた男女が、それによってさまざまの問題――たとえば、男の出産、女の、女のもとへの婿入り――を引きおこすという前半と、困ったあげくもとの性に戻ったところまた珍奇な問題が続出するという後半にわかれるが、結局のところ幸福な結末を迎えることになる、という趣向である。当然のこととして、男女の性のくいちがいから起こるさまざまな事件が物語の中心をなすが、それのみに終わらず、家族愛・兄妹愛などもかなり丁寧に描かれており、卑俗さのみを狙った作品というわけではない。ところで「古」の方は、『無名草子』によるとかなり露骨な「おびただしく恐し」い部分があり、その不自然さが非難されている。そして「古」の作者は男性ではなかったかと推定されていることは、「物語」の流れの中できわめて面白い事実であろう。物語作者の女性から男性への変移がうかがわれるからである。

『在（有）明の別』は、従来散逸物語の一つと考えられていたが、最近発見された物語である。成立したのは仁平～保元（一一五一～九年頃）以後かと推定されており、『無名草子』も「今の世の物語」として言及している。その内容は『とりかへばや』の影響を強く受けており、主人公の「姫君」（女性）が、存在しない「兄」（男性）にもなり変わって、一人で男女二役を演じる、という趣向のおもしろさを中心とした物語である。

『あさぢが露』も戦後に見出だされたもので、かつその成立は『無名草子』以後かといわれているが、簡単に触れておく。この作品に最も強く影響を与えたのは『狭衣物語』であって、主人公二位中将の、気が弱く、次々に女性を不幸にしてゆく性格も、狭衣中将を模したものであろう。『松浦宮物語』については、『無名草子』に又、定家少将の作りたるとてあまた侍るめるは、ましてただけしきばかりにて、むげにまことなきものに侍るなるべし。「松浦宮」とかやこそ、ひとへに「万葉集」の風情にて、「宇津保」など見る心地して、愚かなる心も及ばぬ様に侍るめれ。

とある記述はほぼ信じてよいであろう。「定家少将」の時代の作ということであれば、文治五年（一一八九）＝建仁二年（一二〇二）、すなわち藤原定家二八歳〜四一歳の間の成立かと推定されている。このことからも最も興味深いのは、これが定家という男性作家の手になるらしいという事実である。萩谷朴氏が「実験小説」とよばれるように（角川文庫本解説）、作者は、物語としての完成よりも、その文章・和歌の錬磨に中心を置いていたらしい。『無名草子』が述べるように、その作風は『万葉』的な擬古物語を装いつつ、かつ『宇津保』・『浜松』のプロットを大胆に取りこみ、なお恋愛・伝奇・戦記といった要素を加えたものである。

ここに「物語」の変質が生じたのは当然であろう。物語はもはや女の、人生を賭けた生産物ではなくなってきているのであり、なおかつ歌人としての研究の場なのであった。

以上のほか、『いはでしのぶ』、『あまのかるも』、『山蔭中納言物語』などが平安末期の作品である。

平安後期・末期の散逸物語

以上述べたのは現存する物語であるが、そのほかにも、存在したことはほぼ明らかでありながら現在残っていない物語が多数ある。広く物語を考える場合、名さえ残っていない物語の存在を当然想定せねばならないであろう。名のみ残ることはそれらの物語に比べれば幸いであるが、その内容は推定によるほかはない。『源氏物語』以後の諸書にみえるものはおよそ五〇から六〇をかぞえ、その大部分は、前述の『六条斎院禖子内親王家物語合』、『無名草子』、『拾遺百番歌合』、『風葉和歌集』などに記されているものである。

しかしこの「源氏以後の」という限定は、作品が存在しないのであるから必ずしも容易ではない。まして平安後期・平安末期の認定もむつかしいのであるが、仮りに分類してみよう。

まず後期のものとして考えられるものをあげる。『朝倉』、『みづからくゆる』は、『更級日記』の奥書に定家が、同じく孝標女作の物語と伝えられているとして記したもので、定家のころ『更級日記』とほぼ同時代の成立と考えられていたとみてよかろう。『六条斎院物語合』に見られる『あやめうらやむ中納言』、『あやめかたひく権少将』、『あやめもしらぬ大将』、『あらばあふ夜の嘆く民部卿』、『岩垣沼』など一八の物語は、この物語合に際して新しく作られたものと考えられるから、天喜三年（一〇五五）という年時がある程度限定される。『堤中納言物語』の項で述べたように、このうちの一つ『逢坂越えぬ権中納言』が『堤中納言物語』中の一篇に相当するものと考えられるところから、あとの一七の物語も、おそらく短篇であったものと推定される。しかしそこから長篇に発展していった物語も当然あったことであろう。また、『あし火たくや』、『大津の王子』、『おほゐ』、『かくれみの』、『かばね尋ぬる宮』、『唐国』、『しらら』、『芹つみし』、『玉のを』、『左も右も袖ぬらす』、『ふせご』などの名が『更級日記』、『狭衣物語』、『浜松中納言物語』、『寝覚物語』などにみえるが、これらも後期をあまりさかのぼらない頃の成立であろうか。

末期のものとしては、『無名草子』に『とりかへばや』以後の成立とみなされている『夢語り』、『浪路の姫君』、『浅茅原の尚侍』や、藤原隆信（一一四二～一二〇五）作かという『うきなみ』などが、ほぼこの期の成立であろう。そのほか、『風葉和歌集』にみえる『扇流し』、『あま（人）』、『岩うつ浪』、『石屋』、『宇治の河浪』など多くの物語が包括されるようである。

この後期・末期の散逸物語について作者が必ずしも明らかではないのは当然のことといえようが、ここでもやはり、後期の孝標女、歌合に参加した女房達、末期の隆信、あるいは定家、といった具体名が暗示するように、物語の主体は女性から再び男性へと移っていったのではなかろうか。末期の物語について『無名草子』が「まことしからず」と評しているのは、おそらく、散逸物語をも包含した男性作家たちの手法を評しているのであろう。

以上『源氏』以後の物語について略述したが、物語の終焉への歩みについてはまだ多くの問題が残されている。「物語」とは何かという根本問題を考えるについても避けることのできない命題で、今後の大きな課題であるといえよう。

木村正中編『中古日本文学史』第9章（一九七九年一一月三〇日）有斐閣双書

島本達夫編著『だれも読《よ》まない2――本朝古典文学瞥見』

序にかえて　島本達夫氏の世界

島本達夫氏の旧作『私の古典読書ノート』が『だれも読まない2――本朝古典文学瞥見』として公になることをお喜び申し上げる。

ここにあるのは新しい異世界の発見による実に活き活きとした楽しさであり、からっとした愉快な豪快さである。選択された古典は『源氏物語』『枕草子』等の著名な女流文学だけではない。『明徳記』『犬枕』『誹風柳多留』といった目に触れることが多くない作品も、テキストに伴っての紹介ということもあって、実に面白い、ということを読み手も発見する。同時に「これは何という奇妙な世界だろう」という困惑とユーモラスなつぶやきも島本流である。

例えば、私（永井）が「丸い」と思い込んでいる作品が、実はちょっと違って「楕円」である、とあっさりと記されている。「三角」が「正三角形」に、「四角」が「平行四辺形」に、果ては「丸」が「四角」にといった具合である。とはいえ奇を衒《てら》うといったものは微塵もない。むしろ率直に作品に向かい合う氏の謙虚な姿勢には気持ちのよい爽快感が溢れ、結果としてここには見事な「日本古典文学史」が存在することになった。

何しろ島本氏は医師であり、山男であり、スキーヤーであり、編集者であり、また近代文学の極めつきの読み手である。それだけではなくきっと、その他の世界も豊富に持っておられることであろう。医師として生死の極限を知る島本氏が、古典文学研究者の成果を充分に心得た上で、科学者としての厳正な考察と作法により研究者の検証を再検証し、古典はこんなに楽しいから紹介しようという自在な世界が踊るように展開する。島本氏は同時に人間のからだを知ること、鍛えること、また鍛えた肉体を駆使し天地の自然に触れるという本物の喜びを知っておられ、またその喜びを初心者に伝授することにも長けておられる。私の次男も高校生の時に登山やスキーを通じて、「この世は楽しい」という基本的な得難い教えを受けた一人であり、言わばそのご縁で私は氏の世界を知ることとなった。

そしてその底を流れているのは、限りある生の時間を知る人間の、研ぎ澄まされた厳しい感覚であることを見落としてはなるまい。『山の本　8』（石井光造氏・島本達夫氏による編集・発行　一九九四年七月）の、氏による巻頭言の一節を引用しよう。

花たちが言う。「おまえが忘れたように彼らもおまえを忘れる。おまえが覚えているように彼らもおまえを覚えているさ。でも、いましかないいんだろ、おまえには」

氏が、天狗沢の尾根のお花畑で、昔の山仲間を思い浮かべながら、彼ら（昔の仲間たち）は「わたし（島本氏）のことを覚えているだろうか」と「花たち」に問いかけた時の「花たち」の答えである。広い分野にわたる自在な空間への行き来に加えて、「いま」という時間に対する氏の繊細な感覚と切実な思いが伝わる。日本の「古典」もそうした世界をまさに体現しているではないか、という発見の喜びと驚嘆がこの一冊には息づいている。近代文学に関する氏の最近の編著『だれも読まない―大正・昭和日本文学瞥見』（正津勉氏監修　アーツアンドクラフツ刊　二〇一〇年七月）という逆説的な傑作も、併せて一読をおすすめしたい。

島本氏が、弾みのある筆致によって、今後もますます広く喜びに満ちた世界へと私達を誘って下さることを心から願っている。

島本達夫編著『だれも読まない２――本朝古典文学瞥見』（二〇一一年）

AERA Mook「源氏物語」がわかる。

永井和子

深遠と通俗の両面が鮮やかに躍動する

アエラ／朝日新聞社より

『源氏物語』とつきあうようになったきっかけ

文学を楽しむなら良いが、そうした絵空事にとらわれたり、のめり込んだりしてはいけないという暗黙の了解がある家に私は育った。従って、祖父母・両親に始まる家族たちは、子供である私の読む古今東西の本を丹念に選び抜き、慎重に時をはかり、幼児期から非常に注意深く与えた。こうした広汎な分野にわたる書物に対して、私は非常に感謝している。今、自分が生きているという事実と、世界が存在していること自体の不思議さに、好奇心をかきたてられたからである。

　ところで、禁断の書物ほど魅力的なものはない。あらゆる機会を捉えて家族の意向に反する本をもひそかに読み耽り、その幸福に抗しかねて、一騒動あった末に国文科に入学してしまった。そういうわけで「まともな道」を踏み外した私は、いまだに懐疑的な家族に、文学を自分の言葉で何とか捉えて差し出してみたいという熱い思いと、逆に冷たく突き放して相対化しようとする相反する傾向があることは否めない。

　『源氏物語』はこうした禁断の書の一つである。しかしその私にとっても、これは何とも理解しがたい作品に思われて困惑した。見かねて、高校時代、阿部俊子先生は阿部秋生先生の『校注紫式部日記全釈』を薦めてくださった。御示唆のとおり本当に、『紫式部日記』と読み合わせることによって、私は『源氏物語』とまともに付き合おうという気持ちを持つに至ったのである。

『源氏物語』の魅力

読むものの内部に、常に波を立てつづけること。

この物語は決して明快ではなく多元的である。相反するものが作品の内部に生き生きと動きつづけている鮮やかさが私には楽しい。極めて通俗的なもの、いかがわしいもの、深遠なもの、高雅なものを大きく包みこみ、更にその奥の奥に何ものかを秘匿し、語られながら更に語られ尽くせぬ微妙なものを内蔵している。濃密に見える世界を何とか解体したい、内部の躍動を捉えたいという欲求を起こさせる、挑発的な存在である。作品が長く読み継がれてきたことは、こうした喚起力が人々を駆り立てたからであろう。また、ふところは大きく深くて、人それぞれに、どのような方向・視点からも、どのようにでも読めるのである。このような、成立以来の、自己の生をそこに重ねてきた、空間的・時間的な人間の堆積も重い。それだけにその研究も当然開放的な多様性を持つのであるが、最近その意味も多少変わりつつある。

明治以来の国文学研究は、まず名称や領域・対象の問題として起こり、歴史・哲学・思想・民俗学などから自立するに至った。そこには文学、あるいは国文学とは何かという、先達の真摯にして絶えざる議論が活発に繰り広げられたことは研究史が教えることである。以来、細分化も極まった現在、一方でその自立性自体が再検討される時代に至り、国文学も新たにあらゆる分野や価値観を巻き込んで、世界的ないわゆる脱領域化の潮流に洗われているのが現状であろう。動的に結実と解体を繰り返しながら研究も進むのであろうが、現在ほど、既存の方法ではなくて、他とくっきりと異なる、本当に独創的なものを各自が学問として自覚的に生み出すことを求められている時代はあるまい。過渡的な状況にあるとはいえ、立脚点が借り物であっては、世界に源氏の花も咲かないだろうから。

現在関心を持っているテーマ

『源氏物語』という危険で隠微なものが、堂々と読まれたり、研究されたりしてよいものだろうか、というのが幼い私の第一印象であった。時代背景や題材はともかくとして、実在を装いながら実は世界を裏返したような作品であり、隠すべき内部を顕《あらわ》にし、更に、登場人物個人の心に侵入を試みる。いわば、表現されていること自体の恥ずかしさやその毒に居たたまれなかったのである。

そもそもそこから問題は始まって、現在はそれを「老い」の問題として捉えている。物語とは、開いてはいけない世界を開き、語ってはいけないことを語ってしまったものではないか。超高齢の異様な老人が、もうこの世の価値観に重きを置かず、耳目を恐れず、言わずに耐える感覚を失い、恥の意識もなくなって、自在に紡いで見せる——かのように作りなした得体の知れぬ存在なのではないだろうか、ということである。

大学院卒業と同時に、松尾聰先生の『全釈源氏物語』のお手伝いをすることで、先生の精緻にして厳しい本文の読解と、対象に本気で立ち向かう気概を学ばせていただいた。同時に先生は私の勝手な読みを笑って許してくださって、その故か、全体として物語の文章・ことば・表現に関心を持ち続けている。物語史を翁語《おきな》り、嫗語《おうな》りの二系譜に分けることの可能性について考えており、それに関連して年代論に興味がある。「老い」の機能を考えてみたのもその一端であった。

AERA Mook「源氏物語」がわかる。
（1997年7月10日発行、発行所／朝日新聞社）

Column
『源氏物語』の中でもっとも興味深い人物とその理由

光源氏、浮舟

これは千年以前の作品であるから、古い物語である。しかし、四十億年前から生命が存在したことや、古代文明から出発した人間の文化の歴史を考えると、千年前はそれほど昔ではなく、むしろ新しい。最近はこの新しさをむしろ強く感じるようになった。内部に恐るべき犀利な感覚と頭脳を宿した輝くような人間は、昔も存在したであろうし、現在も同様である。

その不思議な主体が、物語の上に創造した人物としては、まず光源氏である。彼の存在自体が、物語の根源であるから。女性では目下のところ浮舟である。光源氏の対極にあるから。たくさんの女性たちが登場しながら、そうした価値観を裏返してしまうような、かくも奇妙な人物が、光源氏のいない物語の最後になって、何故出現するのか。彼女は恥ずかしがって物語の世界から逃げ出してしまい、遂に物語も消えてしまったのである。

III

志は高く自在に——師関根慶子先生

一九九七年七月十二日、第四回関根賞授賞式が神楽坂の日本出版クラブにおいて三十分後に始まろうとしていた。当日の受賞者は『風葉和歌集の構造に関する研究』（笠間書院刊）という堂々たる著書によって評価された米田明美さんである。式に先立ち先生を囲んで私ども委員は、軽い食事をとりつつ最後の打ち合わせを進めていた。お隣に腰掛けていた私は、動作を止めて凍りついたようにテーブルを凝視していらっしゃる蒼白な先生に気付いた。そっと声をおかけすると「あのね、急に気分が悪くなったので家に帰ろうと思います。式はそのまま進めてください」とかすかにおっしゃる。それが、私にとって先生に暗い影が射したのを始めて感じ、さっと心身の冷える思いをした恐ろしい衝撃的な瞬間であった。驚愕のうちに風間書房の社員の方々や委員の先生方の冷静沈着なお計らいによって分担を変更して、目加田さくを先生が委員長の代理をされ、平野由紀子さんが付き添われて病院その他のお世話をし、風間務社長が双方の連絡に当られる、という具合で、授賞式とその後の懇談会は晴れやかに滞りなく行なわれた。緊急の場にあって参会者一同が底知れぬ不安を内包しながら、些かも落ち着きを失わず万事が運ばれたことに司会を担当していた私は深く心を打たれた。その間、御不在である筈の先生の眼に見えぬ力が、強く会を導いておられることを深く感じたのである。

先生のお住まいの榛名《はるな》は遠い。美しい山並みにある瀟洒な梅香ハイツから、当日先生は一人でおいでになったのだった。それのみならず日曜日には関根正雄先生の集会に上京され、且つ学究として日々精進しておいでなのであるから、先生は永遠にお元気だ、と思いこんでいたのである。幸いその時はそれほどの重大事には至らず一同安堵したが、やはりそのあと先生の御健康は元には戻らなかった。しかし自らは謙虚にしかも毅然として持しておられた高雅な精神は、先生を失った今後も関根賞を強固に支えて行くであろう。

お茶の水女子大学入学以来、私はずっと先生に甘え続けて来た。叔父の前田護郎は新約聖書学・西洋古典学を中心とする研究者で、旧約聖書学の関根正雄先生とは学生時代からのお付き合いであったから、慶《よし》子《こ》先生のことは以前からよく存じあげていたが、入学後始めてお目にかかった先生は厳しい気迫のこもった小柄な方であった。しかも自在にとても朗らかにお話しになり、慎んで承っていると「そうそう、そう言えばね」と話題は思いもよらぬ方向に急転回して面食らうのである。入学直後に私は先生を中心とする二つの研究会に入れていただいた。ひとつは「寝覚物語研究会」で、二年生の高橋さんが、点も丸も濁点もない仮名が並んだ謄写版刷りの藁半紙を手に詳しい校異と注釈を落ち着いた態度で加え、先生が真剣に言葉を添えておられた。今まで見たこともないやり方にうろたえたが、これは前田家本「寝覚」の影印本をそのまま翻刻したものであって、私はすぐこの物語研究の面白さに引かれ、やがて先生を厳しい指導教官として仰ぎつつ卒業論文を書くことになる。もうひとつは「キリスト教古典読書会」で、敬遠しがちなダンテ・ミルトン・ルターなどの古典作品を前にして活発な議論が進められていた。こうして国文学と信仰と人生とを先生からまるごと同時に教えていただく幸せに恵まれたのだが、私は決して素直ではなく、しかも終始おどおどとした学生であったから、先生はさぞ御迷惑であったろう。全てに懐疑的で不安定であった学生時代には、先生の真摯で高く志を保ち、しかも飾らぬ明るい自在な生き方に接することによって、辛うじて自らの内部を新しく立てなおし得たように思う。

ここで先生の『寝覚物語』研究に触れておこう。この作品は平安時代後期に成立した作者不明（更級日記著者と同じか、という説を定家は伝える）の物語で、女性を主人公としてその苦悩の生涯を克明に描いた点に特色がある。中巻と巻末に大きな欠巻があるせいもあって、これが原本か改作本かの点にも意見が分かれ、ほかの物語と比べて取り上げられることはそれ程多くなかった。研究史的にみると、大きなうねりは昭和五、六年以降に襲った。まず、松尾聰氏によって欠巻部分の精細な推定が行なわれてこの物語の原本としての位置付けが定まり、ほぼ時を同じくして橋本佳氏の『校本夜半の寝覚』、藤田徳太郎氏・増淵常吉氏の『校注夜半の寝覚』が出版された。その他多くの方々の様々な研究成果が発表され、一躍この物語は脚光を浴びることとなった。次に昭和二十年代末から三十年代以降にかけて第二のうねりがやってきた。金子武雄氏・鈴木一雄氏らによって中世の「改作本」が公開されたことが契機となり、新たな研究が始まったのである。これによって欠巻部分を埋め得る可能性と、中古・中世という物語史的な視野も開け、内容分析や諸本の検討、正確な読解が改めて課題となってきた。このうねりに先き立ち小松登美氏と共に読解を基幹として再検討を進められたのが関根先生である。特に、今までの研究が五巻本を中心としてきたのに対して、先生は三巻本である前田家本が本来的なものであること、題名も前田家本の題号『寝覚』が妥当であることを論じられた。こうして火の玉のように研究を始められた先生の「寝覚物語研究会」に何も知らない私は昭和二八年から参加したのであった。従って先生も研究者としての姿をありのままに示し共に進める、という情熱的かつ謙虚な姿勢で導いて下さったのである。その御成果は小松氏と共著の『寝覚物語全釈』(昭和三五年)に結実し、私も「年表・系図」を担当させていただいた。昭和四三年に私は卒業論文・修士論文を基稿として『寝覚物語の研究』を公にした時そのあとがきに「私の寝覚研究は、関根先生を母とし、鈴木(一雄)氏を兄とし、松尾先生を父として生まれ育まれて来た」と記した如く、失礼ながら「母」たる先生への懐かしくも深い感謝は尽きないのである。先生は前著の改訂版『増訂寝覚物語全釈』(小松氏と共著　昭和四七年)を公刊され、『寝覚物語全訳注』(講談社学術文庫　昭和六一年)のお仕事などをなさって寝覚研究を晩年までお続けになったのだが、その根底には苦悩や絶望の中で自己の魂を固く高く持する自省的な女主人公への深い共感がおありであったものと推察するのである。なお個人的なことをつけ加えれば、先生の告別式が行なわれた平成十年九月二十六日午後一時は、私の実母前田益子の告別式の時間でもあり、私は二人の「母」と同時に別れねばならなかった。

『寝覚』のみならず多くの作品にわたって、先生は御生涯を通じ、一途に様々な御研究を精力的にすすめられ、特に榛名では次々に御著書の刊行が相次いだ。私にも長い間にいろいろなことを勧めて下さったのだが、不甲斐なくも非力な私はその殆どを御辞退してしまった。先生が諏訪信氏・松田伊作氏らとお住まいだった東大近くの林町の大きな御宅から、鷺宮の工夫に満ちたかわいい御新居へお移りになった頃、私ども学生は御転居・整理のお手伝いを少々してその御蔵書の膨大な量に驚倒したのであった。その御蔵書は、先生亡きあと、榛名のお住まいにお台所まで溢れてしんと静まっていた。その傍らに、先生の御手の細さそのままに小さな腕時計がひっそりと丸い輪の形を繊細にとどめていた。御遺族の二宮素子様の御好意により御蔵書のうちから学生向の約百冊を頂戴し、勤務先の学習院女子大学の私の研究室で「関根文庫」と名づけ使わせていただいている。先生の、自分の生きるありのままの姿を見せることによって人を動かす、といったご生涯を思うとき、その高く自在な志を宿した精神が御蔵書を通じて若い世代に伝えられることを強く願うのである。

『低き心 高き志』おわりに

本書は、私共の敬愛する国文学者、お茶の水女子大学名誉教授　関根慶子《よしこ》博士が一九九八年九月十二日、八十八歳で逝去されたことをうけ、多くの方々からお寄せ戴いた追悼文を纏めて「追悼文集」としたものである。先生の御生涯を象徴する「低き心 高き志」をもって書名とした。かくも真情溢れる追悼文を御執筆下さった方々に対して、心から厚く御礼を申し上げたい。

津上毅一氏が「はじめに」に記されたごとき経緯のもとで、津上氏及び高橋喜久江氏・鷲見八重子氏・平野由紀子氏・永井和子の五名が編集委員会を構成して企画・編纂の任にあたった。しかし本書は、更に津上夫人を含め多くの方々の惜しみない御助力と細やかな御配慮に支えられて成り立ったものであることは言うまでもない。最初は委員の手作りに近い形を考えていたが、関根先生と御縁の深い風間書房が出版をお引き受け下さって、風間務社長・大貫祥子編集長・山本理恵子氏を始め社員の皆様の熱意に溢れた並々ならぬ御力添えを賜わったことは、特に望外の幸せであった。出版物として広く社会に提示されることによって、本書はそれなりの意味を世に問うものとなり得るからである。もとよりこれは関根先生という類まれな一女性に対する各方面からの証言にほかならぬが、一方で、明治に生を享け、研究者としては勿論のこと女性の大学入学さえもままならぬ時代に、様々な困難を乗り越えつつ最後まで自立して学問の道を貫き通した、女性の先駆者としての姿を鮮烈に浮き彫りにするものである。先生は最晩年まで現役として、正確には御死去の後まで、学術書を刊行し続けられた。同時に、第二次世界大戦の試練の時代から毅然として教え子を導き続けた果敢な女子教育者としての歩みであり、内村鑑三に導かれてキリスト教無教会の信仰に静かに立ち、すべてを恵みとして感謝のうちに生きた謙虚な女性の足跡の証言でもある。

先生の御父君は国文学・有職故実の泰斗、帝国学士院会員、関根正直博士である。『紫式部日記』『大鏡』『今鏡』『枕草子』などの注釈、『装束甲冑図解』『宮殿調度図解』『禁秘抄釈義』などの御著作で名高い。このような偉大な父君の学問を継がれた慶子先生であるが、そこに私は日本における「国文学」の流れを思って感慨を禁じえない。正直博士は日本の近代の黎明期から「国文学」を創られた方であった。慶子博士はそれを受けて「国文学」の時代を生き通された。各学問分野自体が様々な意味で揺らぎ、再編成を迫られ「国文学」も決して例外ではあり得ない現在、正直博士・慶子博士は二代にわたって純粋に「国文学」の時代を貫かれたとの思いが強い。「国文学」とは何か。それは先生から「国文学」のお教えを受けた私共にとって、晩年に創設された「関根賞」の今後の方向性という形で宿題として残されている問題であろう。

全体としては、先生の御生涯の軌跡が概観されるように大まかな構成と配列を試みた。ただ、御生涯を辿るなどは不遜の極みであり、私共の思いを超えて真実の先生のお姿はその背後に存在することは言うまでもない。寡黙な先生は学問以外には多くを語られなかったが、晩年に住まれた榛名を愛でて『榛名散策』(一九九四年)『続榛名散策』(一九九七年)という瀟洒な本を風間書房から刊行しておられる。そこにはお若い先生の自立の決意が、同時に多くの断念を伴っていたことを読み取ることが出来る。先生はたくさんの美しい夢の花の中から、自覚的に御自分の道を厳しく選び取られた。天性の極めて豊かな才能を更に練りに練って、独自の美しいものに創り上げ、一筋に収束されたのである。本書巻頭の「わが道」は先生のその原点が表現されたものとして『榛名散策』からここに再録した。先生の貴重な御写真は、御遺族の関根歌子様、二宮素子様の御配慮によって掲載をお許しいただいたものである。先生が花をことさら愛されたことに因んで、東京YMCA会員大沢民子氏による可憐にして清楚な「花」の木版画をカバー・カットとして使わせて戴いた。御好意に対して厚く御礼を申し上げる。巻末には先生の著書目録を兼ねた簡単な年譜を添えたが、お茶の水女子大学国語国文学会発行の「国文」第91号(一九九九年八月発行)には関根慶子先生追悼特集としての詳細な記事がある。併せて御参照戴きたい。

主旨に賛同して玉稿をお寄せ下さったのは、御遺族を始めとして、同級生・同僚・各方面の御友人・信仰に連なる方々、教え子など多岐にわたっている。また、御執筆者及びそれ以外の沢山の方々から、本書出版に際して多大な御援助を戴いた。様々な意味でこれらの皆様にお支え戴いて今日に至ったことに重ねて心から厚く御礼申し上げる。また関根先生の専門分野である平安時代を中心とした国文学の研究者の方々に特にお願いして御執筆を戴いた。「関根賞」の御縁で、受賞者としての年若い新進の研究者が稿をお寄せ下さったのも嬉しいことであった。ここに哀悼の思いを込めて特記すべきは阿部秋生博士の御ことである。阿部先生は快く応じて下さって、御原稿を本年五月二日にお送り下さった。ところが先生は五月二四日に急逝され（享年八十八歳）、図らずもこの御原稿が先生の御生涯の絶筆となってしまったのである。柔らかく自在なしかも端然とした先生の御筆跡を拝し、私共は言葉を失なった。関根先生と併せて、玲瓏玉の如き阿部先生の御冥福を謹んでお祈り申し上げたい。

執筆者から戴いた御原稿は、表記等最小限の統一をはかったほかは、原則としてそのまま掲載させて戴いた。もとよりいろいろな点で行き届かぬ部分、不備の点が多いことと思う。私共の未熟さに免じてお許しを戴きたい。編者の至らぬ力を超えて、各位の珠玉の追悼文から関根慶子先生の御生涯をそれぞれにお汲みいただければ幸いである。

一九九九年盛夏

（『低き心　高き志　関根慶子博士の生涯』　関根慶子博士追悼文集刊行会編
一九九九年九月一二日　風間書房刊）

語らぬひと——佐野眞先生

佐野さんは殆ど何も語られなかった。そこに在るだけで清冽の気が走った。

始めてお目にかかったのは学習院図書館に着任されたばかりで、私は国文科の助手であった頃だったか。もう四十年ほどの昔から、私はこの静かな白皙《はくせき》の学究とでもいうべき佐野司書に、古い学習院蔵書や貴重書の件でいろいろと指導していただき、その後も何かとお世話になり続けてきた。平成五年には図書館を離れ就職部という事務職に移られたことは意外であったが、平成十一年に総務部長として学習院女子大学に着任された時には本当に驚喜した。職場を共にする身近なお仲間となったのである。総務部長兼司書課程非常勤講師という不思議な位置にあられた佐野さんは、少しも俗にまみれず、相変わらず落ち着いて高い理念のもとに真面目に行動しておられた。お互いそれぞれの立場から多忙を極める毎日であり、各種会議に頻繁に同席したが、指名された時は鋭い意見を述べられるものの、全体としては会議の席でも極めて寡黙であった。メイルやファックスや書類のやり取りを重ねていた四月の或る日、いつものように急ぎの書類を届けにいった私は突然「入院」という異変を知って愕然とした。訃報は間もない五月末に届いた。あまりにも唐突であった。

佐野さんはその直前の四月に行われた入学式の司会をなさった。改まった式における複雑な人の動きと、時間と空間の機微をぴたりと捉え、凜として生気に満ちた実に見事な進行であった。これまでとは異なった新たなる新学期の決意めいたものを——それは全く別の決意であったことに後から思い当たったのだが——そこに見て深く感動した私は、式の直後にそのことを申し上げたのが、お元気な佐野さんとの最後の関わりとなったのである。

毎年いただいていたあの年賀状の凝りようはどうだろう。江戸の浮世絵師、彫師、刷師顔負けの精微な作品には、佐野さんに似た細おもての人物が登場して粋な口上を述べたり、愉快な看板が妙な角度で横向きになったりしている。変体仮名の面白い字体で記された戯文を虫眼鏡で読み解くのが毎年の楽しみであった。また、戯作者にも紛う佐野屋の「袋綴じの和本」も、年賀状と同じ飄逸な遊びの趣に彩られている。「古鈔佐野眞述」の『奥付逍遥　巻一』は「千住宿　古鈔洞藏版」により、奥には「昭和六十乙丑年一月吉旦　江都　西新井本町　佐野屋眞兵衞梓」とある。巻二は同年「十一月吉辰　江都北郊　千住宿　関屋」と変わる。同じくここに袋綴の装幀による限定版『学習院大学図書館　蔵書印譜』六巻がある。これは福羽美静旧蔵書の旧蔵者の蔵書印調査から始まったもので、巻一は平成三年六月の刊行である。カラーコピーによって朱印の朱が鮮やかに表現されたことを喜んでおられた。平成五年十一月の巻六は、図書館次長種田昭平氏による「はしがき」に、刊行が遅延したのは「これに携わってきた佐野司書が、図書館業務から離れてしまい、調査が中断してしまったためである」とあるのが、事務職への転身の結果であり、中断を心から惜しく思う。そのほか多くの著書を刊行のたびに贈ってくださった。

私は授業の一つに、日本文学の立場から書誌学を加味した講義を続けて来たので、佐野先生を講師として、装幀の変遷の講義、袋綴本製本の実習などをたびたびお願いしてきた。たくさんの古い図書館蔵本やお手製の大福帳などを手にしながら、先生は淡々と授業を進められた。袋綴じ製本用の特殊な針一本と、学生の作品を丁寧に見て批評し、その批評を洒落た袋綴の冊子に仕立てて下さったものとは私の宝物である。

学生は橋本不美男氏の『原典をめざして』（笠間書院）を片手に苦心惨憺の末に一人が四種類の装幀をした。佐野氏の批評のほんの一部を挙げよう。「巻子本―軸はこれで仕方ありませんが、もう少し細いとよかったですね。帯紐《おびひも》の長さはこの倍くらいは欲しいところです。粘葉装《でっちょうそう》―この作り方は間違いです。糊をつけた幅が少々広すぎました。表紙は一枚のままで小口より外に出すのはあまりよくありません。列《れっ》帖装《ちょうそう》―綴じがちょっとゆるいようですが綴じ方は正しい。表紙ののど側は折丁と一緒に折り込み、第一丁の終わりに細く現れます。裏表紙も同じ。袋綴―角布（包角）もつけてよくできていますが、糸がたるんでしまいました。表紙の各辺は内側に折り込みましょう。天地を切りはなしたものは、漢籍では一般的ですが和風ではありません」などなど。こんなに具体的で丁寧な評言がかつてあっただろうか。我が宝物とする所以である。

佐野さん、佐野氏、佐野先生は、生涯を通じて図書館人、学者、教育者、蔵書家等の専門性に加えて、事務の管理職などの重層的な飛び切りの人生を重ねてこられながら、何も語られず、説明もされなかった。ほかの方々には熱を込めて雄弁に語るということがおありだったのだろうか。もう少し時間があったら、私にも語ってくださったのだろうか。この哀切なもどかしさをあの世の佐野さんはわかってくださるだろうか。表面的な会話にはよらず、清冽な存在そのものや書物という表現形態をもって、私に語られたこの高級な「遊び」が、突然の別れによって断ち切られてしまったことを心から深く悲しむ。

（学習院女子大学教授）

（『文献探索２００２　佐野　眞　追悼文集』二〇〇二（平成一六）年）

歌から源氏へ、源氏から歌へ ——吉岡曠氏

学習院大学文学部日本語日本文学科に勤務しておられた吉岡曠氏は、平成十二年に思いがけぬ大病を得て手術されたが、その後はすっかり健康を取り戻して翌平成十三年三月には定年のため元気に退職なさった。日本語日本文学科の学会は会報の三〇号として氏の退任記念号を計画し、私もその一環として喜びの戯文を寄せた。学会報が実際に発行をみた秋の頃、氏はまた体調を崩して身体に強い痛みを感じておられたのにも拘わらず、寄稿した一同に対し丁重な礼状をしたためられた。大変内輪のものではあるが、その拙文と氏から戴いた「はがき」を掲載する。

永井和子

「貴種」の証明

学習院大学の大学院で私は一人の清純な男性に出会った。それは不思議な存在であって、気品高くすらりと立ちながら、一方でふうわりと溶解しそうな、邪気を含まぬ、こだわりのない柔らかさをも併せ持つ。黒々とした頭髪をいただくその端麗な身体は殆ど真っ直ぐで、小首を傾げる、小腰を屈める、といった小ざかしい動作とは一切縁がなく、人に出会うと腰の辺りが前部に少し折れ曲がる程度であって、これが彼における最大のお辞儀の作法である。歩みに濁りがなく、文字は端麗、言語は明晰に響きわたる。万事において人間世界の中で光り輝く眩しいほどのありようであったから、これこそが折口学の説く神と人の半ばに位する「貴種」というものだろうと畏怖の念を抱きつつしばらく観察してみたが、誰も親しみを込めこそすれ特別な敬意をもって遇する様子はない。

かなり後に、松尾聰先生のもとで源氏物語を学ぶ一年上の院生、吉岡曠さんであるということがわかっ

てきた。以来、学習院に勤務する、家庭を持つ、等々、ほぼ同じ軌跡を追って今日に至っている。「やあ永井さん、相変わらず生活苦ですか」というのが古き時代における吉岡氏の人間くさい率直な挨拶の慣用句であった。しかし氏の挙措《きょそ》・言動に照らしても相変わらず人間離れした稀有な存在であることは疑いもなく、文章、特に、精緻な研究論文にも匂い立つのは紛れもない豊かな詩であって、やはり彼は詩神オルペウス（と酒神）に連なる「貴種」であったと確信するのである。学習院を去られた今、本来の資質がいよいよ純粋に麗しく顕現せんことを。

（平成十三年七月）

学会報に、何と申しましょうか、おそれ多くて身の毛のよだつようなご文章をお寄せ下さいまして有難うございます。こんな友人を持って、全く以って、以って瞑すべしと思っています。有難うございました。例のモミオコシは依然として改善の気配これなく、温熱療法、磁気療法、その他いろいろとやってみましたが、今はあきらめて運を天にまかせてウツウツとしています。天高しされど、我には関係なし。お元気で好日を。

十一月一日　　　　吉岡曠

それは「モミオコシ」どころか容易ならぬ異変であって、氏はそれから間もない十二月二十九日に本当に「瞑」してしまわれたのである。氏から戴いたご返事に私は激しく胸を衝かれた。「天高しされど、我には関係なし」の痛ましさはもとより、私はその時点でむしろ書いてはいけないことを書いたのであって、言わば氏との別れを無意識に予感して記したものであった。氏はそれをまた深いところで無意識に読み取っておられたことを知ったからである。かくの如く氏とは学生時代からの親しい友人・同僚という関係にあるものの、学問研究を語る者としての資格はないが、池田利夫氏の慟哭の弔辞に添えて深い哀悼の思いを些か記してみたい。

文学や芸術の研究に携わる者は、対象に向かう時、享受者としての感性と、論ずる者としての客観性といった複雑微妙な面について、自己の立つところに困惑することがある。フランス文学や哲学の徒でもあった吉岡氏はそうした問合いを意識さえせずに、瑞々しい詩情にあふれ、かつ厳密な文献処理を施した論文を書かれた。しかし自ずと傾向というものがあり、数ある著作の中で本書はどちらかといえば自在な世界を集成したものといえよう。

その生涯を通じて氏は歌がまぎれもなく詩であることを聴き取ろうとしておられた。本書の書名ともなった「作者のいる風景」は氏が三十歳を超えた頃のものであるが、既にその資質が顕著に現れている。それは詩的直観による恣意的な把握ではなく、前提としてまず厳密な言葉の解釈が存在する。この論の中から引用すれば、例えば新古今集に次の歌がある、というところから始まる。

あふち咲くそともの木かげ露落ちて五月雨はるる風わたるなり　　前大納言忠良

作者の位置を考えると、作者は戸外にいるのではなく室内にいて、木の葉がそよぎ露のこぼれる音を聞きつけたのである。しかしこうした現実の写生歌に終わらず、風の音を聞いたことによって生れた作者のイメージによる爽やかな野外の情景こそがこの歌の世界である、と氏は捉える。この把握の前提となるのは、歌の「風わたるなり」の「なり」は連体形接続の指定の意味ではなく、終止形接続の伝聞・推定の意味を持つ「なり」ではないかとする松尾聰先生譲りの解釈であった。このような歌をいくつかあげた後に氏は、作者が歌の中にあって歌を内部から統一しているのであり、「作者の姿をそっくり内部に包みこむことによって、歌の世界以外の何者をも前提としない、何者によっても支えられることを必要としない、表現の自律性を獲得していると思う。」と新古今集の技法の意図するところを推定される。「作者のいる風景」はいかにも吉岡氏らしい卓抜な新古今論の始めであった。

氏はこうした歌に対する思いを退任後の自由な時間に深めて行こうと志しておられたのだが、その道は半ばとなった。「原始的な歌劇」として古事記の歌を把握する「八千矛の神の命は」を始め、万葉集の「籠もよみ籠もち」など、病中の苦痛のうちに書かれた由良琢郎氏の歌誌『礫《れき》』収載の遺稿にその志の片鱗を窺うことができることを、せめてもの喜びとしたい。氏の生涯の基底音は、このような歌から歌への楽しい彷徨であったと思う。

さて、そうした豊かな基底音の上に氏の源氏物語を中心とした目の覚めるような独創的な論が構築されている。特に源氏論は、初期の論文を始めとして評価が高い。例えば昭和四十六年に「源氏物語講座」に書かれた「横笛・鈴虫」は現在でもなお示唆的であって、横笛巻については①「まめ人」夕霧の物語が形成されるプロローグ、②幼児の薫と匂宮が登場する宇治十帖構想の発端、③新しい物語開始のための源氏一代記の大団円、の三つの構想が有機的に内在することを指摘する。鈴虫巻についてはタ霧物語を分断する不自然な位置に対して後記挿入の巻という視点を提示されたのである。武田宗俊氏の玉鬘系後記挿入説に賛同される姿勢は終生変らず、その視点からかずかずの新しい論を打ち立てられたが、それは源氏物語の本質を問うきっかけともなって、研究史に多くの波動を与え、現在に至っている。

『源氏物語論』『源氏物語の本文批判』『物語の語り手—内発的文学史の試み—』などは詩的直感に支えられた秀逸な論であるが、ここでも基本から逸脱しない厳正な姿勢が根底に据えられている。まず独自の方法論を打ち立てて見通しを述べた上で（この部分が本当に独特なのである）、青表紙本系の優位を証するのに、或いは「き」「けり」を論ずるのに、膨大な用例を研究の対象とされた。その他の注釈関係の著作も緻密な語義の解釈に発するものであって、独特の明晰な美しさと率直さを内包しながら、なおかつ自らの読みを避け先行文献を一つ一つ吟味し、用例を実証して細密な手続きを根気よく重ねた手堅いものである。

匂い立つような詩的感覚と生真面目な対象への切り込みは尋常ではない。そして一旦打ち立てた自分の説に対しては頑固なまでに妥協しないのが吉岡流である。寛いだ席では寛ぎとは逆にそこは次第に真剣な学問論の場と化し、真面目かつ飄逸かつ本気な論戦へと沸騰するのが常であった。沸騰以後の氏の行動については無風流な私の知るところではない。

奥様を始めとするご家族、先生方、研究者、作家、同僚、学生、卒業生、紫式部学会、ＮＨＫ文化センター・学習院等の「源氏講座」の方々、テニスのご友人、目白の酒肆「なすび」のお仲間等との、気取りも何もない豊かな交流のうちに、氏の学問は人間の存在をまるごと包み込んで成り立ったものであろう。平成十三年一月十三日の最終講義はそうした異質の面々が一堂に集い、氏の深い精神性と生真面目で誠実な一面と飄々とした面白さを心に刻んだ珍しい会合であった。題目に源氏物語論を予想していた一同は、前述のような古事記の神話中の歌が取りあげられた意外性を話題にしつつ、それから一年足らずで氏と永別せねばならなかった。氏にとって研究生活はそれ一筋の狭いものではなく、もっとさりげない人生の一こまの風情である。天与の麗質をありのままに悠然と生かし切った一生というべきであろうか。

編者は本書に、氏の学問の面のみならずその人となりをも包含することを目ざされたと伺っている。吉岡氏は、世界のどこかが破れたり、崩れたりしていると、その鋭い切っ先をそのままにしておけず、修復を試みようとする佳い方であった。私にとって氏はやはり眩しい「貴種」であったとしか言いようもない。本書には歌から歌への基調音のうちに源氏物語をも歌い上げて、「文学」とは何かという問に自ずとこたえられた氏のありようが鮮やかに写しだされていることであろう。なにしろ本書は「作者のいる風景」であるのだから。

（吉岡曠『作者のいる風景　古典文学論』二〇〇二年一二月二九日　笠間書院）

鈴木一雄先生の鬼

研究者は自らの内部に鬼ともいうべき凄みを栖まわせていることを教えて下さったのは鈴木一雄先生である。

昭和二八年に大学に入学した私はその四月から『寝覚物語』の研究会に出席していたが、それを卒業論文の対象とすることとなり、指導教授関根慶子先生のお計らいによって鈴木先生のご助力をも受けることになった。先生は新しく発見された改作本の巻二にあたる零本を詳細に調査されて昭和二九年四月の『国語』に「神宮文庫本『よはのねざめ』について」を発表しておられたので、熱気に溢れていた当時の『寝覚』世界においてはまさに若きヒーローでいらっしゃった。お茶の水女子大学とは道一つ隔てた教育大学で助手をしておいでであった地の利を生かし、私は二つの大学の間を胸をときめかせてひたすら走りに走った。その頃はご自宅も羽根木であったから、世田谷に住む私の所からも近く、お邪魔したことも度々であった。

神宮文庫本の写真を拝借するのが主眼であったが、先生はからからと打ち笑って「やあやあ、どうもどうも」と朗らかに迎えて下さったばかりか、熱を込めて話をされ、写真に加え先のご論文に関する大量の資料を全部貸して下さったのである。論文自体も極めて詳細なものであったが、その基礎となった資料はまさに膨大なもので、神宮文庫本から現在の言葉で理解できるものに変換する過程とそれに関連するすべてがそこにあった。それのみならず、論文以前のあらゆる困難、逡巡、心細さ、決意といったものがありのままに記されていた。まずここに正体不明のモノがある。筆書きの文字を読み解いて行くが、その段階でも読めないもの意味不明のもの判断ができないもの等が続出する。そこから推定を重ね、有意の言葉へ、文脈へと解釈を導き、段落に分断し、これは一体何であるか、という所にやっと至り、『寝覚』の改作本であって云々ということになるのであるが、最初の筆写の文字を読む、というところから既に「解釈」の迷いと苦闘は始まっていたのである。温容を宿し、精細にして明快な論文を書かれた先生が、極めて個人的な創造の秘密を一介の学部学生に過ぎぬ者に全部見せてくださったこと自体の凄みに私は戦慄し、強靭な鬼を見たと思った。自分の手で写すほかない時代である。拝借した資料を書写するのに寝る時間も惜しかった。それ以前に橋本佳氏の『校本夜半の寝覚』は書き写してあったが、更に二度目の『寝覚』前半の書写と『神宮本』及び鈴木先生の資料すべての書写を行って、私はそこに鬼の姿をしっかりとどめた。そしてそれ以後、たとえどのような外見を持とうとも、研究者というものには鬼が深く栖みついていることを悟ったのである。

その後私は昭和四三年に『寝覚物語の研究』を纏め、あとがきに「私の寝覚研究は、関根先生を母とし鈴木氏を兄とし松尾先生を父とし生まれ育まれて来た」と不遜な言葉を書いたが、実は鈴木先生との邂逅によっておやさしい関根先生の鬼も見えてきたし、松尾先生のそれはもっと判然と見えて来たのであるから、私は「鬼子」と言うべきであるのかもしれない。そして今、頼るすべもない孤児となったのである。

この闊達で精気溢れる快活な「兄君」にどんなにお世話になって来たことだろう。至文堂の『源氏物語の鑑賞と基礎知識　横笛・鈴虫』の打ち合わせの時は監修者として元気に励まして下さったのに、平成一四年秋の刊行を目前に突然他界しておしまいになろうとは。十文字女子大学学長の要職をつとめられながら、早朝に起床し学究としての仕事に打ち込んでおられたのも、鬼の魂のなせる当然の凄みであったに違いない。

（学習院女子大学教授）

（『夢のうきはし――鈴木一雄先生追悼集』十文字学園女子大学編
鈴木一雄先生追悼集刊行委員会　二〇〇四年五月一九日）

高橋新太郎『杜と櫻並木の蔭で――学習院での歳月』

はじめに

本書は平成十五年一月十一日に逝去された高橋新太郎氏の御長女、園木芳《かおり》様の切なる思いによって編まれた哀悼の書である。内容は大きく二部に分かれ、前半は氏の随想を核とする遺稿集、後半は氏への追悼文から成る。書名は生前にご自身の手帳に記されていたもので、この書名が本書の立脚点であり、すべてでもある。「杜《もり》」は目白の学習院「櫻並木」は戸山の学習院を象徴し、その蔭にひっそりと在るもの、と氏の心のありかを忖度し、遺されたものたちはそこから始めるほかはなかった。勤務先を同じくしたものの一人として、ここに本書の成り立ちと氏の人となりを些か記すことをお許しいただきたい。

平成十四年の春頃には高橋氏の体調が尋常ではないことは誰の目にも明らかであったが、学習院女子大学の十五年春に予定されていた定年退職と、ゼミの学生の卒業論文提出を見届けてからとの理由もあってか、苦しさに堪え抜き、授業・卒論指導・校務に身を搾るようにして力を注いでおられた。七月には遂に入院され、病気の今後が予想された頃には自著の腹案をほぼ固め、ご家族立会いのもとで笠間書院編集長橋本孝氏に出版を委任された。本書はそのうちの一冊である。氏は残された時間が少ないことを自覚しておられたものの、永別が旦夕に迫っているとは思わず、その具体的な規模や内容は橋本氏に託されたままになった。氏は密度の高い研究を着々と進め書き記しながら、それらの論を著書として纏めることは退任

高橋新太郎先生似顔絵

後の仕事として楽しみにしておられたが、「退任後」という時間は遂に訪れなかったのである。橋本氏は多くの方々の御助力のもとにまず著作目録・書誌を作成し、所在を確認し、収集するという基礎的な作業から始められた。一方でご遺族のご盡力によって、蔵書の一箇所への収集と整理が現在も進められつつある。

この時点で、第一に、遺された多方面にわたる書籍・資料は約六万冊という驚異的な量であることと、それはすべて未整理であることがはっきりした。第二に、氏は深い見識を持つ得がたい研究者であることが残された論文の集積によって改めて浮かび上がった。目指しておられた方向は現在における我々の生き方そのものへの根源的な懐疑と骨太な指摘である。第二次大戦後、日本人は果たしてその現実を自らの眼でしっかりと見つめ続けて来たのか。その現実に対し個人が自ら立って明確な後始末をつけることなく時を過ごして来たところに現代の混迷が存するのではないか、今後我々は如何にすべきか、という厳しい問いかけや直言は、単に机上の論理ではなく、すべて原資料を根拠として論じられたものである。その実証のために氏は膨大な資料を万事に優先して購入し、内容の一部はいずれ公刊されようが、本書には、その全体像を視野に入れた上で、学習院を中心とする随想の一部を核にし、氏の研究者としての姿勢の一端がよく窺われるものをいくつか選んで加えた。更に、人間としての氏を浮き彫りにする心からなる追悼文には、ご遺族が提供されたアルバムを附し、笠間書院の作成による著述目録等を併せて全体を構成した。

高橋氏（以下「先生」とする）の個人研究室は女子大学研究棟の二階にあったが、そこは床から天井まで文字通り万巻の書物で埋もれ入ることは勿論ドアの開けたてさえ儘ならなかった。十四年頃からは二階へ上がる体力さえ失われたこともあって、専ら一階の日本文化学科事務室につづく「教員だまり」にあるソファーの一角が好みの定位置となる。新たに古書店から購入された書物がソファーの後に堆積しかけ先生の背後を守った。こうした事情で、まさに自己の生命の限界に対する覚悟を定めた人間の存在そのものに副手も、教員も、日々直対することとなったのである。こうした鬼気迫る時間を共有しながらそれは極めて自然で穏やかであった。すでに風景と化した先生を誰も特別扱いせず、いつもと同様に冗談を言い、からかい、笑い、案じ、時に諫めた。真面目でありながらとぼけたおかしさは夜の酒席だけではなく、昼間の時間にも遺憾なく発揮された。この凄絶かつ豊かな時間は逝去の直前である十四年の十二月末まで続いた。生の終焉に至る一年の研究生活を、閉塞した「個人研究室」ではなくこのように開けた場に置かれたことによって、私たちは人間の生そのものをそれぞれの仕方で心の深部に強く刻み付けた。精悍な風貌を持つ先生の死は、頑丈な巌が崩落したような重いものをのこした。

先生は多くのものを抱え込み複雑に屈折する時間を生きて来られた人間という思いが私には強いが、一方で疑うことなく人を信頼する純真な心の持ち主であった。とらわれぬ自由人でありながら冠婚葬祭に礼を欠かさず、人の難にはひそかに物心の援助を惜しまず、学生と猫を深く愛された。その根底の純なるすがすがしさこそが氏の真価ではなかったか。病状についての医師の言を素直に聞かれたのだが、それによると残された時間はもっとずっと長い筈であった。眼を開ける力さえなく「こんなに早いとは思わなかった」と繰り返された末期の言葉には、紛れもない本物の驚愕があったことに胸がいたむ。

先生は大学院時代の上級生にあたり、まるで役者のような、と謳われた凛しい方であったが、女子大学に着任されるまでは殆どご縁がなかった、その間隙を埋めるように時折真面目な話をした。きりっと目尻の締まった美しい二重の眼をしておられ、そういう時は不可思議にも二重まぶたの奥のどこからか又まぶたが出現して「四重まぶた」になる。その目を張って遠くのどこかをきっと見据え、世界を、人生を鋭く重く低く揺るがずに語られる。その「四重まぶた」による昔風の言葉を、人間の存在に謎を抱いた青春をいつまでも引きずり、いくら長く生きて来ても一向にはっきりした境地に辿りつくことができない苦悩を担った人の声として私は聞いた。そこは、一つの世界にのめりこみ梃子《てこ》でも動かぬ頑固さと、やさしい純粋さとの真剣勝負の場でもあった。

本書は多くの方々の御厚情の賜物である。「偲ぶ」の部分の企画・編集は芳様によるものである。心のこもった追悼の気持をお寄せくださった皆様によって、先生の姿はより豊かに生動することになった。早川東三学習院女子大学前学長には当時の学長として一通りならぬご配慮を賜った。お言葉をお寄せくださった皆様、資料を提供してくださった皆様、転載をお許しくださった出版社の方々、学習院当局、そのほかの皆様方に改めて厚く御礼を申し上げたい。特に間宮厚司氏・大矢芳弘氏・緒方喜雄氏・町川壽一氏・広瀬淳子氏・黒田律子氏、並びに塚田脩氏をはじめとする芳様の御夫君園木章夫氏の会社の方々、ノラ・コミュニケーションズの中川順一氏には並々ならずお世話になった。御夫君と御家族は、芳様をあたたかく見守り、すべてを力強く支えられた。

そして本書は、何よりも橋本孝編集長を始めとする笠間書院の方々とフリーの編集者鈴木重親氏の、純粋な熱意と渾身の実行力によって形となったことを、美壽子夫人、園木芳様のお気持に併せて特記しておきたい。

平成十五年冬

永井和子

（高橋新太郎『杜と櫻並木の蔭で――学習院での歳月』永井和子　園木芳編　二〇〇四年七月三〇日　笠間書院）

『目加田さくを先生追悼文集』関根賞運営委員会編

はじめに

この冊子は、平成二十二年の末に世を去られた関根賞顧問、故目加田さくを先生に、追悼の会の開催にかえてお贈りするささやかな追悼文集です。

目加田先生は研究者として活躍され、長く大学において学生を指導されただけではなく、社会的にも非常に広範な活動をしておられましたが、ここではそのお仕事の一端をなす「関根賞」にのみ特定して、関係者のそれぞれの思いの籠った言葉を纏めました。悲しみの中でこの追悼文集の案が昨平成二十三年九月に定まり、十月末には関根賞の事務局長、平野委員の素案による次のようなお誘いを、海外を交えた該当者にお送りしました。

昨年十二月二十日に逝去された目加田さくを先生（福岡女子大学・梅光学院大学名誉教授）は、関根賞発足当初から女性研究者の奨励に心を配って下さいました。

そもそも関根賞誕生のきっかけとなった『平安文学論集』は女性研究者ばかり二十九名の論集でした。平成三年、八十路に入っておられた関根先生に、枯れない花束をささげようと、出身大学にとらわれず、全国的に、呼びかけて下さったのは目加田さくを先生でした。

また、毎年の選考委員会、贈呈式に欠席されたことは一度もなく、関根先生逝去後は委員長として、まことに熱心に関根賞の推進役を務めて下さいました。一時とりやめになろうとした関根賞を、第二次関根賞として事務局も新たに再開した時には、こころから喜んで下さり、顧問として名を連ねてくださいました。永井委員長からの報告を受けるのを、いつも楽しみにしていらっしゃいました。
このたび、私どもは関根賞の受賞者の方々によびかけ、また、委員も含め、目加田先生をしのぶ小さな追悼文集を編みたいと考えました。　―以下略―

これに応えて本年の一月にはそれぞれの追悼文集が寄せられ今日に至りました。このようにごく少数の、内輪の方々の執筆による文集であり、作成も手作りと言ってよい簡素なものです。しかし、関根賞自体は趣旨に賛同して貴重な基金を寄せられた多数の皆様により広く支えられて成り立っております。また背後には、女性研究者を真剣に指導して下さる多くの優れた研究者や、研究を推薦して下さる方々がおいでのことは言うまでもありません。得がたいこうしたご助力を目加田先生もよくご承知でした。様々な面のご支援に厚く御礼申し上げると共に、先生のご逝去を悼む思いは同じと拝察しております。

関根先生・目加田先生の志を実現する第一次関根賞に関しては、当時の風間書房社長、故風間務氏が心意気をもって全面的に応えられ、同社の皆様も大変お骨折り下さいました。現在、父君の代表取締役職を継いでおられる風間敬子氏と、事務・運営その他に力を注がれた大貫祥子氏にも執筆をお願いしました。関根賞・関根慶子先生については目加田先生のお言葉も収録した『低き心　高き志　関根慶子博士の生涯』（風間書房　平成十一年）をご参照下さい。なお、この冊子の編集を終えた段階で風間書房が制作を申し出られ、全面的にご協力下さったことに心から感謝申し上げます。

平成十八年度から再出発した第二次関根賞は私共運営委員による極めて慎ましいものとなりました。第一次関根賞の精神を踏まえ事務局を担当されるお茶の水学術事業会を始めとする多くの女性が力強く支えて下さいますが、至らぬ面も多く、今後とも各方面のご指導をお願いしたく存じます。

女性としての目加田先生への敬愛と共感の念が自然に伴い、この文集には女性の幾重にも重層する生活者としての在りようが普遍化して透けて見えております。女性の持つ時間と言い換えてもいいでしょうか。関根賞受賞者が、期待通りその後も活発に輝かしい研究を世に問い続けておられるのは、何よりも嬉しいことに思います。

目加田先生のお人柄、関根賞設立とその後の経緯、研究の御業績等が、柔軟な時間軸に添って結実しているこの小さい文集が、一方ではこれからの女性研究者の歩みの力ともなることを願っております。

平成二十四年三月

『目加田さくを先生追悼文集』
旗を掲げて戦う

目加田さくを先生と、思いがけないお別れをしてしまった。いつも新しい研究に果敢に挑んでおられる先生を不滅の存在の如く思い込んでいたのである。ご高齢にも拘わらず、本当に最後の最後まで徹底して学者としての生涯を貫かれた。先生との私の接点は中古文学会と関根賞が中心である。先生に頂いたものの大きさは測り知れないが、それは、旗を掲げて真剣に戦う姿勢そのもの、と言えようか。

昭和三十年代のプレ中古文学会というべきものの議論に私は松尾聰先生のお供をして加わり、四十一年の設立時からはずっと出席していたが、そこで思いがけない光景を見た。謎の女性研究者が激しく質問する姿である。当時は女性の研究者自体がまだ多くなかったし、女性研究者も学会という組織と必ずしも馴染んでいない頃であった。それは質問というより戦いであり、立場を明らかにし、発表者に鋭く切り込む気迫は尋常ではない。堅固な根拠を基本とした容赦のない質問を終えると、たちどころに変貌してたおやかに身を傾け、慈母の如き笑みと美しい言葉をもって発表者を励まされる趣ではないか。大学でお教えを受けた関根慶子先生とは全く異なる。さては両立しない極端を両立させるのも女性研究者というものか、と松尾先生に伺うと、黙って笑っておられた。

この謎の女性が目加田先生であることを間もなく知る。そしてこの偉大な学者がその実行力を駆使して後年、関根賞を生み育てて下さったのである。女性研究者の先達としての関根先生も目加田先生も、お話をすれば闊達な優しい方ではあるものの、同時に断固とした強靭な「こわさ」を持っておられた。関根賞もその「こわさ」を幾分か引き継いでいると私は考える。

第二次関根賞発足以降、私は委員長の立場で選考に携わり、前委員長目加田先生の存在の強烈さをそれまで以上に感じることとなった。関根賞が賞である限り、選考には厳しく真剣な批評性が伴う。その批評性は複数の候補著作に対する根幹に位するが、言うまでもなく、同時に、選考する側の自己の研究姿勢自体を鋭く問いかける。目加田先生のご意見や発言は中古文学会の質問と同様に非常に明快で力強いものであったから、私は旗幟鮮明を可能にするだけの言葉を整える速度が遅い自分を痛烈に思い知るのが毎回である。選ばれる立場と選ぶ立場は全くの対等であり、構え過ぎずに考えを咄嗟に言語化することは大変難しい。やがて、各自がそれぞれに異なりつつ、柔軟にその異質な部分を超えて、研究者魂の如きものを共有する存在であることを見出すのである。

関根先生、目加田先生の方針そのままに、賞の対象は他のものを挟まぬ研究それ自体である。奨励を趣旨とするものであるから、資料の扱いや論理性、独自の輝きといった基本は当然として、研究の更なる未来に至ろうとする若々しい覇気、気概の内在性をも重視する。最近の研究に於ける女性の活躍は誠に見事であり、分野も視点も多極化すると同時に専門性も深まり、全力を傾けた成果に驚嘆することが度々である。同時に、「女性」を過剰に研究の場に持ち込むことは関根賞の終焉を意味するであろう。

関根慶子先生の研究姿勢、阿部俊子先生、清水好子先生、藤本一恵先生方の偉大で軽やかな研究の志を継ぎつつ、目加田先生の如く常に自己の現在の旗を明快に掲げて、未来に向けた溌剌たる研究の成果を謙虚に見つめたいと願う。

（ながい・かずこ　関根賞運営委員長　学習院女子大学名誉教授）

（『目加田さくを先生追悼文集』関根賞運営委員会編　二〇一二年）

松尾　聰——デモンと論理

一　はじめに

学習院高等科で松尾聰先生の教えを受けた三島由紀夫氏の、『全釈源氏物語』に関わる文章に次の一節がある。

『源氏物語』は読むのにたやすい作品ではない。そしてそれを現代人の理解に繋ぐためには、冷静な註釈学者の才能と、古代の巫のような文学的ミディアムの才能とが要る。松尾先生は、私には後者の才能を自分で抑えていられるように思われる。それが先生の学究的良心であり、あいまいな、不正確なものを許容しない精神だと思われる。しかし先生の中に、こういう古典に対するデモーニッシュな執着がなかったら、どうしてこれだけの大きな業績があげられただろう。デモンは論理に化けていることもあるのである。

（『全釈源氏物語』付録2　昭和34年。後述）

先生の本質を見事に言い当てた至言であろう。

松尾　聰氏
（1973年九州方面のゼミ旅行にて）

筆者にとっても松尾聰先生は、昭和33年、学習院大学大学院入学時に始まるかけがえのない恩師と仰ぐ方である。「先生」としての存在以外は考えにくいが、ここでは「源氏学の巨匠たち」という視点からあえて「松尾氏」として把握し、『全釈源氏物語』を中心に氏の『源氏物語』研究の一端に触れてみたい。

昭和3年（一九二八）東京帝大国文学科に入学され、同6年（一九三一）に卒業後大学院に入学、同9年（一九三四）大学院卒業、という松尾氏の年代的な経歴は、日本文学研究が学問分野として自立し、深化して行く時期にほぼ重なる。即ち最高の研究環境の場に身を置き、第一次資料の発見・調査・報告に心身を捧げられた世代の学究のお一人である。松尾氏の研究は、対象に集中してその極限をきわめつくし更にそこを超えるべくより深く掘り下げるといった営みであるが、それは一方において、一筋の直線的なものではなく限界を知ってしまった人の複雑微妙な陰影を宿す。理路整然とした冷静な分析や確かな論証の過程で、その確かさのうちにひそむ揺らぐ部分をも直感的に鋭敏に探り当てられた。まず、テキストという最も基本的な確固たる存在であるはずの「もの」を徹底的に追求することによって本文批判における独自の方法を発見されたが、それはテキストが絶対性を保証するものではあり得ぬ事実を厳しく見据えた上で、なお作品の表現を正確に汲み取ろうとする強靭な精神力に支えられた研究者としての眼である。こうした厳しい手抜きのない道筋の目指すところは分析というより「作品を読む」という行為であり、「作品」とは何かという根本的な問いかけである。『源氏物語』の生命そのものを把握しようとする志向は、一つには研究そのものの底流をなしており、同時に目的でもあって、そこに松尾氏の独特な世界の構築を見るのである。以下、極めて微妙な世界を、一個人としての接点という狭い視野からかなり単純化して述べることをおゆるしいただきたい。

二　研究の流れ

松尾氏はその九〇年近い生涯に膨大な著述を残された。令息松尾光氏が作成された「著述目録」（『松尾聰遺稿集Ⅲ』。以下『遺稿集』〔Ⅰ～Ⅲ〕と称する）に基づいてその執筆数をかぞえると、およそ次の如く総数六六四に及ぶ。

著書類――著書・編著六四冊　校注三三冊　影印等一〇冊　教科書五五冊、計一六二冊
論文・随筆（著書・『遺稿集』収載のものを含む）
　　――論文一五七篇　研究的随想・辞書項目・その他三四五篇、計五〇二篇

このような驚異的な執筆数を前提として研究を中心とした活動を大きく区分してみる。

①『浜松中納言物語』研究
②平安時代散佚物語研究
③『源氏物語』『枕草子』などの注釈・注解
④語意・語法を中心とした論考
⑤『源氏物語』等の作品論
⑥その他の研究
⑦学習院大学国文科創設と三条西家旧蔵本（例　能因本枕草子・天福本伊勢物語等）の受け入れ
⑧全国大学国語国文学会・中古文学会創設・国文学研究資料館等創設などへの寄与・紫式部学会代表理事としての研究活動　他

⑦については周到な準備をもとに事に当られ、その大きな成果は言うまでもない。⑧の社会的分野にひろがる大きな貢献も同様であり、更に実行に際しては、可能な限り筆者を伴ない、実習の場とさせてくださった。区分した研究の流れはほぼ時系列に近いが、単に一つの研究として終結するのではなく松尾氏自身の内的な必然から他への追求を呼びおこし、重層的な奔流をなしているように思われる。⑦⑧以外の、研

究の実質ともいうべき①～⑥をまず簡単に辿っておこう。

① 『浜松中納言物語』研究――卒業論文としての本文研究が以後の研究の出発点となる。末巻発見の成果である創意工夫に満ちた『尾上本濱松中納言物語』はその完璧さにおいて稀代の名著であり、この文献研究に即した姿勢そのものが根幹をなしてその後の物語作品を中心とする研究へと大きく波及して行く。この面については後述したい。

② 平安時代散佚物語研究――『浜松中納言物語』が欠巻を持つ作品であることに関連して、散佚物語の研究に発展する。『平安時代物語の研究――散佚物語四十六篇の形態復原に関する試論――』は『風葉集』・『無名草子』などの断片的な資料を駆使して四十六篇の物語の形態を復原するという、精緻を極め、かつ夢を立ち上げる壮大なもくろみを集成したものである。本文・語意・語法・構造・構成・成立といった物語の詳細な約束ごとがここで新たに論証され、散佚物語のみではなく当時の物語研究分野の基礎をなした。その後の資料や物語の発見によって、松尾氏の仮説が極めて正確であったことが論証されるに至ったものも数多い。

③ 『源氏物語』『枕草子』などの注釈・注解――松尾氏が最も力点を置かれたのは作品の注釈である。専門的な研究の背後には、現代に生きる読者への古典への道案内、呼びかけという現代語による受容を目指す熱い思いがある。『国文法入門』に典型的に説かれるように、厳密に本文を校訂した上で、現代語訳では「たまふ（クダサル）」「たまはる（イタダク）」「まゐる（オウカガイスル）」「まうづ（参上スル）」「まゐらす（サシアゲル）」などを全て峻別した、本文と対照する訳文が見所である。この点に関しては現代語訳のあり方をめぐって様々な意見も生じやすいところであるが、氏にとっては解釈の到達点としての結論そのものであった。文法は国語学のそれとは多少異なり、あくまで作品を読む前提としての「古文解釈のための国文法」研究であって、各自が「古文」の微妙な表現の細部を読み取った上で作品に直対する手引きである。そしてこの手引き自体が類稀な研究成果なのであった。『万

葉集』をはじめとした多くの作品の注釈があるが、特記すべきは『全釈源氏物語』である。完結せず中断した経緯等については後に触れる。当初は現代語訳を中心とした総合的な『源氏物語』像の構築を企画しておられたものの、『浜松中納言物語』の研究などでつちかわれた厳密な一語一語への関心と集中が強まり、語意・語法をゆるがせにはできない、という状況のなかで、次第に記述が細密になって行く方向性が窺われる。その注釈は、表面には特に波も立たぬ冷静な記述でありながら、伏流をなす内部の徹底的な烈しさや気迫は並のものではない。松尾氏は、天才的な「注釈魂（ちゅうしゃくだましい）」の持ち主とでもいうべきだろうか。書写本に対する熟知を前提として、言葉への鋭敏な感性が活き活きと生動しており、これはおかしい、という本文に関する独特の直感的・経験的な感覚がまず存在し、その後にその当否の論証を進める、という道筋が松尾氏の経路である。注釈とは、先人の説を承けつつ、更に後の研究者によってのりこえられて行く試解として存在するという覚悟があった。わかりやすい解釈を急ぐあまりに、本文を恣意的に忖度して「現代の異本」を作ることを最も警戒された。同時にそこには、多くは紙幅の制限からくる説明不足もあり得る。誤りには何度も訂正を加え、なお完璧を目指す。一方、信念と目されることには、些かも揺らぐことなく、断固として貫き通す。他からの疑問や質問にはいつも丁寧に独特の曲折に富んだ文体をもって説明を示され、批判に対しては受けて立つ気概と強靱な底知れぬエネルギーに満ちる。一般に、テキストに誠実に向き合えば向き合うほど、判断に窮する部分が相当数含まれることがはっきりしてくる。その時に「わからない」と潔く言い切るのが松尾氏流であるが、これに現代語訳を施すとなると文脈が成り立たず不完全なものになってしまって、特に教科書類には処理にご苦労があったようである。また、当時の習俗・故実・衣装などの事柄や、専門的な国語学（言語学）に関することには深くは立ち入らず、謙虚に専門家の説を紹介するにとどめられた。国語学者である令弟故松尾拾氏、歴史学者である令息松尾涼氏、光氏の存在がその節度の基準であったのかもしれない。こうした姿勢は筆者も共著者として加わった

『日本古典文学全集『枕草子』』『新編日本古典文学全集『枕草子』』においても全く変ることはなかった。後者に関しては、本文検討段階で松尾氏と永別することになってしまったのだが。

④　語意・語法を中心とした論考――『全釈源氏物語』の中絶が『浜松中納言物語』研究以来の「中古語」に対する徹底的な関心の対象として自立すると見たい。『源氏物語を中心としたうつくし・おもしろし攷』や、『源氏物語を中心とした語意の紛れ易い中古語攷』及び『同・続篇』などを中心とした息の長い一連の論はこの系列である。主として『源氏物語』の多数の用例が論証の例証として列挙されるが、池田亀鑑氏のもとで『校異源氏物語』に参加された経験も生きて、すべての用例をあつめその用例の一つ一つに青表紙本・河内本・別本などの本文の吟味が加えられ、諸注釈書・辞典・論文の説をつぶさに検証した上で結論を得る。なお、対校本文がそのまま再現できる工夫を願う、という「新版『校異源氏』夢物語」があるのは興味深い（『遺稿集Ⅰ』）。基本になるのは、本来一語一義であったとする信念と、現代語に言い換えるとどうなるかという問題意識である。例をあげれば、「うつくし」は「キレイダ」ではなく、自分より弱い立場にある他人への愛情をあらわし、現代語では「カワイイ・カワイラシイ」が当ろう、「おもしろし」は本来明るい晴れやかな性質を持つ対象、即ち楽音・花・紅葉・日や月のある空・水・邸宅庭園・絵画・詩歌・行事に限って使われ、やはり「タノシイ・オモシロイ」がよい、「ふびんなり」は「キノドクダ」ではなく「不都合ナコトダ・困ッタコトダ」が適当だ、といった結論に至る。ここには氏の論の凄みが最も典型的な形で遺憾なく発揮されており、この方面の研究を晩年に至るまでたゆみなく続けられた。

⑤　『源氏物語』論等の作品論――作品を作品として読む、これこそ松尾氏の究極の目的ではなかったか。『源氏物語入門』「不幸な女性たち」（葵上・六条御息所・明石女君・朱雀院女三宮・藤壺中宮・夕顔・末摘花・花散里・空蟬・軒端荻・朧月夜尚侍・紫上）などの作品論は極めて初々しく率直で、厳密な分析的研究とは趣を異にしたナイーヴなものが見える。後者は『源氏物語』執筆当時藤原氏の庇護のも

とにあった物語作者は男性をまともに批判することを遠慮したか、とする視点を加えて論じたもので、逆説的な面白さがある。

⑥　その他の研究――本編の主旨に則してここでは簡略に従うが、そのいずれにも①～⑤に述べた意識が鋭く貫かれ、その作品なり、対象なりの基本的研究として現在評価されていることは言うまでもない。「著書目録抄」等を参照のうえ、その一端に触れていただきたい。

事情が許せば氏は『全釈源氏物語』でその豊かな世界を隈なく示してくださったことだろう。余りに見えすぎてしまう徹底した眼は、冷徹さと同時に純粋な温かさを内包しており、また氏の才気に満ちたエッセイの幅の広い洒脱な面白さは格別で、名工の技を見る思いがある。

三　『浜松中納言物語』研究

松尾氏の研究の端緒であり、同時に一つの基軸をなす『源氏物語』に連なる『浜松中納言物語』の研究に再び触れたい。平安時代後期に成立したこの作品は本来六巻本（或いは五巻本）と推定されるが、専ら四巻本として伝えられてきた。しかし松尾氏は昭和5年（一九三〇）初秋、尾上八郎氏蔵本が末尾一巻を持った五巻本であることを発見し「国語と国文学」昭和 6年（一九三一）4月号に「濱松中納言物語末巻略考」としてその内容を詳細に紹介された。『尾上本濱松中納言物語』（昭和11年12月）はその翻刻である。そこには本来は不可能ともいうべき、毛筆による古写本を正確に活字本に転換する際の最大限の工夫が凝らされている。「緒言　本書は尾上八郎博士所蔵の濱松中納言物語五巻を複刻公刊せむことを主たるその目的として編したるものなり」として「帝國図書館蔵榊原芳埜舊蔵本」を対比させることが記されているが、この長大にして細微にわたる行き届いた凡例はその明晰さ、厳密さにおいて、現在もそれ自体傑出した存在である。研究全体の内容や意義は『遺稿集Ⅰ』の故吉岡曠氏による「学者としての松尾先生」、等に譲りたい。『岩波古典文学大系『濱松中納言物語』』（昭和39年）はこの研究に連なるもので、その本文、緻密な頭注、解説などは瞠目に値する一書となった。

本文に即した部分について、その活字化の工夫の一端を示そう。巻末に「仮名字体索引表」があり、「本表は本書において平仮名活字の右傍に数字を付記することによって、仮にその区別を示し置きたる仮名の字体の原形を示したるものなり。」という意図によって元の文字が表されている。横に「あいうえお」、縦に「1〜12」の数字を付した表で、たとえば「る」文字が変体仮名としてどの字体で書かれているかを示す。巻一の巻頭の「（思ひ）やりにし」の「に」の右傍には「2」とあれば表を参照することによって変体仮名の字体が復元できるという具合である。その変体仮名の字は松尾氏の端麗な直筆であり、この直筆の技は後に「変体平仮名演習」（笠間書院　昭和44年）として変体仮名の初学者のための手引書に生かされている。この一点一画をもおろそかにしない本文に対する厳しい姿勢は、『浜松中納言物語』を超え、以後古典テキスト全般について適用される松尾氏の特色の一つとなる。

なお蛇足ながらこの「仮名字体索引表」の方式は現在にもなお生きている。電子化も著しい昨今、作品のテキスト毎に変体仮名の表記研究が様々になされているが、単純に個別の各作品の変体仮名を共通の方式で統一し、例えば字母に関して「あ」の「1」とでも記号化できないものだろうか。当然微妙な部分を割り切ることになるものの、大まかな指標にはなろう。昭和11年に既に提案された方式の現在における更なる進展を願うものである。

四　『全釈源氏物語』（筑摩書房）の目指したもの

ここで、松尾氏の畢生の大業となるはずであった筑摩書房刊『全釈源氏物語』について些か詳しく述べてみよう。巻一〜巻六の未完に終わったが、筆者もその一部の協力者として加わり、研究とは何かについて直接松尾氏の教えをたまわったという所縁もある。

昭和32（一九五七）年秋の日付のある発刊パンフレットは『全釈源氏物語　全十五巻』と題されており、そこには次の言葉がある（『遺稿集Ⅱ』）。

学窓を出て三〇年近く私は平安時代の物語一すじに歩いて来た。しかしこの『源氏物語』については幼い一個の「読者」であるに過ぎない。自らをこの物語の「研究者」と敢えて言おうためには、もっともっと読みぬいて、この偉大なる作品の構成や主題の探求についても、心を空しうして作者紫式部に肉薄しなければならないことを痛感する。

ここには言葉の解釈というより「もっともっと読みぬ」く、という作品としての『源氏物語』に対する理想と目的が明瞭に記されている。『全釈源氏物語』中には、なぜ一五巻となるのか、という巻数の説明はないが、五十四帖をおおよそ三～四帖に分けて、年間三巻刊行、五年ほどで完成する企画であったろうか。常磐井和子氏の万全を尽くされた基稿からなり、順調に刊行が進んだ巻一～四と、筆者が関わり遅延を重ねた巻五、六の二つの部分に分けて述べてみたい。当然前者については筆者は一読者として述べるにすぎないことをお断りしておく。刊行の途次、注が次第に増大するという経緯は、やはり未完であった島津久基氏の『対訳源氏物語講話』一～五巻（昭和5年～17年）と或る意味では非常に似通っている。本書 7頁から28頁に収載の秋山虔氏による「島津久基」を参照されたい。

五　「全釈源氏物語」巻一～四

☆「全釈源氏物語」巻一　桐壷・帚木・空蟬・夕顔　三八五頁　昭和33（一九五八）年3月5日刊

協力者　長谷川（現　常磐井）和子氏

昭和32年11月10日付の序には、『源氏物語』はどの一こまにも人生の血潮がにじむ、読者の心を深い感動にさそう作品であり、ダイジェストは利かない小説であるから、読者は原文を読み通す外に方法はないことを述べたのちに、刊行の意義が以下のように記されている。

全五十四帖を通じて本文・口語訳・語釈の三つを兼ねそなえ通常の注釈書の体を整えているものは、ついにまだ一本も刊行せられていないのである。これは不便なことであり、又不可思議なことであるといえよう。私はまずその条件をそなえたはじめての一本を世に提供することが必ずしも無意味ではなかろうことを信じ、先年来の書肆のすすめに従って、ここに思い切ってこの仕事にたずさわることにしたのである。

その体裁は、物語本文を段落に区切り、「口訳」を大きな活字で上段三分の二に当たる部分に一五行置き、「本文」を下段一七行に示し、段落ごとに「注」を施すというものである。「注は一般読者が本文理解に必要と思われる範囲内において、なるべくくわしく施すようにつとめた。」とあるように、現代語訳を最優先したこの組み方にも一般読者への提供を第一とした目的意識が明確である。「本文は池田亀鑑博士の「源氏物語大成校異篇」の底本に拠った」「口訳はいちじるしい不自然感を覚えさせない限りにおいては逐語直訳を旨とし、みだりに説明のことばを補わないで、原作のおもかげを保持することにつとめた。」「ます体を採ったのは…声に出して他人又は自らに読み聞かせたものと考えられるからである」と凡例にある。例えば桐壺巻頭の段落は、本文約二三行に対して、注六五行をとる。その中で「あらぬが」「時めき給ふありけり」「あいなく」「いと眩き人の御おぼえなり」などには語意的・語法的な説明が詳細であるが、「女御」「更衣」「楊貴妃」といった事項はむしろ簡明である。一般読者に原文と口訳を提供するという方針ではあるが既に「注」の比重は重い。『源氏釈』からはじまる注釈書の説の吟味（池田亀鑑氏による『朝日古典全書　源氏物語』は発刊を終えていた）、解釈に関わる本文異同の検討、当時の最新の語彙・語法に関わる研究書・辞典などの成果を基にした解釈などを紹介した後に松尾氏自身の研究成果を示す。段落により違いはあるが概ねこうした解釈重視の傾向は強く、例えば「なまめかし」は一五行（五六頁）、「御気色賜はらせ給へりければ」は一九行（七四頁）にわたる。松尾氏は既に『源氏物語』の注釈書を部分的に多数刊行されていたという事情もあろうが、定説の羅列ではなく解釈の創造であり、一語の細部から始めて

『源氏物語』を新たに読もうとする勢いを読み取ることができる。

☆『全釈源氏物語』巻二　若紫・末摘花・紅葉賀　昭和34（一九五九）年2月10日　三四五頁　協力者　長谷川（現　常磐井）和子氏　付録1、「源氏物語」青野季吉氏・「著者から申し上げること」松尾聰氏

当時山岸徳平氏の『日本古典文学大系　源氏物語』（岩波書店）は刊行中であった。内容は概ね巻一と変わらないが、この号から付録がつき刊行の事情がよくわかるようになった。昭和34年（一九五九）1月付けの「著者から申し上げること」には、一年以上の発刊の遅れを詫び、訳文が固いという読者からの評には「原文と切り離して考えたくなかったのです。訳文を読めば、原文がそのまますなおに理解できるようにするのが、原文対照の本であるかぎりにおいては正当だと考えたからでした。もしも訳文だけの本だったら、私はもっと日本語らしい現代語に近づけたでしょう。」（傍点筆者）と述べ、前年の『源氏物語入門』刊行にも触れる。

☆『全釈源氏物語』巻三　花宴・葵・賢木・花散里　昭和34（一九五九）年7月20日　三三五頁　協力者　常磐井（旧姓長谷川）和子氏　付録2「松尾先生のこと」三島由紀夫氏・「源氏物語の本文のこと」松尾聰氏

本稿の巻頭に一部引用した三島氏の文にこうある。

> 松尾先生には学習院で、国文法や万葉集などを教わった。実に散文的な講義で、やわらかい少年の感受性に訴えるものは一つもなく、少年の頭で考えると、全然不文学的な講義に思えた。その上、先生は点が辛く、皮肉屋でイジワルだった。そうかと云って、先生は人気がないというのではなかった。お茶坊主的教師に却って人気がなく、一部偏クツな学生は、ますます松尾先生の肩を持った。どうい

うわけか、先生の渾名をポンタと云った。この芸者みたいな渾名と、先生の学究的風格とは、全然合わないようでいて、どこか先生のとぼけた一面をあらわしているところが面白い。先生の逐条主義的な講義は、あとになってみると、いわゆる文学的感受性に訴える情緒的講義よりも、はるかに実になっているのがふしぎである。

先生のは、古典を自分で読む力を鍛える講義だった。従ってスパルタ的で無味乾燥であるが、西欧の大学のラテン語やギリシア語の講義だって、入門の段階ではもっと無味乾燥であろうから、その段階で日本の古典がきらいになる奴はきらいになればいいのである。

三島氏の「豊饒の海㈠『春の雪』」の末尾の注に「浜松中納言物語」を典拠とした旨の記述があることはよく知られている。「源氏物語の本文のこと」には諸本を説明し、不完全ではあるが現状では青表紙本を最善本と見るほかはないかと述べる。

☆『全釈源氏物語』巻四　須磨・明石　昭和36（一九六一）年8月30日　二八五頁　協力者　常磐井（旧姓長谷川）和子氏　付録3「古典の現代語訳について」福永武彦氏・「おわびなど」松尾聰氏

福永氏は現代語訳に触れ「――といふのは、この（筆者注『全釈源氏物語』）訳文は常に原文と対比されて組まれてゐるから、翻訳のうまいまづいは立ちどころにこちらに分かる仕組みになってゐる。並み大抵の自信では出来ることではない。土俵の真中で、さあどちらからでもお出でなされ、と言ったものである。」と与謝野晶子訳とは目的・方法を異にし、「反対の極に立つ翻訳として独特の効果を上げてゐるやうに思はれる。」とその独自性をとらえられる。松尾氏の「おわびなど」は、刊行に二年の間隔があったことを詫び、「巻五以後は、少なくとも年一冊、できるなら二年に三冊は必ず刊行するように努力いたします。」とある。松尾氏は、助力者である常磐井（旧姓長谷川）和子氏の研究に対して、詳しくここで紹介しておられる。

六　『全釈源氏物語』巻五、六

☆『全釈源氏物語』巻五　澪標・蓬生・関屋・絵合　昭和42（一九六七）年7月5日　三一七頁　協力者　澪標　常磐井（旧姓長谷川）和子氏、蓬生・関屋・絵合　永井和子　付録4「そしてそれから」武者小路辰子氏・「又おわびなど」松尾聰氏

松尾氏は五年半の中絶と遅延を詫びる。その理由として常磐井和子氏が津市一身田の真宗高田派本山の法嗣常磐井猷麿氏と結婚されたために、協力者が常磐井氏から永井（旧姓前田）和子に交代したことが記される。同時に、一五巻の予定巻数が増えそうであることの理由として「昔から疑問とされたままでなお解決のついていないこと、今まで疑われずにすんでいながら実は吟味しなければならないこと、わからないはずのことがわかったことのようにごまかされてしまっていること、そんなことのかずかずが、いかにも目につき出してきて、そうした問題点のある個所々々については、古来の説から現代諸家の説にいたるまで、できるだけ多くの説を紹介して、今後の研究者の参考に供すべきだと思うようになりました。」「ただ、このように注に重みがかかりますと、現代語訳を主眼とするという当初の目標が、少なくとも、形の上では影を薄くしますので、こまっているのですが、私としては、やはり、私のこの仕事に立ち向う決意をした動機は、原文を対照吟味することのできる「口語訳」の完成にあったのであり、現在もその考えは少しも変っておりませんので、これまた御諒解を得たく存じます。」とその理由が記される。

こうして発刊の遅延を重ねているこの間に、山岸氏によって『日本古典文学大系『源氏物語』』全五巻が完成し、玉上琢彌氏の『源氏物語評釈』一二巻のうち八巻の発刊をみて、それらの注への言及も急速に増えることとなった。同時に注にはこれまで以上に重点が置かれ、一〇〇行以上にわたる論文の如き注（三〇七頁）も出現する。それに伴い松尾氏は既刊の巻一～巻四の注に物足りなさを感じ、訂正改訂版の発刊を切望しておられた。筆者は蓬生・関屋・絵合の巻の担当として参加したのであるが、それは面倒な印刷

の組みや、繰り返される校正を伴ってまさに時間との戦いであった。さま〴〵な配慮のもとに面倒な出版を許容してくださった筑摩書房に対して私は深い感謝と尊敬の念を抱きつづけている。

☆『全釈源氏物語』巻六　松風・薄雲・朝顔　昭和45（一九七〇）年9月25日　四二二頁　協力者永井和子「著者よりのひとこと」松尾聰氏

はさみこみの「著者よりのひとこと」は刊行までに丸三年たったことのおわびである。「第三十三帖藤裏葉の巻までは、何としても完成させたいと思う心は痛切である」「巻一を、もし現在のような方針で書いていたら、三八六頁のそれは、優に八〇〇頁を越えていたであろう。」注には実に三三〇行に及ぶものも散見する（一〇五頁）。

この巻の刊行を終えたところで、『全釈源氏物語』は突然未完成のまま中絶する。出版社の状況が変化したことに加えて、永井の専任教員としての多忙も理由に加わる。次巻、巻七の原稿を執筆中でありほぼ完成していたのだが、万事を断念せざるをえず、筆者としては現在においても、協力者の任を全うできなかったことに対しての申し訳なさで一杯である。松尾氏にとってはこの中絶によって解釈への燃えるような意欲が急に遮られたことになり、この不完全燃焼が後の語意・語法への研究を誘発したものと思われる。或る意味では外的状況ではなく、言葉をないがしろにしない集中性がはっきりしたことによって遅延に遅延を重ね、商業出版とは相容れぬ部分の存在も浮上したのであるから、所詮中絶はまぬかれなかったかもしれない。しかし時間がかかり、遅くなっても、筆者は松尾氏による全巻の完成が本当に拝見したかった。本文・注・現代語訳をそれぞれの視点において重視し、独自に作品としての『源氏物語』の読みを鮮明に示す姿勢は、松尾氏のみではなく山岸氏「大系」玉上氏「評釈」を始め、後に発刊された石田穣二氏・清水好子氏による「新潮日本古典集成」、阿部秋生・秋山虔・今井源衛・鈴木日出男氏による「日本古典文学全集」「同新編」、柳井滋・室伏信助・大朝雄二・鈴木日出男・藤井貞和・今西祐一郎氏による「新大系」

などに見事に具現している。また多数の編者や書き手の視点が集結した至文堂の『源氏物語の鑑賞と基礎知識』（鈴木一雄氏監修　黒沢廣氏担当）は、本文を読むという行為が必然的に言葉の解釈と作品の全体像の構築を要請することを示した全注釈として興味深い。その他の成果も多く、松尾氏の昭和32年における「注釈書」の願いは、果されたというべきであろう。

実際の手順を記してみよう。まず永井が原稿を作成する。松尾氏がそれに大幅に朱を入れられたものが戻ってくるが、そこには永井の納得しない部分もある。ここから始まり、一語、一解釈をめぐって丁々発止のやり取りが限りなく繰り返される。松尾氏は微力な筆者を対等に遇され、一語一行に対して全力を傾注された。ついに原型をとどめなくなるまで徹底的に検討しつくし、一枚では足りずに原稿用紙の上に更に紙を幾重にも張りつけるが、紙幅を考えて今度は削除に削除を重ね、未練を残しつつ打ち切る。まさに鬼気迫るというべき毎日であり、筆者は触発される楽しさに目の覚めるような思いを味わったのである。氏は筆者の不敏からくる疑問に真剣に呼応され、そのほとばしるような熱気と呼吸が筆者の修練の場となり、教えられ、鍛えられたことは限りない。このような仕事の常であるが、松尾氏と同じく筆者にも時間的量的な制約へのもの足りなさが残り、その後の研究の歩みにはこの『全釈源氏物語』に端を発した主題も多い。松尾氏との『全釈』に関する現実の会話には、語意・語法の話題も当然多かったものの、この部分をこう解すると『源氏物語』はこうなるのではないか、といった『全釈源氏物語』には記してはいない「その先」のことが主であった。『全釈源氏物語』は抑制した、その一部ということとなろう。分を弁えずに言えば、ある意味で松尾氏の本領は「その先」にあったのである。

七　松尾氏と『源氏物語』

既に述べたように、全体として松尾氏の『源氏物語』に関わる研究は、その内部の考証や論議といった「学問」に自閉することなく、作品を現代の読者にそのままの形で提供したいという開かれた目的意識がその前提にあることは特記するに値しよう。その方法として『源氏物語』をまず言葉として徹底的に把握することから始められた意義は大きい。一語一意を論証するための用例は、その採取の段階から厳密な選択を経たものである。用例となる作品の成立年代は当然として、本文の書写年代、書写者等、信頼するに足るものか否かの吟味が先立つ。あくまでも「解釈」のための語法研究といってもよかろう。平安期の言葉のネイティブではないかと思われるほどに種々の作品の一次資料に通暁しておられ、その感覚は極めて鋭い。単に資料を「読む」だけではなく、当時の通例ではあるが、自身で筆写或いは臨写された作品、青写真で焼き付けられた作品を数多く拝見している。松尾氏の没後、松尾光氏・故吉岡曠氏・永井和子の編集で三冊の遺稿集が発刊されたが、膨大な論はその三冊に到底収まりきるはずもない。直接に論に触れて、「デモンは論理に化けていることもある」（三島氏）凄みと面白さを実感していただきたい。

本稿は、前述のように氏の『源氏物語』を中心とする研究面を筆者との接点を軸として述べたものである。松尾氏のお人柄などについては「むらさき」第三四輯（平成9年）、秋山虔氏「松尾先生を偲び奉る」、池田利夫氏「松尾聰先生との四十年」の追悼文に尽くされている。『遺稿集』の「あとがき」には（故）八洲子夫人、令息光氏が文を寄せられ、吉岡曠氏・筆者も追悼の気持を記した。別に光氏には「忘れえぬ女性：松尾聰遺稿拾遺と追憶』（平成13年、聰氏・八洲子氏・光氏）をはじめ、多くの詳細な思い出の記がある。

著書目録抄

『尾上本濱松中納言物語』尾上八郎氏と共著（春陽堂・昭11）
『源氏物語総釈　藤袴～藤裏葉』（楽浪書院・昭12）
『古文解釈のための国文法入門』（研究社・昭27）
『平安時代物語の研究――散佚物語四十六篇の形態復原に関する試論――』（東宝書房・昭30、増補改訂版

武蔵野書院・昭38）
日本古典文学大系『落窪物語』（岩波書店・昭32）
『評註源氏物語夕顔全釈』（武蔵野書院・同）
『評註源氏物語若紫全釈』（武蔵野書院・同）
『源氏物語入門』（筑摩書房・昭33）
『全釈源氏物語一〜六』（筑摩書房・昭33〜45）
『評註竹取物語全釈』（武蔵野書院・昭36）
日本古典文学大系『濱松中納言物語』（岩波書店・昭39）
『徒然草全釈』（清水書院・昭和41）
『平安時代物語論考』（笠間書院・昭43）
『堤中納言物語全釈』（笠間書院・昭46）
日本古典文学全集『枕草子』永井和子と共著（小学館・昭49）
『源氏物語を中心としたうつくし・おもしろし攷』（笠間書院・昭51）
『雑文集　久松潜一先生の御ことなど』（同・昭52）
『源氏物語を中心とした語意の紛れ易い中古語攷』（同・昭59）
『同・続篇』（同・平3）
新編日本古典文学全集『枕草子』永井和子と共著（小学館・平9）
……
『松尾聰遺稿集』全三巻（笠間書院）松尾光氏・吉岡曠氏・永井和子編集
Ⅰ中古語「ふびんなり」の語意（平13）
Ⅱ『源氏物語』――不幸な女性たち（同）

松尾聰略歴

明治40年9月28日　東京府生
大正9年3月　東京市立青山尋常小学校卒業
同　14年3月　東京府立第一中学校卒業
昭和3年3月　第一高等学校卒業
同　6年3月　東京帝国大学文学部国文学科卒業
同　9年3月　同大学院修了。同一月、法政大学専任講師
同　11年4月　学習院専任講師
同　13年7月　学習院教授（中等科）
同　16年4月　学習院高等科兼任
同　24年4月　学習院大学教授
同　32年4月　『平安時代散佚物語の研究』により文学博士号取得（東京大学）
同　52年3月　学習院停年退職
同　5月　学習院大学名誉教授
平成9年2月5日　逝去

（『源氏学の巨匠たち――列伝体研究史――』紫式部学会編　二〇一二年）

松尾聰先生の古典遊び

一

昔々のことになるが、私は松尾聰先生から原稿用紙の裏に記した、連歌か俳諧の如きものを戴いた（これを、仮に言葉遊びの「作品」と称することとする）。一瞥して筐に秘蔵し今日に至ったご自筆のそれをご紹介すべく、原文のままに記せば以下の通りである。ただし、各句の頭に丸数字で通し番号を付した。

㊗春

①あえかなる君春眠の夢まど　か
②いぶきもしるき庭の姫が　き
③うぐひすの初便かや独り鳴　く
④えだにかゝれる朧月か　げ
⑤おしのびの車音すなり三のみ　こ

㊗夏

⑥さぎりにきゆる宇治の舟う　た
⑦しらじらとあけゆく宵や壺のふ　ぢ
⑧ずゐ身を呼ぶ供奉のこれみ　つ
⑨せき守は熟睡《うまい》しぬらむ音もせ　で

⑩そらだのめなるぬしのひとこ　と

㊙

⑪ななきそとははその母ののたまへば

⑫にじむ涙をかくすはじら　ひ

⑬ぬれぬれてもみぢば重く吹きちらふ

⑭ねさへ枯れめや大菊のな　へ　有出典

⑮のぼりゆく在五四極《しはつ》ゆ見る白　ほ　有出典

㊅

⑯まろが力に生みし姫み　や　人《ノ》生《ル、ハ》尹《ガ》丸力《ナリ、とかや》（伊勢）(勢)

⑰み垣なすさかきに破《や》れし小《こ》蜘蛛のい

⑱むすぶの神社《もり》も人気《ひとけ》なきふ　ゆ

⑲めづらしや年ごもりする客のふ(笛)　え

⑳もろびといはへなごきこの御《み》　よ

㊄

㉑らんまんの春降りそめて池のあ　わ

㉒りう(柳)花苑舞ふゆゆしきうな　ゐ　（柳花苑ノ舞頭中将舞ふ、花の宴）

㉓るしやな仏散華《さんげ》の飛《と》ばひ美し　う

㉔れい景殿の寄らす文《ふ》づく　ゐ

㉕ろうさう(緑衫)の衣《きぬ》きる身には叶はじ　を

㉖ん（運）めぐりきて司召さる、

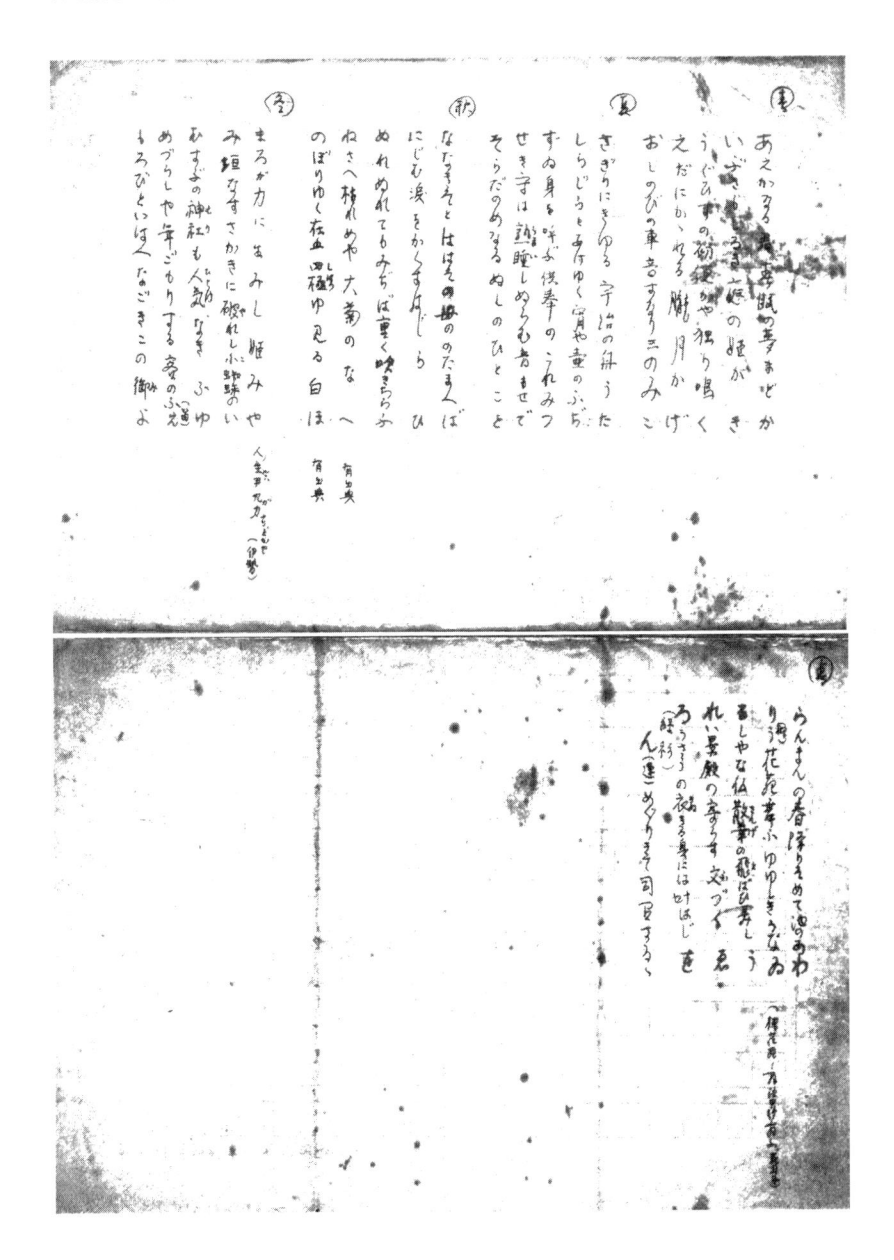

本来の連歌・俳諧はそれぞれに長い歴史があり、複数の人々が集合して、句数・順序・季節等に厳しい決まりごと（式目）を伴わせつつ各自が句を付けることにより、その制約と自由な飛躍を楽しむ座の遊びであることは言うまでもない。「作品」はもとより定式ではなく先生の「一人遊び」であろうが、第一句は五・七・五、第二句は七・七として以下それを繰り返し、同時に「①・②」「②・③」「③・④」句がそれぞれに独立して、鎖のように次々とイメージが連なって行くという原則は守られている。

例えば「春」を横に見れば各句の最初の一文字は、「あいうえお」であり、末尾の一文字は「かきくけこ」である。以下も同様に、夏「さしすせそ」「たちつてと」・秋「なにぬねの」「はひふへほ」・冬「まみむめも」「やいゆえよ」、また「春」を重ね、「らりるれろ」「わゐうゑを」、更に「ん」でおさめた五十音仕立てであることが読み取れる（五十音の部分は朱書。「げ」「ぢ」「ず」「で」「ば」の濁点「゛」はのぞく）。頭尾を続ければそれぞれ一句を成し、春・夏・秋・冬・春、と巡る句が微妙に響き合いつつ連なっており、一種の「連歌・連句」（仮）であろうと見当がつく。

このように、例えば『伊勢物語』九段の「か・き・つ・ば・た」（冠・句頭）に、更に「沓（句の末尾）」を加えた沓冠仕立てである。題材としては平安期の物語を中心とする世界を、直接の引用ではなくイメージとして背後に持つ、といってよいだろうか。全体は四季を配した鎖であるのみならず物語としての緩い構造を持つ「恋の座」として纏められていると見る。

なお眼を凝らすとその通り、これは折句をも伴う、曲芸に近い技巧を尽した精妙な「言葉遊び」なのである。

仮に私はこれを一種の連歌・連句と記したが、その題材や内容はどうか。春から夏には

お忍びの車音すなり三のみこ
狭霧にきゆる宇治の舟唄
しらじらとあけゆく宵や壺の藤

随身を呼ぶ供奉の惟光

とあるから、『源氏物語』が題材であり、宇治十帖から第一部にうつる趣きであることを読み取ることができる。と思うと、

関守は熟睡《うまい》しぬらむ音もせで

あたりからは伊勢物語、また冬以下は『源氏物語』めいた句でおさめる。即ちこれは『伊勢物語』『源氏物語』を中心とした「古典文学遊び」の傑作ともいうべきものであろう。

ここでは作者の深慮とは別に、全句にわたるものではないが各句についての勝手な心覚えを『伊勢物語[註]』『源氏物語』あたりを中心として簡単に記してみたい（丸数字は各句の通し番号）。

二

①第一句は作品全体の空気や方向を示し、まず春の夢にまどろむ若い女性の姿から始まる。華奢な女性の美しさの形容として「あえか」を用いる人物に『紫式部日記』の小少将や『源氏物語』の女三宮などがある。「（女三宮）二月中の十日ばかりの青柳の、わづかにしだりはじめたらむ心地して、鶯の羽風にも乱れぬべくあえかに見えたまふ。（若菜下）」。

②「いぶき」は「君」の安らかな寝息であり同時に③が並べば独り鳴く「鶯」の声でもある。「姫がき」の「姫」は①の「君」と響き合い「姫君」の像が結ばれよう。

④春の「朧月」は『伊勢物語』六九段「月のおぼろなる夜」の斎宮と出会いや、『源氏物語』の「朧月夜」を想起させ、「時」は夜に至り、恋へと続く趣。

⑤恋する人として「三のみこ」登場。『源氏物語』宇治十帖の、今上帝第三皇子匂宮を指すと見る。「すなり」について先生はきっと「この『なり』は動詞の終止形についているから、音によって推測すると…ようだ、と推定したものです」と言われることだろう。

⑥「霧」は宇治につきもの。薫が浮舟を伴って隠れ家から宇治へと赴く場面に「うちながめて寄りゐたまへる袖の、重なりながら長やかに出でたりけるが、川霧に濡れて、御衣の紅なるに（東屋）」とある。一方、「宇治の舟うた」によって、匂宮が浮舟を伴い小舟に乗る印象的な場面へと導かれる。「いとはかなげなるものと、あけくれ見出す小さき舟に乗りたまひてさし渡りたまふほど…（浮舟）」。

⑦「壷の藤」の表現はおのずと「藤壷女御」の連想に至り、『源氏物語』の「桐壺」から始まる物語へと立ち戻る。

⑧忍び歩きの折に光源氏は乳母子の「惟光」を通じて「随身」を呼び、その随身が直接に行動するのが常。

⑨前句と微妙に関わりつつ『伊勢物語』に直結。五段「人しれぬわが通ひ路の関守はよひよひごとにうちも寝ななむ」。「関守」はおそらく熟睡中、もう邪魔する者はない、女性のもとへ、と次句へ。

⑩ ⑨を受けて女性の側からの表現。当てにならぬことを期待させる「空頼め」も『伊勢物語』の世界と結びつく。歌としてはまず「さだめなく消えかへりつる露よりも空頼めする我はなになり」（蜻蛉日記上）が浮かぶ。

⑪「ははその」は「母」の枕詞。「ははそ（柞）」の木は楢や橡の類。泣く子に関し、『伊勢物語』に限っていえば、八四段に、母宮から男への歌「老いぬればさらぬ別れのありといへばいよいよ見まくほしき君かな」に対して「かの子、いたううち泣きてよめる　世の中にさらぬ別れの無くもがな千代もといのる人の子のため」とある。この段をふまえるならば、泣く男を母宮が慰めて下さる図か。更に⑫で恥らうのも「男」か。「ななきそ」「ははそ」と響きが重なる面白さ。

⑭下の註に「有出典」とあり『伊勢物語』五一段の歌を踏まえることを明示。「むかし、男、人の前栽に菊植ゑけるに　植ゑしうゑば秋なき時や咲かざらむ花こそ散らめ根さへ枯れめや」

⑮ここも「有出典」の註記。「在五」は阿保親王の第五男の意で、『伊勢物語』中「男」と思しき主人公の名が明記されているのは六三段のみ。「四極」は『万葉集』（272）に「四極山うち越えみれば笠縫の島漕

ぎかくる棚なし小舟　高市黒人」が初例で『古今集』巻二十に「しはつやまぶり」として「しはつ山うちいでてみればかさゆひの島漕ぎかくる棚なし小舟」がある。所在地は古来摂津・三河など様々な説があるものの、⑮では「在五」が「のぼりゆく」時に海が遠望できる山であれば差しつかえない。しかし『伊勢物語』六九段あたりの伊勢斎宮に関わる段を連想し「三河」「尾張」「伊勢」の縁で⑯が付けられた可能性はないか。

⑯下の註について私は「オサマル」と訓みを付けながらその依拠資料を亡失、そこへ高田信敬鶴見大学教授から、これは池田亀鑑氏の紹介によるもので、「伊勢（勢）」字を偏と旁に分解し、「伊」の偏〔イ〕・「勢（勢）」の一部〔生〕・「伊」の旁〔尹〕・「勢（勢）」の一部〔丸〕・「勢（勢）」の一部〔力〕という具合に縦に読む、というご示唆を頂戴した。まさに、池田氏『伊勢物語に就きての研究（研究篇）』の「書名考」五四四頁に「伊勢二字を分解して附會するもの」として「伊勢物語塗籠抄の頭注に言ふ。伊勢　人生尹丸力也（ヒトウマル、コトマサニマルガチカラナリ）」とある部分が相当すると思われる。「勢（勢）」字の〔生〕については影印（本書260頁掲載）の先生の筆跡を参照されたい。なお、池田氏はこうした説について「…據る所も、甚だ薄弱であるといふ非難を免れ得ない。」と述べておられる。松尾先生の方は興じられた。さて付句としての⑯にやはり六九段の物語世界が展開しよう。「姫宮」は斎宮恬子内親王をさすことになろうか。先生は六九段の本意について『校注　伊勢物語』（笠間書院　一九六八　永井和子共著）の解説に熱を込めて詳述しておられることでもあり、もしそうであるとすればこの辺りは禁断の激しい恋の趣が「作品」全体の強いアクセントをなす。また前句⑮の「四極」の所在は「尾張」ともなり得ることとなり、次句⑰の、神に縁ある「み垣なすさかき」も色濃く関わろう。

⑰　⑯の読みがどうであろうと「み垣なすさかき」の表現から『源氏物語』に「蜘蛛のふるまひはしるかりつらむものを。（紅葉賀）」とある源内侍との逢瀬への連想が可能。

⑲年も暮れ行き、この辺りから再び目出度き風情に立ち戻る気配。「ふゑ」の音は㉒の「舞」へと連なる。

㉑春爛漫。「ら行」を語頭に持つ言葉は、本来の和語では対応が難しく、その制約のもとに以下㉒「柳」・㉓「廬」・㉔「麗」・㉕「緑」のすべてが漢語の音を語頭とする。

㉒下註にあるように「花宴」巻に「(頭中将)柳花苑といふ舞を、これはいますこし過ぐして、かかることもやと心づかひやしけむ、いとおもしろければ」とある。源氏は舞の後に、頭中将の父大殿に「よろづのことよりは、柳花苑、まことに後代の例ともなりぬべく見たまへしに」と語る。「ゆゆしき」は前後の句に関わって多義的な表現。

㉓「散華」が「廬遮那佛」の前で行われるという情景。僧が経文を唱えながら紙製の花などを撒き散らして場を清める行為から「飛ばひ」の語が導かれる。平安期における「うつくし」について先生はしばしば「かわいい」という面を強調された。その説をなされた時期と「作品」の成立時期が気になるものの、この「美しう」は現代語であり、むしろ私の深追いが過ぎるか『源氏物語を中心としたうつくし・おもしろし攷』(笠間書院　一九七六)。㉔「麗景殿」に住む女御。『源氏物語』では朱雀院女御(賢木)・桐壺院女御(花散里)・今上女御(梅が枝)・東宮女御(紅梅)の四人が登場。「机」に凭る姿としては桐壺院女御の印象が強い。

㉕「緑衫」は六位の着る緑色の袍。低位の身に高望みは叶わぬはずが、運がめぐって来て、と挙句に続く。言葉としては『伊勢物語』四一段に見える。『源氏物語』では、雲居雁を想う夕霧が、父の光源氏の意向により官位を六位にとどめられた悔しさを胸底に抱き続ける記述が忽ち想起される。「(雲居雁の乳母)めでたくとも、もののはじめの六位宿世よ」とつぶやくもほの聞こゆ。(少女)」。

㉖現代語の表記は、語頭に「ん」を持ってくるのは非常に難しい。「運」の語が選択され、この開運の挙句により「作品」は首尾よく見事におさまりを告げる。

以上のように四季の風物を織り込みながらおおむね全体が物語的に構成されており、あどけない姫君の穏やかな春眠を基点として、若い男性の訪れとともに恋の物語が始まる。様々な彩を経て、やがて男君は昇進して新しい春を迎え、めでたし、めでたし、といったところか。極めて簡単に一読を記したが、様々な束縛を豊かに操りつつ一本の筋を通し、多彩な幻想を醸成して行く付け方の面白さは絶妙である。沓冠・折句・回文等の言語遊戯については様々な辞典があるし、『歌仙の愉しみ』（大岡信・岡野弘彦・丸谷才一　岩波新書　平成20年）はカバーの袖に「滑稽とみやびの丁々発止」とある如く遊びの神髄を伝える。

川嶋辰彦学習院大学名誉教授は、最近「作品」について「松尾聰先生の典雅に徘徊的な俳諧ぶり「厳しい制約条件下のマトリックス構築」的な遊び心に、数理の香りを覚えます。「文学古典数学」の妙溢る御労作」という言葉を寄せられた。統計学、計量経済学等を専門とする著名な経済学者であり、文学・芸術を深く極め、かつ自ら歌仙の遊びに興じられる川嶋先生の表現はまさに清新、核心を見事に射抜く。「古典は何故楽しいか」について「解釈の幅の自由度が現代文に比較して有意に広く窮屈な思索枠から脱然と解き放たれ得るから」との理由を付された上での御評言である。

四

頂戴したとき、松尾先生はご自作と仰せであったか否かについては覚えていないが、私としては先生の作と確信している。そのころ先生とご一緒に『伊勢物語』の注解に私は忙しかったし、『全釈源氏物語』をお手伝いして『源氏物語』を読み解くことに没頭していたから、仕事中の両人の〝文机〟にはその新旧の注釈書が山を成していた。その上、厳格謹直のような怖い先生は、一面、活き活きとした才気に溢れた方で、こうした「沓冠」「折句」「回文」の類の「言葉遊び」に関するまことに愉快な名手でいらっしゃった。今、取り出したばかりの注釈書を真面目に読んでおいでと思うと、在五中将なみに、あっという間に注釈書の題名が洒落た「折句」と化し、にこりともせずヒラリと見せてくださる、とか、何かを採点しながら、その氏名「△△△男」なり、「○○○子」の「沓冠」が五分後に出現する、といったことが常態であった。平凡至極の「永井和子」なども、どれだけの変奏をもって各種の遊びの種となったか数知れない。先生のこうした妙技を経験された方も多いことであろう。そのすべては片々たる紙切れに、優雅を極めた崩れのない書体で記されたものである。今はその中身の面白さにふれる余裕はないものの、古典のすべてを頭脳におさめた学者の深奥を見る思いがしきりであり、平成の御代に在る我身の浅学を恥じる。このたび、あまりの見事さに既存のものを書写された可能性はないかと考え、管見の及ぶかぎり捜してみたのは言うまでもない。厳密な先生ゆえに、こうしたことも正直に記さねば泉下からお叱りを受けるであろう。篋を徒に〝小蜘蛛のい〟とする惜しさに、仮に松尾聰先生作としてご紹介し、広く諸賢のご教示を乞う次第である。

「遊び」への不遜、不粋な忖度の罪は蒙るとしても、松尾先生個人を超えて本物の研究者が持つ悠然たる凄みの一端に触れた思いが強い。本稿について並々ならぬお心遣いを賜った高田信敬鶴見大学教授、前田智彦武蔵野書院社長、御書簡の引用をお許しくださった川嶋辰彦先生に深謝申し上げたい。

……………………

＊参考　原文を一般の表記に書きかえたもの

春　あえかなる君春眠の夢まどか
　いぶきもしるき庭の姫がき
鶯の初便かや独り鳴く
　枝にかゝれる朧月かげ
お忍びの車音すなり三のみこ

夏

狭霧にきゆる宇治の舟唄
しらじらとあけゆく宵や壺の藤
　随身を呼ぶ供奉の惟光
関守は熟睡《うまい》しぬらむ音もせで
　空頼めなるぬしのひと言

秋

な泣きそとははその母ののたまへば
　滲む涙をかくす恥じらひ
濡れ濡れてもみぢば重く吹き散らふ
　根さへ枯れめや大菊の苗
のぼりゆく在五四極《しはつ》ゆ見る白ほ

有出典
有主典

冬

　まろが力に生みし姫宮
み垣なす賢木に破《や》れし小《こ》蜘蛛のい
　むすぶ神社《もり》も人気《ひとけ》なき冬
めづらしや年ごもりする客の笛
　諸びと祝へなごきこの御《み》世

人ノ生ル、ハ尹丸ガ力ナリ、とかや（伊勢）

春

爛漫の春降りそめて池の泡
　柳花苑舞ふゆゆしきうなゐ

（柳花苑ノ舞頭中将舞ふ、花の宴）

盧遮那仏散華《さんげ》の飛《と》ばひ美しう
　麗景殿の寄らす文机《ふ》
緑衫の衣きる身には叶はじを
　運めぐり来て司召さる、

註

学習院大学は三条西家旧蔵本『伊勢物語』（天福本）を所蔵する。他の同家旧蔵本と同じく三条西公正氏のご厚意に応えて松尾先生の尽力のもとに譲渡されたものである（松尾聰編『新註　伊勢物語』武蔵野書院　昭和27　参照）。同大学には他に『聞書』等『伊勢物語』注釈関係の蔵書も多い。先生の令息松尾檀氏の直接の調査による下記の論をまず参考とされたい。「学習院大学国語国文学研究室蔵三条西家旧蔵本攷（一）――伊勢物語其一――」（『学習院大学国語国文学会誌』9号・昭41）

（『源氏学の巨匠たち――列伝体研究史――』紫式部学会編　二〇一二年）

硬い骨を持つひと

池田利夫氏　追悼の記

池田利夫氏は、肉体を持つ人間としての骨折を重ねるごとに、精神の骨をますます強固なものとされた研究者のお一人ではないだろうか。些か逆説めくが、池田氏の骨は生来脆弱なのではなく、むしろ並外れて硬いのであり、それが折れる度に再生して新しい意味を持ちはじめ、ますます堅固なものとなって、七重八重の骨折には伝説が付与され、その破骨自体が池田氏をたぐいまれな骨の人となしたものか。その屈折し堅固なものと化した自在な骨をこれまた堅固でしかも柔軟な精神がしっかりと支え、池田氏の根幹を成していたと言えるかもしれない。

年を重ねられるにつれて「どこかの骨が折れている」のが常態であり、それに加えて重篤なご病気の連続であったかもしれぬが、池田氏はその状況を飄々とあしらい、権威や人を恐れず常に直言を憚らぬ硬骨漢として、また、凄まじい気骨の持ち主として過ごされた。

池田氏に対して私はいつも受け身であり、ご研究に対しても真剣に切り結ぶ機会をさほど持たなかったために、完結した池田氏の像を明瞭に結ばぬままにお別れしてしまった、という悔いが強い。そのかわり、溌溂と輝く眼の持ち主である解き難い謎の人として、独特の歩みの余韻そのものが鮮やかに残り続けている。従って私には池田氏のご研究や全体像を語る資格はない。ささやかな個人的な思いを記すにとどめる所以《ゆえん》である。

池田氏に始めてお会いしたのは昭和三十三（一九五八）年ごろ、課外の学習院大学大学院松尾聰教授ゼミに加わられた時である。池田氏は自然科学系の学問を修められたのち文学に転じた慶応大学の大学院生であり、久松潜一先生の薫陶を受けられて、既に、日本にとどまらぬ様々な作品を広い視野と方法論のもとに研究しておられたが、当時は『浜松中納言物語』がその対象の一つであった。丁度そのころ岩波日本古典文学大系の『浜松中納言物語』に心血を注いでおられた松尾先生の許に、久松先生のご紹介もあって参加された、と伺う。

さすがに池田氏の視点は成熟して厳密を極めながら斬新であり、またその志の高さと潔さを一同は大歓迎したのだが、それ以上に、横浜育ちの快活な慶応ボーイは、「即席ラーメン」という新しい発明品をお土産に持ってきて下さる「異国」の若く眩しい研究者であった。一同は国文研究室の古びたストーブで薬罐にお湯を沸かし「舶来」扱いの貴重品にそのお湯をおもむろに用いて、不思議にも見事なラーメンと化した美味に感嘆し、謹んで賞味した。

ゼミには東洋大学の神作光一氏・早稲田大学の上坂信男氏も時々加わられた。一字一句をもゆるがせにしない松尾先生の厳しいご指導のもとに研究室の本を山ほど机上に盛り上げ、学問とラーメンの醍醐味を改めて堪能するのが常であり、このゼミは松尾先生のご退職後も形を変えて長く続くことになる。

新しく加わられた池田氏は、直ちにゼミだけではなく学習院そのものに溶けこまれ、中でも吉岡曠氏とは酒友としても意気投合し終生の友となられた。池田氏・吉岡氏と永井は、年齢も近く関心の対象も重なっていたせいかすぐに三人組めいた仲間となり、松尾先生のご指導のもとに研究面のみならずゼミ旅行・研究旅行・資料の調査、中古文学会の設立準備・紫式部学会その他に関する相談など、万般にわたり一緒であった。

ただし池田・吉岡組には会合の後に、次の本番が待っている。松尾先生が「まさか酔っぱらい達に付き合うつもりではないでしょうね」と気遣って下さるのをよいことに私はそのまま帰宅するのが普通であったから、その後のお二人については充分には知らない。しかし強引な酒豪方のお誘いにもぞもぞと困っていると、たまに、松尾先生は「軍門に降ったのね」と非行少女を憐れむ面持ちで私をお二人の世界に委ねられる。

同席すればそこは、寛いだ酒席どころか研究に関するすさまじい論争の場であった。屈託のない筈の池田氏の頑固さは並々ではなく、身も凍るような激しい応酬の連続である。のどかに見えた吉岡氏の日常の風情も盃が重なると共に吹き飛び、論旨は見事に冴え渡って断固たる態度で絶対に引かず、他者の介入を許さぬ。本気の真剣勝負である。研究者としての両氏の在りようと秘密を垣間見て私は、心底から畏怖するに至った。私が早々に退去してからの払暁《ふつぎょう》に及ぶご両人のご様子を仄聞するに、それは些か伝説的でさえある。一人が倒れれば、硬い床に頭を打たぬようにもう一人がカバンをさっと差し出すこと常であったからこそ大過なく年月が過ぎた、とか。

なお、酒仙に附して言えば、池田氏・吉岡氏に加え、野武士の面構えを持つ近代文学の高橋新太郎氏も、酒席の仲間として加わられる事がしばしばであった。この少し年上の三人の男性は、それぞれにくせ者ともいうべき強烈な個を持ちつつ、内側には紛れもなく柔らかい清冽な魂を宿しておられ、私は如何に多くのことを教えられたか計り知れない。それぞれが悠々と生き、同時に真剣に対象とわたり合う見事な硬骨の闘士達であり、説明抜きに話が通じるかけがえのない敬愛する方々であった。この痛快な三人の方々に—とうとう池田氏にまで—お別れした今は、無念さが切実に迫る。

さて、若い池田氏・吉岡氏・永井は、ほぼ同じ頃に卒業し、仕事に携わり、論文を書き、家庭を持ち、ほぼ同じ頃に第一子を授けられた。松尾先生も三人の身の上が時間的に重なった偶然をとても喜んで下さったのだが、池田氏のお子様は間もなく風邪がもとで幼い命を失われ、このことには未だに深く胸が痛む。いま池田氏は、保土ヶ谷の大仙寺の墓所に愛嬢と共に眠っておられる。

池田氏は、私に多くの研究者とのご縁をも作って下さった。久保田淳氏に私を紹介して下さったのも池

『かたい話てんでん』池田利夫氏自装
鶴見大学日本文学会発行

田氏である。或る時、打合せのために渋谷の西村フルーツパーラーに集まったことがあり、私は日程の調整がつかずやむなく幼い長男を連れて赴いた。池田氏と久保田氏は子連れの私を快く受け入れ、その上に、飽きてしまった長男に久保田先生はご自分のフルーツポンチに載った赤いさくらんぼを分けて下さった。さくらんぼを見ると現在でも私の思いは、池田氏や久保田氏に瞬時に翔ぶ。

池田氏はその後、鶴見大学日本文学科において、実証的な厳しい文献学と同時に洒脱を極めた「鶴見大学日本文学・学」ともいうべき学風を樹立される一翼を大きく担われた。大学という組織における重責を、どのように捌《さば》いて研究生活を充実させておられたのか、その骨の負担は定めて増大したものと推測する。因に、池田氏の『かたい話てんでん』なる瀟洒な一冊を手にとってご覧頂きたい。「装幀　水原沼埜鶴《すげぬまのづる》　刻印　高田南園」と銘打ったこの小冊子には「鶴見大学日本文学・学」の厳しさと同時に霊妙不可思議な遊び心が横溢している（平成十四年三月鶴見大学日本文学会発行）。

松尾先生、吉岡氏亡きあとは「我ら残党」と称して池田氏とよく同席したが、そこは身を切るが如き鋭い論争の代わりに、穏やかさと言いようのない寂しさのみが溢れた。

また或る時、某旧師の御葬儀の折のことである。教えを受けた私どもは悲嘆を胸に置きつつ互いに黙礼を交わすにとどめていたのだが、柩をお見送りした後にはさっと集まって驚きと悲しみをいっせいに語り始めた。まさにその時、眼をぴかぴか光らせながら池田氏が一同の真中に来られて「ちょっと、ちょっと。永井さんは、わたしと話がある人なの。あなた達はいつも会っていらっしゃるでしょう。わたしには滅多に機会がない。だからわたしの方が権利を持っているの」と断固として言われる。この非論理的な言草に友人たちは唖然とし、私も強く抗ったのだが、腕ずくでその場から強引に引き離された。近くの店で長時間にわたりお話を伺う。それは熱くて火の出るような内容であった。池田氏が長いあいだ難渋しておられた或る研究主題に関する構想が、たった今、悲しみの瞬間に、見事に整った、という、喪失と創造が同時に襲った激しい経験を些かの涙とともに語られたのである。その思いが燃え盛ったその時、私がちょうど目についた、ということのようだ。その後しばらく池田氏は私の友人達の間で「拉致する研究者」として語り継がれたことはいうまでもないが、私は、いざという時には、上手に場を工面するより先に、まず真正面から中心に切り込む気迫と眞情に、強く深く心を打たれた。これも硬い骨と柔軟な精神の所産と言うべきであろうか。

池田氏の研究は途方もない偉業に至るのだが、それは、追求せねばならぬ、一心不乱に努力して解明せねばならぬ、という力みよりも私には「興《きょう》」がどこからか飛んでくる瀟洒な趣として映った。そこには生き生きとした自然さが根底にあり、氏独特の美意識による表現があった。更に、単なる研究の次元にとどまらず、文人としての悠然たる楽しさを極められたことは「鶴見大学日本文学・学」の貴重な伝統というべきであろう。

近年はご自分の膨大な研究の現況と、その成果を表現する作業との間の橋をひらりと渡ることの困難と戸惑いを語られることが多かった。最後にお話したのは夏に退院された直後の電話であり、それは実に率直で動的な力に満ちていた。しかし春が来てまもなく、訃報が突然訪れる。永井荷風のこと、昭和初期における源氏物語の演劇禁止令のことなどは各方面にわたる長年の調査探求の途にあり、研究史の上からも惜しんで余りある思いである。

池田氏はご家族に格別の愛情を注いでおられた。ご遺族のご心労と永別のお悲しみは如何ばかりかと拝察申し上げる。氏は「研究者」「教育者」という面は当然ながら、人間として「在る」という事自体によって多くの他者を深く刺激されたと思う。

若年の頃から、幸いにも長い間にわたりその気骨と楽しさの一端に触れ得た者として、御礼と共に、ご冥福を心からお祈り申し上げたい。

(『これからの国文学研究のために――池田利夫追悼論集』二〇一四年一〇月三〇日　笠間書院)

Ⅳ

阿部先生と高校生

高校生ぐらいになると、古典の読解はある意味でさして困難なものではなくなってくる。短歌なら枕詞・掛詞・縁語のたぐいをうまく発見し、散文ならその話の骨組みをきちんとつかまえるという難事業を克服しさえすれば、すくなくとも「読解」の部はめでたく終りを告げ、安心してその先の「大意」とか「作者の言おうとしていること」とかの部に進むことができる。

学習院女子高等科の、そんな私共のところに、短大の阿部俊子先生がおいでになって古典を一時間担当してくださることになった。ところがその古典たるや、何とも勝手がちがうのである。指名されて、極めて「常識的」に解釈する。そうすると先生はやさしい澄んだお声で

「ええ？　どうして？　なぜ？　まさか？　ほんと？　もうちょっと、よおく考えてごらんなさい」

を連発なさって、我々は大いに困惑し、混乱してしまう。あたふたしているうちにいつの間にか古典の息づかいが自分のものになっている、という具合であった。文章を理解するということは、単に安易に古語を現代語に移しかえるということではなくて、多くの可能性の中からきびしく客観的にいくつかのものが選択されることであり、更にそのいくつかから唯一のものを選ぶのはほかならぬ自分自身である、ということを教えていただいた。この、こわいような妙技に接して私は、先生にほとんどはげしいともいえる尊敬と憧憬と畏怖とを同時に抱いたのである。

そのころ私は源氏をはじめとする物語文学に興味を持っていたが、そこに展開する大人の世界は私の理解を超え、ひきつけられる一方で強い拒否の気持をどうすることもできなかった。思い切って先生の研究室に伺いありのままを申し上げると、阿部秋生先生の「標註紫式部日記」を貸して下さった。この一冊こ

そが、私の進む方向を決定する重要なポイントのうちの一つだったのである。この日記は私にとってまさに源氏の解説書の役割を果した。紫式部の苦悩に満ちた孤独な内面を知るに及んで、そこから生れた虚構としての物語が、一挙にぱっとわかるような思いをしたのである。当時の、感激でいっぱいの、長くて幼い読書ノートをひもとくにつけて、年若いものに対する先生の冴えた御指導のすばらしさに、改めて深く心を打たれるのである。

その記念すべき一年のほかに、教室で直接お教えを受ける機会は訪れなかったが、以後公私にわたって御懇切な御指導をいただいて今日に至っている。先生の前に伺うと、私はいつでも一瞬のうちにういういしい高校生にかえってしまう。そして先生は、いつでも、磨き抜かれ、知性と感性の調和のとれた、たおやかで見事なおとなの女性でいらっしゃる。

先生の御指導に感謝申しあげると共に、ますます御元気で御活躍なさることを心からお祈り申しあげたいと思う。

『学習院女子短期大学国語国文学会会報』7　（一九七八年七月）

旅立ち

五十四年度から専任として国文科のお仲間に入れさせていただきました。どうぞよろしくお願い致します。

私がまだ女子部の学生だった頃、同じ戸山の地に短大ができました。眩しいばかりに成熟した大人の女性達が急に身近な所に出現したのです。短大の女性達に比べて何と自分は稚く子供っぽいのだろうと恥しくみじめな気持にさえなりました。昭和四十年にはじめて非常勤講師として短大の教壇に立った時も、この最初の強烈な印象は拭いがたくて、大変奇妙な気持でした。自分がまだ子供で、大勢の大人達に囲まれているような錯覚にふととらわれるのです。実は自分はおばあさんで、年若い女性達にとりまかれていますのに。そして現在もまだこの交錯した感覚は続いています。演習の発表をする諸嬢の、強い顎《あご》の線、しっかりしたまなざし、確固として黒板に書かれた難しい字、などを見て、私は強い尊敬と憧憬とを抱くと共に、言い知れぬ恐怖に襲われます。次の瞬間、抑えても抑え切れないほどふくふくと匂っているあどけなさや、大人の言う事など信用するものかといったふうに気負い立っている不敵な面魂《つらだましい》を見出して、あやはり自分の方が年長なのだと思い至ってやっと安心するのです。この二重像が私の内部で何とか統一できた時が、短大に「馴れた」という時になるのでしょう。けれどこの気持はどうもいつまでも続きそうな気がします。卒業生及び学生諸嬢、しばらく私の奇妙な眼つきをお許しください。

さて、国文科に来て驚いたことの一つに、先生方の旅に対する情熱があります。それは単なる平凡な旅行好きといった次元を超えており、真剣に心をこめて旅についての話が繰り返されるのです。その見事な結晶の一部が、五十四年秋の北陸研修旅行でした。東京二十三区の中で一年の九十八パーセントを生活していて何ら痛痒を感じない私は完全な傍観者だったのですが、大変楽しく各地を御案内いただきました。先生方の興味は、知られていない日本を自分の眼で発見し直すという事と、その結果としての自己の変容にあるらしいのです。そこで私も旅立ちの折の話をさせていただきます。

六、七年前、仙台の宮城学院女子大学で中古文学会と和歌文学会の合同秋季大会が開かれたことがあります。私は午前の特急「ひばり」に上野駅から乗りこみました。車内に入った瞬間これは困ったと思いました。私の席は二人ずつ四人向い合う席の一つで、残りの席にはすでに三人の婦人客がおだやかに談笑の最中で、私は闖入者であることが明かだったからです。婦人たちは年のころ、七十、六十、五十、といったところで、身なりは地方在住者らしい地味なものでしたが、つつましい、おおらかな気品に溢れていました。三人の真中には紫色の風呂敷につつまれた四角いお骨《こつ》の箱めいたものが置いてありましたし、何となく慰め合っている雰囲気でしたから、私はお葬式の帰りと見当をつけました。三人は、私を目に止めるや、歓迎の辞を述べて下さったらしいのですが、驚いたことにその言葉が一言たりとも理解できないのです。ズーズー弁なんていう生やさしい程度のものではなくて、ジゲジゲ・ゼザゼザ・ブゼブゼといった強い雑音めいた言葉が、ふしぎに柔らかく抑揚をつけて上品に発せられています。学生時代国語方言学などを勉強したはずなのですが、どこにもこんな言葉はありませんでした。しかたなく、私は東京語で何となくブツブツと返礼めいた言葉を呟いて席に着きますと、又三婦人は話しかけて来られます。手真似でワカラナイというと、やっとこの対話は終結しました。そのあと約三時間、お互に会話なしで過ぎ、私は本を読んでいました。真中の箱の中身はお骨《こつ》ではなくてサキイカで、三婦人は際限もなくお茶を飲んではサキイカを食べつづけ、話もはずんでいます。そのうちに六十女が、

「ああどうしましょう、イカをいただきすぎて、急に頭が痛くなりました」

と言い出しました。私は頭痛もちでいつも薬を二、三種類持ちあるいています。

「もしおよろしければ、薬を持っておりますけれど」

と反射的に言っていました。三婦人は
「あっ、この方は私達の会話がおわかりになったんだわ」

と一斉に声をあげ、私もそのことにハッと気づいたのです。

もうそれからは簡単でした。どこに何をしに行くのか、職業は、と質問責めです。私の乏しい語学力では、中古文学会云々の表現は面倒だし、又必要もないことなので、独身の小学校の事務職員なのだが仕事があって仙台に行くというと、すんなりとわかって下さいました。三婦人は、仙台の先のナニからナニ〳〵線に乗り換えて、次にナニ〳〵線に乗った、ナニ〳〵という土地の名家の婦人連で、親類の結婚式が東京であった帰りということです。年齢と家の格からなのでしょうか、七十女が一位、六十女が二位、五十女が三位という歴然たる順序があり、会話の待遇表現はすべてこの序列を崩さずに行われました。

慰められていたのは五十女でした。大切なお嬢さんが上京して勤めに出ていて、アパートに一人で暮らしているので、この機会にというわけで立ち寄ったところ、出て来たのは見も知らぬ男性で、〇子は留守だよ、と追いかえされた、という、よく聞く話でした。悲嘆にくれる五十女を、七十女と六十女が理をつくして励ましながら、私にも意見を求めます。私も会話に加わって話に花を咲かせます。地方とはいえ名家の婦人達だけあって威厳と気品に満ち、笑う時の手を口に当てるしぐさなど、能の老女の舞の趣きでした。特急「ひばり」は架線故障で相当に遅れていましたから、私たちは随分長い間おしゃべりを楽しんだことになります。

とう〳〵仙台に近づき、私は棚から荷物をおろして別れの挨拶をしました。三婦人も当然それにこたえて下さいましたが、不思議なことはその言葉が私には又しても急にわからなくなったのです。三人は盛んにあわてて話しかけますが私には例のゼザゼザふうの雑音としか聞えません。仕方なく又手まねでワカラナイというと、何やらしばらく相談し合った末に、七十女が代表格として改った態度でかなり長い言葉を重々しく私に述べ立てて下さいました。もちろんわからぬまゝに私は又曖昧にブツブツと呟き何度も頭を下げてプラットホームに茫然と降り立ったのです。現在に至るまで、その七十女の言葉の意味はわかりません。

日本の険しい山の奥や、渓谷には「他界」があるといいます。この他界と交流できる人々がいます。彼らは他界の超自然的住人達と対話を交すことができました。私達の古代の信仰は、こうした世界と密接な関係を持っています。

私が話を交した老女達は、もしかすると他界の住人だったのかもしれません。私は一時的にシャーマンとなって、この人々と対話可能な能力を得たのかも知れません。サキイカはやはり骨であって、老女達は骨を喰みつくしたのであり、お茶は神酒であり、別れぎわの老女のことばは異境の託宣だったかも知れないのです。こちらの身分を正確に告げなかったことも、おどろおどろしい世界から身を守るためには当然の措置でした。

わずかな時間の車中でさえ、このような不可思議に満ちています。してみれば、日本の文学の原点を探る専門家なのですから、先生方が旅に情熱をもやされるのは当然といえましょう。五十五年度、国文専攻はまた新しい旅に出発いたします。会員の皆様の御協力を心からお願い申しあげます。

『学習院女子短期大学国語国文学会会報』9　（一九八〇年三月）

選択と決断

ここに一人の学習院女子短期大学生がいる。彼女は○科○専攻（○類）の二年生だ。ここに至るまでに何度選択を繰返したことか。まずこの短大に入ること、専門は○科を学ぶこと、を決断した。入学式直後のガイダンスでは、なにもわからないのに履修とその時間割作成の方向を、自分で直ちに決めなくてはならなかった。選択したいのに重なっている授業があり、抽選があり、クラス分けがあり、運命的要素が絡む。苦闘の末にやっと時間割が決まる。ここに至って、今求められているのは、卒業後どう生きるのかという、未知の時間に対する「現在」の選択と決断だったことに気付く。その後のあらゆる授業や学生生活の場面で、自分のすばやい選択と決断が、おもむろに要求された。そこに彼女が見出したことの一つは、自らの理想とままならぬ現実との、折合いのつけかただったに違いない。少なくとも人と人とが切りむすぶ学問というもののおぼろげな感触と、それにかかわる個としての自己が、よりはっきりと見えてきたはずだ。選択と決断を求められたとき、自分は、自己の内部のどこで決断したのか。ごく表面だったのか、全存在をかけて真剣に考えたのか、奥深い直感に従ったのか、なりゆきにまかせたのか。その決断の一つ一つが、今、活きた力となって彼女の内部にくっきりと宿っている。

彼女は今、その決断のすべてを内部にいきいきと刻み付けて、更に、未来の、より未知の世界と時間とを選択しようとしている。そう、その生き方を、社会に向けて広げるのだ。迎えいれる社会の側は、彼女の「内部」に敏感である。「現在」ではなく、「未来」を豊かにやどした、動的な内部であるか否かが問題なのだ。彼女は、今回もありのままの自己をもって、社会における自分にふさわしい生き方をいさぎよく選択し決断するであろう。

しかし社会の現実の掟は厳しい。また自己の内部にはいまだに汲みつくせぬ未知の領域が広がっている。考えあぐねたときは、戸山の地を貫いて立つ巨きな樹に触れてみよう。戸山に広がる無限の天と、流れる雲を見よう。多くの卒業生がこうして戸山の天地の気を静かに吸って巣立って行った。

学生部長　永井　和子

『学習院女子短期大学　昭和63年（一九八八）度　就職のしおり』

新しい研究室にて

平成五年（一九九三）七月、国文研究室は二階の東寄りの、女子部に一番近い所に移転しました。今まで赤煉瓦校舎の最西の一画を占めていましたが、その場所には新しい建物が作られることになり、その部分は階段を含めて取り壊されました。国文の下にあった一階の事務室等は一時2号館に移り、やがて新しい建物に入ることになりますが、国文研究室は今後も現在の場所に止まることになるでしょう。徳田主任、福島移転対策委員長、飯塚実行委員長の指揮の許に、研究室一同何ヵ月もかけて細かく計画を練り、本一冊、棚一つに至るまで検討しつくした上でことを運びましたけれど、平常の研究室運営、授業などに些かも手落ちがあってはならず、国文専攻にとっては忍耐と緊張に満ちた本当に大変な事業でした。平成六年冬まで新築工事は続きます。

阿部俊子先生

一番変わったのは閲覧室で、建築上の制約から二つの部屋に分離してしまい、そのために図書の置場所も大幅に変更せざるを得ませんでした。図書館の方に移した本もあり、当分とまどいがあることでしょう。さまざまな様子を見ながら新しい研究室を整備して行きますので、どうぞ意見をお寄せください。

移転に際して国語国文学会の豊かな「財産」も見直しを迫られました。主なものは交換雑誌、既刊雑誌、既刊会報などで、以下のように整理しました。交換雑誌は本学会の「国語国文学会誌」と他大学・短大等の雑誌・紀要類の専門的な学術刊行物とをお互いに交換したもので、学会の大変貴重な財産です。平成四年度までのものは約五千冊あり、現在これは図書館にお預けしてあります。「国語国文学会誌」（1号から平成五年三月発行の22号まで）は保存用を確保し、あとは交換、販売用に若干残してあります。一冊千円程度（特別号は特別価格）でおわけしていますのでご入用の方は是非お申し込みください。最近「さわらび抄」なども充実して、国語、国文学界から高い評価を受けています。「会報」は会員のためのもので、これも残部が若干あり、お申し出があればお送りします。無料ですが場合により郵送料をいただくことがあります。平成六年度には名簿を発行する予定です。

さて新研究室の大勢がやっと整って、九月末に後期が始まり、本会報の編集にも着手した矢先に、別掲のごとく阿部俊子先生御急逝という思いがけない悲報に接しました。国文学専攻及び本学会は先生を中心として設立されたものです。そのため本会報の一部に、生みの親の先生をお偲びする頁を急遽もうけました（9～20ページ）。ご協力頂いた諸先生、卒業生の皆様に厚く御礼申し上げます。なお十一月十三日の国語国文学会総会・講演会ののちの親睦会は、先生に対する哀悼の意味も籠めさせていただきました。併せて御報告申し上げます。

なお、表紙の御遺影は、御夫君の阿部秋生先生が御自宅の御庭で撮影されたものを拝借させていただきました。貴重な御写真の掲載をおゆるし下さいました秋生先生に厚く御礼申上げます。

『学習院女子短期大学国語国文学会会報』23「阿部俊子教授追悼特集号」（一九九四年二月）

見事な上級生

私は現在学習院女子短期大学の人文学科に勤めている。従って同じ戸山キャンパスの中の女子部の方々に対しては、大変懐かしい思いも籠もる毎日である。

現在女子部の方々は、どのような意識を持って過ごしておられるのか。時々校内放送にはっとすることもあって、年月を越え、自分も女子部の一学生であるかのような幻想を抱くこともあるのだが、その内部には、変わらぬものと、変わったものとが微妙に共存していることだろう。

その中でおそらく変わらぬもの、と私が秘かに思い、或いは願っていることのひとつに、上級生との繋がりがある。私が初めて「下級生」として「上級生」を意識したのは、女子学習院初等科において戦争中に行なわれた塩原への集団疎開の場であった。私どもは初等科四年生であったが、五年生、六年生は何と大人びていらっしゃったことだろう。中等科の方々は、すでに完全な淑女でさえあった。塩原では各部屋とも上級生から下級生までが縦割りにひとつのグループとして組まれており、室長を中心に生活していたから、上級生は年下のものの管理者・教育者としての機能も持っておられた。お互いが家族を離れ、異なった厳しい環境にあるものの心細さを共有しながら、その中における上級生の統率力は、今思い返しても胸がすくほどの見事なものであった。今、管理者・統率という言葉を用いたが、それは決して強制的なまた高圧的なものではなく、人間としての共感に満ちた、もっと明るく自然なものであって、なお紛れようもない何らかの力であった。その自然に兆した力の中で、始末に負えぬ下級生は、上級生であることとはどういう事かを感覚的に学び、心服したのである。現在では当時こうした疎開学園での生活の蔭に先生方や職員・寮母さん方の筆舌に尽くせぬ御苦労があったことを知っている。しかしそれを受け入れる素地として、学習院の伝統のひとつであるこの上級生の自然な見事さという土壌があり、それが疎開という場に於いて典型的に顕われたのではないかと考えている。

中等科に進学すると、そこには、同時に、黒いネクタイも眩しく、雲の上の如き高等科の方々がおられた。その頃は卒業後すぐ家庭に入られる方が多く、高等科は完成教育の場であったことを差し引いても、その落ち着いた気品にあふれる挙措はただ事ではないように見えた。教室における教育もさることながら、若い人間としての深い聡明さを、まさにそのそれぞれの時期にそれぞれに個性を宿しつつ、さながらに引き出すという教育が、現在も女子部において伝統的になされているのではないだろうか。言わば人間の本質的な気品・品格に関わる部分である。

女性と一口にいうが、そこには様々な個が激しくせめぎ合っている。まして時間に対する反抗、生存そのものに対する懐疑などの鋭い切っ先が意識化されて来る年頃の六年間である。女子部で学んだ方なら、そこにある価値観には容易ならぬものがあるということをご存じだろう。それは表面的な子供っぽい虚栄、誇りも、学力、運動能力の差も、性格も、善悪も、お互いに知りつくし、包み込んだ上での、それを超えた内的で高度な認識である。他者を他者として評価するその認識は、特に人間の何らかの本質的な深化に敏感である。クラスが異なり学年が異なっても、下級生は上級生のその個々の深化をいくらか感じることができた。本質的な部分に触れるものであるなら何であれ、下級生は幼いなりに自己形成の過程でかなり鋭い感覚を持つ。それが女子部内の歩みにおける未来の自分に重なって来るとき、下級生は上級生の力を直観的に感じ取って、先輩・後輩などという上下関係ではなく、もっと本質的な部分でしっかりと内的に繋がり、その個そのものに憧憬の念をもって対することになる。こうした上級生は、堅苦しさとは無縁であって、何と自然で伸びやかな存在だろうか。

客観的に言えば、女子部出身の方々の、年上・年下を問わぬ、他者との人間関係の自在な見事さは定評のあるところである。私が初等科・中等科・高等科の時に感じたすばらしさは、上級生が卒業されて既に時を経た現在、いよいよはっきりしたものとなり、尊敬の念はますます深まるばかりであり、私は永遠の下級生と言うべきものでしかないことをしみじみと感じるのである。

思うに「常磐会」とは、まさにそういう伝統を自ら創造した巨きな母胎であり、源泉であり、同時に再創造されたものを豊かに受け入れた大海にも譬えられる存在であると考えるのである。

第六十五回　桂会　昭和二十八年卒　永井　和子（旧姓前田）

『ふかみどり』第30号（社団法人常磐会　一九九五年一一月一三日）

文学は「雑誌賞」に生きている

文学は死んだ、と言われようと、言葉は死んだと真正面から決め付けられようと、我々にとって生や死や愛があまりにも不可解で微妙なものであるかぎり輔仁会雑誌賞は存在し続けよう。

さて、それを「読む」とは一体どういうことなのか。若い学生委員は様々な価値観や現実と虚構の問題に悩みつつ応募作品に誠実に向きあいこの難しい課題に取り組む。当方もそれは同じこと、どうにか割り切るとしてもまた新たな疑問の深みへとはまり込む。ベケットではないが「見ちがい言いちがい」の定義不能な次元であるのかも知れない。「学習院」の平等な場を想定したこの賞は本当に貴重な空間である。今年も程度の高い作品が揃ったが、しゃきっと群を抜いて聳える鮮烈なものもそろそろ欲しい。感想を一言だけ（作品名は最初の語のみ）。

『夏の』琴を弾く女と、一人は屋根の上に取り残され、一人は暑い室内で悶々としている二人の男、といった滑稽な状況設定。男の微妙な逡巡とあっけらかんとした女の対比を含めてとぼけた味は捨てがたい。『境界線』富士の樹海に来た自殺志望らしき青年が少女や老人との出会いによって「生」に目覚め生還する。やや定型ふうに整理しすぎたか。『恋愛回路』恋愛の心を男性ロボットには持たせたものの、女性ロボットには持たせなかった手落ちによってみんな壊れたという現代の寓話。『水際』故郷に帰った「私」を迎えてくれた姉が「私」の予感通り死ぬ。甘い文体に死自体の無意味さが際立つ。『御隠し』神隠し譚話型によるお伽噺風の仕立てながら細部に工夫があって独特な物語を為す。作者の緊張を感じさせないバランス感覚は抜群。『君の』現在から20年後の話。伊勢物語研究とタイムマシン研究を取り合わせ、時間空間を自在に操った二重三重のどんでんがえしの面白さ。同作者による『好敵手』は剣道と万葉集の取り合わせである。いつもながら発想の奇抜さと語りの巧みさには舌を巻く。或る謎が「告白」により氷解する。しかしそれは実は嘘であった、という「告白」の切実さといかがわしさの二重性に対する揶揄を込める。もう輔仁会を超えています。『うたの』男性と女性の別れの二態。無邪気さを意識的に表面に出す。同作者の『花街』はおいらん言葉の形成に力が入り過ぎたせいか、純情な侍の死がコミカルになる瞬間を失ってしまった。『花の』の作者の新出発を祝いたい。文章はいよいよ磨き抜かれ、その揺るぎのない静かな世界は只事ではない。『リトル』17歳の少女の視点から、暗さを持つ少年への哀切な恋愛感情を描く。もっと刈り込む必要があろう。同作者による『バイバイ』も微妙な恋愛感情を題材とする。大勢の女性と付き合って来た青年を過去ごと愛そうという状況を丁寧に描く。『欝』初々しい詩の連なり。ここからきっと何かが出発しようとしているのだ。『箒庵』箒庵と鈍翁が日本文化の為に私財を投じたこと、三十六歌仙絵切断を含め、みな著名な事実。これをどう把握するのかが見えにくい。『山の』清冽な山の詩であるが少女・おばあさん・霧といった類型的な道具立てがやや物足りない。『ウソ』ばらばらに投げ出された文体を未整理と見るか、意識的な構えと見るか。はたまた自己韜晦か。こうした荒っぽさもよいのだけれども。『アンカラ』は父母を知らぬ男が戦って死ぬことにより大きな人間の血脈に連なって存在を確認する、といった読みでいいだろうか。乾いた文体が却って深く入って鋭い。

一方で、「文学」や「言葉」を疑おうともしないのも、またこわいですね。

『学習院輔仁会雑誌』No.228（二〇〇五年一月一日）

言葉のある場所

七十歳の坂を超えたせいか、万事に疎い私にも同級の方達のお姿が少しずつ見えて来るようになった。平成十六年十一月に、学習院創立百周年記念会館で常磐会ご主催の女子部出身者による珍しいコンサートがあり矢島（高山）恭子さんのヴァイオリンの演奏を伺った。豊かで玲瓏たるご演奏にお小さい時から研鑽を重ねられた長い年月を思う。一流のプロとして活躍しておいでの方達の、或は深く、或いは才気に目を見張るばかりの多彩な演奏に、女子部の層の厚さと質の高さを改めて知って心から驚嘆した。コンサートの最後に出演者は舞台上で一列に並びご挨拶なさったが、それもさすが女子部の皆様のこと、その見事さは只事ではない。久しぶりに同級の皆様にもお目にかかることができたし、女子部の国語の先生をしておられた平野由紀子お茶の水女子大学教授もご一緒で、本当に心にしみ通る楽しいひと時であった。また、十二月の学習院美術部の展覧会では、英国の美しい風景を描かれた堀越（山村）節子さんのすばらしい絵を拝見する、という豊かな出会いもあった。

平成十七年四月には学習院大学文学部英文科教授の武田千枝子さんと、学習院女子大学日本文化学科の永井とが揃って停年を迎え退職した。女子部同級生の二人が、ご縁あって学習院を教職の場として与えられ、同時に無事停年に至ったことは、何はさておき本当に感謝は尽きない。教員の中には七十歳をまたずに病気その他のご事情で退職される方もあり、それが永別になるという悲痛な思いを度々味わって来たのである。私共を長い間辛抱強くお支えいただいた先生方、皆様方に心から厚く御礼を申し上げるのみである。

停年の折には半ば公開の「最終講義」をするのが慣例になっており、両人とも大学関係者のお力添えを得て講義を行った。武田さんの講義は「〝Grasping imagination〟――ヘンリー・ジェイムズとアメリカの風景」、永井のものは「幻想の平安文学」という題目である。それぞれの講義にクラスの皆様方が多数応援においで下さったことは誠に嬉しく、心が躍るような喜びであった。「本当にありがとうございました」と申し上げたい。

六月には幼稚園～高等科のご父母にお話をする機会を学習院の企画部から与えていただいた。その折には「溌剌たる言葉との出会い―学習院の場」と題し、〝初等科時代から学習院でお教えいただきながら、自分自身の言葉はいまだに不十分である、という不甲斐ない身であるが、その不甲斐さの中にもお教えは一つの理想像として心に深く焼きついている。それが教育において大切なことなのではないか〟、といった趣旨のことを自省を込めて語った。始めて言葉を意識化したのは女子学習院初等科の奥山彰子先生の卓抜なご指導の賜物であり、先生はアイウエオの発音から教えてくださったのである。女子部では卓越した先生方の豊かな言葉に触れ、場によって表現が変化する言葉遣いの機微や、文学という概念も教えていただいた。文学とは同時に複雑怪奇な人間の厄介さを抱え込む世界であるとは露知らず、強く興味を惹かれ、家族の反対を押し切って日本文学にはまり込み、停年を迎えた、という些か逸脱した研究の歩みでもある。言葉の話との関連から、初等科四年生で塩原へ集団疎開をした時の先生方のご苦労について触れ、集団生活を共にした中二の室長の旧姓広幡良子さん、現在常磐会理事長でいらっしゃる若宮さんが、メソメソした下級生を含む同室の学生を助け、纏め、凛とした威厳を保ちながらも如何にやさしく行き届いた指導をして下さったかをお話しした。若宮さんの理事長としての秀でたご資質はこのころから顕著だったのである。又、山本徳一先生から俳句や和歌を教えていただき、初等科六年のクラス全員で俳句・和歌を作った時の古い資料などをＯＨＰで御披露した。百年記念会館正堂での拙い話を終わって入り口のホールに向かうと、何とそこに若宮理事長が忽然と出現なさったではないか。理事の佐藤さんや、スクリーンに映し出した俳句・和歌の作者お一人大野（中野）敬子さんもご一緒であった。聞いて下さったのは若い御父母の皆様の筈だったのに。奥山彰子先生のご指導に「驚いてはいけない」という一項があるのだが、私は不器用に驚き慌てふためき、またもや先生のお教えに背く結果となってしまったのである。そのほかにも思いがけない方達がおいでになり、幼稚な言葉をさらけ出してしまった私は恥ずかしさに目も眩む思いであった。

学習院の特色のひとつとして言語教育の重視があり、現在も言葉に対する各科の先生方の意識の鋭さ深さは大変なもので、国語科だけではなく様々な専門の先生方によるご指導はよく知られている。そのご指導によって自分にしっかりと向かい合い、個を宿した自分の言葉が自然に形成されて行くものと思われる。言葉を学び、言葉遣いを会得するといった基本を厳しく踏まえた上で、それにとどまらず自分の心を伝える言葉を自分で創って行く、という方向性が強いというべきであろう。自分の言葉を創り上げる根元にあるのは、人間にとって言葉とは何かという古来の難問であり、そうした苦闘や思惟を重ねながら文章を書くという面の成果は、女子部中三の方の小説コンクール金賞受賞や輔仁会雑誌における女子部の鮮烈な活躍にも顕著である。若さというものは様々な制約を飛び越えて新しい言葉を軽やかに創出していく。

最初に述べたコンサートの折、出演者のご挨拶を伺いつつ隣席の梶本孝雄さんが、「女子部の言葉遣いの歴史の見本」とおっしゃった。梶本氏は学習院男子部の同級生で同世代の方である。なるほど、皆さんの品格にあふれた、そして「きりきりしゃん」とした見事さは同様であるが、微妙なところで年代順にその「きりきりしゃん」の具合が違う。ちょっとはにかんだ楚々たる風情で、柔らかく包みこむように話される最年長者の矢島さんの表現から、卒業後間もない方の跳ねるように躍動する表現まで、それはまさに女子部の言葉の歴史であり同時に日本の言葉の歴史であった。言葉は生きており当然変化を伴う。一方で伝達言語としての普遍性を保ちながら、一方で個という固有なものを表現するのだから、変転の激しい現在、その世代ごとの価値観が同時に共存している点が面白く、また難しいところである。その変化を超えて根本の部分で学習院の言葉が自己の存在と響き合う溌剌たるひらめきを強靭に逞しく内包している、そのことを実感したひと時でもあった。
懐かしい方々との出会いは自分の過去の、ある解釈を伴った追体験である。女子部の時間は何と激しく過ぎたことか。子供から女性への、静かに抑制されながらも稠密に織り上げられたあの複雑で強烈な一つ一つの陰影を語る言葉を、私は未だに持たないのである。

第六十五回　桂会　昭和二十八年卒　永井　和子（前田）

『ふかみどり』第32号（社団法人常磐会　二〇〇五年一二月一二日）

「信濃木崎夏期大学」の先生たち——結んで開いて

信州の松本の先、白馬の近くに木崎湖という美しい小さな湖がある。その畔で大正六年から毎年八月、十日ほどの間、休みなく「信濃木崎夏期大学」が八十年にわたって開かれている。信州における学問への志が早くに結実したものであって、平林広人、後藤新平、沢柳政太郎、今井五助などの各氏の尽力により、雄大な構想のもとに、大変質の高い講義が一流の講師によって行なわれ、現在に至っている。学習院にも関係の方が多く、ご存じの向きもあろう。

昨年、今年と、私はそこに講師の同行者として伺う機会があった。信濃大町の駅を下りると、年配の職員が自分の車でお迎えに来て下さる。講師の宿舎は広大な講堂に接した、清楚な和風旅館風の佇《たたず》まいの建物にある。お茶とお菓子と珍しいお漬物がすすめられ一息つく。「アジアの国際政治と日本の役割」「松尾芭蕉の生涯と文学」といった充実した講義を伺い、学際シンポジウム「20世紀末と日本―生命化学と人間のあり方」の激しいやりとりには、こちらも思わず力が入る。食事は食堂で卓を囲み、手作りの家庭的な味を堪能する。部屋にはやがて夜具をのべに職員が来られ、蚊取線香がたかれ、魔法瓶とお茶のセットが置かれる。入浴し、虫の音を聞きつつ寝に入る。

何の変哲もない宿舎の生活のようであるが、この「職員」はすべて北安曇の高校・中学の校長・教頭などの職にある管理職の先生方なのである。講師との交渉、開校の為の草取り、掃除から始まって、大学の授業の運営、講師の送迎、食事作り、食器洗い、夜具、お茶、入浴の世話等々、先生方は朗らかに、手際よく勤めて下さる。とてもよくやる、かわいい、自慢の「うちの子供」とは生徒のことで、先生方の楽しい笑い声につられ、当方も恐縮することさえ忘れて溶け込んでしまう。七夕祭りには奇想天外な趣向と、信州名物の石のように堅くて巨大な「おやき」に驚き入る。

私は、この地にあって、かつて覚えのない「開かれた感覚」とでも言うべきものを自分のうちに強く感じた。一方意見をたたかわせる場になると、お互い一歩も譲らぬ鋭さはどうだろう。意志をきりりと真正面から主張し、やたらに溶けだしてしまうことは全くない。いわば他に「開かれた」自己は、内部にしっかりと「結んだ」自己を内包していて、その間は自由自在なのである。このような先生方のこだわりのない自在な姿に接して、私はまさに信州の教育の見事な原点を見る思いがした。

実感として比喩的に表現するのだが、高校時代ほど、自己をしっかりと結ぶ時期はない。これを、凝縮している、と言い換えてもよい。身近にいる親は特に古く鈍く遅くて疎ましい。自己と他者との区別は明瞭に意識され、自己の精神は、自己の肉体を、隅々まで明確に把握する。精神の感じるものは体がそのままに掬《すく》い上げ、その間は見事に直結している。『方丈記』の中で鴨長明がいうように心身は一如の状態である。私は、このぎりぎりの激しい凝縮が、自己の生涯の核になるものと考えている。自分の感じる通りに、くっきりと深く自己を刻み、敏感に自分を発見し、かつ毅然《きぜん》と立ってほしい、と言いたい。一生のうちこうした時期は一瞬に過ぎる。気障な照れや、偽悪や、そんなおまけをつけても、一向に構わない。

当然「結んだ」状態は、社会との折り合いは極端に悪い。大体、こうした視点には、社会などというものは入らない筈である。私はそれで良いと思う。なぜなら、次の段階では、心は身を裏切り、身は心を裏切って、意識もせぬところで爆発し、掴んだ筈の自己は、実は掴んでなかったことを知って驚愕《きょうがく》し、自己の深淵に対する恐怖に陥らざるを得ないから。そして社会と抜き差しならぬ自己を発見することになろうから。自意識の点だけで言うなら、幼少の頃は無邪気に開いている、といってもよかろう。これは前述のように次第に凝縮に向かうが、自己に激しく対峙《たいじ》すればするほど、年齢が重なると、自己存在の中核としての純粋さを保ちながらも、信州の先生の如くに自在に開くことが出来ることになるようだ。更に年齢が進めば、人によってその開く、結ぶ、が極端になり、差が生じる。そして年齢の極みに来ると、この開閉自体が、問題ではないほどの境地に至る……と良いのだが。こうした「結んで、開いて」ということはさまざまなレベルで言い得ることだろう。

山の深い緑と、澄んだ空気と、木崎湖のそよかぜは、社会も自己も尖《とが》ったものすべてを包み込んで、人間をその本源の青春へと清らかに導く力があるようだ。

『雑誌高等科』(発行　学習院高等科　一九九六年二月二十九日)

源氏物語講座——「つわもの」との遭遇

森本元子先生が桜蔭会で『源氏物語』を講じておられることは以前からよく存じ上げていた。噂によると参加者は『源氏物語』に関しては一騎当千の「つわもの」揃いであり、講義は程度の高い極めて専門的なものだ、ということであった。和歌の研究において著名な先生であるが、池田亀鑑先生の片腕として『源氏物語』の研究に携わり、昭和二十一年から刊行が始まった朝日新聞社の古典全書『源氏物語』に大きな寄与をされたことはよく知られている。その古典全書をテキストとして自ら講じられるとは眩しさの極みではないか。こうして私は源氏講座に畏敬の念を抱き、怖《お》じ恐れ続けた。

長い間担当された森本先生は不幸なことに世を去られ、阿部俊子先生がお引き継ぎになった。私にとって阿部先生は学習院女子高等科の恩師であり、また学習院の教育としては直接の先輩である。森本先生は研究上の先達であると共にお茶の水女子大学の付属高校における教員実習でお世話になった師である。お二人とも公私ともに大変親しくご教導下さったが、妥協を許さぬ厳しい面もお持ちであった。阿部先生が御担当の頃、「関根賞」創設の件で頻繁にお会いする機会があり、その度に御自分に代わって講座を引き受けるようにとの思いがけないお話がある。私は怖じ恐れ、その器ではないことを理由に固辞し続けた。九月二六日に、真正面から「私が真剣にお願いしているのがおわかりにならないの？」というお言葉があり激しい衝撃を受けた。突然の御逝去は直後の平成五年十月二日のことである。愕然としまた呆然として御葬儀に列していた私に、まさにその悲しみの席で、当時役員をしておられた松原様が講座の件を切り出され、私は小さく狭い自分の思いを断ち切って決意するに至った。

『源氏物語』は決して「よい」作品ではない。愛情や精神の高貴さや美しさとともに、人間の悪徳、欲望、絶望等が冷徹に見据えられ、更に読者の心を魅了してやまないという一流の作品の持つ戦慄すべき動的な深淵を内包する。また登場人物は日本の特殊な文化構造における「帝」を中心とするものであって、日本そのものを問い、また男女の存在を問うとき、様々な面で複雑な問題を抱えている。これが危ない作品でなくて何であろう。

講座に伺うと参加の方々は確かに「つわもの」であったが、しなやかで爽やかな驚くべき高度な「つわもの」であった。危険などは百も承知の上でそれぞれの視点から自在に対象に向かう、節度と自律性のある大人である。参加者に多くをお教えいただき、作品に触れて現実が全く違ったものに変容して行く不可思議を共有する、この講座の鮮烈な迫力は何物にも代え難い。長年全て支えておられる桜蔭会の皆様の挙措は実に見事である。背後には大変なご苦労があろうが力みや余計な夾雑物を一切含まずしかも正確で品格に溢れ優しい。女性の学校における卒業生の在り方としての真摯な自然体に心からなる尊敬と感謝の気持を捧げたい。

「つわもの」との遭遇によって、講座に寄せる私の畏敬と「怖じ恐れ」の念はますます増大したというべきであろうか。

昭32国文学専攻卆　永井　和子

『桜蔭会東京支部六十年記念誌』(社団法人桜蔭会東京支部　二〇〇七年一〇月一八日)

面対ショック

　面接対策セミナー創立20年を心からお祝い申し上げたい。お祝いというより、御礼を申し上げたい、と表現すべきであろう。豊富な経験をもとに積み重ねられた智恵を傾け愛情をもって熱心にご教示下さる皆様方に深く感謝申し上げる。平成12年度からは女子大学においてもセミナーが開催され既に10回を数える。女子大学で学びセミナーのお世話になった方達が今度は講師として、社会において真摯に仕事に向き合うとこのように溌剌と輝きわたる、といった姿を見せてくださるのは何と幸いな事であろう。

　学生にとって「社会」は、大学とは些か異なる未知の世界である。真剣に勉学に励むという第一義的な日常を前提として、この異世界へと導くべく女子大学の就職担当者は入学当初から徐々に、個々の学生に適したきめ細かな指導を数多く入念に行なっている。

　それに対してセミナーは、学生を現在の動的な「社会」と「自己」そのものに瞬時に直対させ、真正面から切り込む指導をして頂いていると思う。講師が自分の存在を賭けて真剣に叱り、真剣に褒めるという機会にめぐり逢うのは大学ではなかなか難しい。セミナーには若さと成熟が同時に求められる厳しさが存在する。学生は漠然と社会へ向けていた眼を、俄に訳の判らぬ「自己」なるものの内面に照射せざるを得ず強烈なショックを受ける。「社会」と「自己」という射程は極めて広く重く、その耐えがたい緊張や怯えに、生き身の人間としてどう対応するか、どう飛翔するか、という根本的な問題に逢着するのである。

　学内の指導に重ねて、こうした独自のセミナーを本気で受け止め、この世を人間として生きるということ自体に覚醒した学生の眼は本当に深い。先輩の皆様のたぐい稀なご尽力は、学生の大学生活や授業への態度そのものにまで変容をもたらす。就職は勿論のこと、真剣に考え、高い志を持つ逞しい女性として自立した生き方を教えてくださる皆様方の、就職という目前の事態を超えた気迫に心を打たれる。日本も世界も厳しい状況にある今日、社会における各位のますますのご活躍を念じ上げたい。

学習院女子大学長　永井　和子

『学習院面接対策セミナー　20周年記念誌』（二〇一一年一月九日）

人 INTERVIEW 68

東京支部古典講座＊の第3代講師として、平成6年から桜蔭会館で月1回の講義を続けられている。伊勢物語の講義を拝聴してからインタヴューにこたえていただいた。

高等学校までは学習院、大学はお茶大に進学されたのは

東京都新宿区から文京区の大和郷幼稚園に通っていた。遠方から通園されていた人もあり、付き添い用の部屋も用意されていた。その後、女子学習院の初等科に入学、そのまま女子高等科まで進んだ。大学に進学するにあたり、親が共学の大学ではなく女子大を勧めたので、お茶大に入った。その年学習院からお茶大に進学したのは2名だった。あとから考えるとお茶大に進学したことはよい選択であったと思う。

どのような大学生活を送られたか

文教育学部文学科国文学国語学専攻に入った。自分で決めた学科であり、本を読むことが好きで、入学したら大学にある本を全部読もうと、大学にどのくらい本があるかも考えずにそう思っていた。毎日3冊ずつ図書館から本を借り出し、夢中で読んだ。古典から現代まで、さらに国文学以外の本にも興味があってさまざまな分野の本を読みあさった。

いまそのころをふり返ると、お茶大の教育は初歩からではなく、概論は自分でやりなさいという感じで、先生方はいきなり深いところ、専門的なところから始められた。文学科の同級生は25名。もちろん私だけが勉強していたのではなく、全学年の全員が熱心に勉強をしていた。たとえば読みたい本や調べたい本がある場合、いまならコピーをとるかネットで調べることもできるが、そのようなことはできなかった時代だったので全国のさまざまな図書館や文庫を訪ね歩いた。卒業後、当時はまだお茶大に大学院はなく専攻科に一年間通った。お茶大では熱心に勉強をした。思い返してみてあれほど勉強をした時期はない。楽しくて面白かったから。卒論が修論につながり、そしてのちに執筆した本にまで発展した。関根慶子先生の指導を受け、卒論の題材は『寝覚物語』。当時は近くにあった東京教育大学と交流があり、佐伯梅友先生のお話もうかがった。また跡見女子大にも同分野の小松登美先生がおられお茶大、教育大、跡見とまるで一つの国文圏ができているようで勉強会を通して多くの先生から刺激を受けた。平安文学の関根先生に関しては、現在「関根賞」として生きている（現在は「第二次関根賞」、永井さんは長年運営委員会委員長を務めておられる）。

その後学習院大学大学院に進学、国文学の研究の道へ

お茶大で研究していた分野の先生がいらしたので、進学し、松尾聰先生のもとで研究をつづけた。結婚し、子育ての数年間は中断したが、同じ研究室に助手として復帰する。非常勤講師のころは学習院大学と学習院女子短期大学の両方で講義をしていた。その後短大教授に就任。学習院女子短期大学が学習院女子大学となり二〇〇六（平成18）年から二〇一一（平成23）年まで学長を務めた。

学長を務めるということはたいへんなことだったのでは

二〇〇五（平成17）年に定年退職をして、実は、家でのびのびとすごしていたところ、突然〝学長に〟との話があり、たいそう驚いた。学長職は激務ではあったが、多忙な生活を送るなかでも、この古典講座だけは休まずに続けられたことに感謝している。

東京支部古典講座の講師として

当初は大学で1時限2時限を終えて、3時限目にあたる時間に古典講座を受けもつこともあり多忙ではあったが、苦にもならなかったのは楽しかったから。物語の世界は非常に難しく、男女のやりとりの背後にあるその時代背景を理解しなくてはならない。男が女のもとへ訪ねるという結婚のか

たちは、男性次第で女の生き方が決まってしまうことでもある。心理的な駆け引きや相当な嫉妬心がかき立てられる面も否定できず女性の側の人間としての在り方も厳しく問われた。その時代のお姫様の必修科目は古今集20巻をすべて暗記することから始まる。また美しい字が書けるように毎日手習いをした。教養とそれに伴う人間性や才気がなければ男のよびかけに、歌や答えを返せない。いまの世は幸せである。

源氏物語や枕草子は女流文学の最高峰であるが、この時代の文学は男性の評価なしには成り立たぬものであった、と思う。

講座に参加されている方の年齢もさまざまで、90歳を超えた方もある。それぞれが〝これ〟という優れたものや特技をおもちで、講義にふれていろいろなことを教えてくださる。それが非常にすばらしい。

学長時代は学生に対しどのように教えてこられたか

大学は勉強するよろこびを深く知るところだと思う。４年で成果が表れなかったとしても、学ぶことのよろこびを知ることがたいせつと、そこに重点をおいていた。ただし、現在の学生にとって消化不良になる場合もある。離乳食ではなくいきなりお肉を食べさせるようなもの、いつかそれを食べられるようになると思うことがよいのでは。戸惑うこともあるが、肉という存在があることを知る。ただ、いまの大学は忙しすぎて思うようにいかないかもしれない。

桜蔭会については

単なる卒業生の会ではない。女性の生き方や教養を真剣に考える組織としてすばらしい。会を運営しておられる役員の方はみなさまボランティアとしていきいきと、また、きびきびとしておられ、しかも桜蔭会会員であるという共通のよろこびと、ボランティア精神がみごとに調和しており、学ぶ点が多い。

講座が終了すると、いつもは多くの参加者が永井さんの前に集まる。質問をする人、いっしょに写真を撮る人などなど、インタヴューの日はその方々から永井さんを連れ去るようにして別室に向

（二〇一六年二月一日　お茶の水女子大学同窓会）

かった。私たちの質問に「……でございますね」とやさしい笑みをうかべながら美しい日本語で話される。お疲れであったであろうにさらに1時間以上お話をしていただいた。最後に「ご健康法は？」とうかがうと、「何もしていませんよ。ただ高等科時代オノ・ヨーコさんたちと演劇部に所属していました。いまもそのお仲間と集まっているのが健康法でしょうか」と言われた。一瞬、輝くような女子学生のお姿が見えた。（賀藤一示）

＊東京支部古典講座は、国文学を専門としない会員から古典文学に親しみたいという要望が出て、昭和44年7月森本元子さん（昭9文）を講師に「源氏物語講座」として始まる。2代目講師阿部俊子さん（昭9文）が「若菜・下」の途中で急逝され、平成6年4月から永井さんが講師をされている。東京支部の60年史によると、「氏は現在、学習院女子大学学長の要職についておられ、非常にご多忙な中、この講座のご指導を熱心につづけておられる」と記されている。源氏物語、枕草子、竹取物語そして現在は伊勢物語。参加者は60名ほど。

前学習院女子大学学長　昭32国　永井　和子

『桜蔭会会報』復刊２４６号

「国劇部」と「歌舞伎研究」と

学習院には歌舞伎の愛好者、とり憑かれた方、のみならず関係者も沢山いらっしゃる。皆様と共に大きな節目の六十周年公演を心からお慶び申上げ、今後のご活躍を念じたい。国劇部は昭和二十二年、大きな志のもとに小山昭元（観翁）氏等のご発議で旧制男子高等科において始まったと伺っている。創部当時女子部で演劇に夢中になっていた私は、学習院祭などの国劇部の歌舞伎を眩しく覗いていたものだ。長い歴史と伝統を担うには部員の諸氏諸嬢の並々ならぬ苦々しい情熱と愛情と奮闘があったことを思い、深い畏敬の念を抱いている。同時にそこには、学習院側の応援と、卒業生の心からなる御支援と御指導があることも推測出来るのである。

例えば当時から部長をつとめられた故松尾聰学習院大学名誉教授の、国劇部と歌舞伎へのご贔屓ぶりは一通りではなかった。第六回「歌舞伎筋書配役」（昭和二十五年十月）に始まる、「国劇部事始めの頃のこと」（三十周年記念号・五十二年十二月）などの数々の洒脱な「学習院歌舞伎」御寄稿文を見られたい。先生は私の大学院時代の恩師であり、卒業後も大変お世話になった偉大な国文学者でいらっしゃった。また故高橋新太郎学習院女子大学名誉教授も顧問をつとめられ、国劇部に関わる名文は『杜と櫻並木の蔭で』（平成十六年刊。永井和子　園木芳編）に二十篇収録されている。代々の院長・部長・顧問はそれぞれに卓見を持った先生方が揃っておられ、現在の女子大学顧問の佐藤琢三先生は日本語学の専門家であり特に「テイル」に詳しい気鋭の学者である。

一方で学習院は歌舞伎の優れた研究者をも輩出している。ここでは黙阿弥研究で名高い文京学院短期大学准教授吉田弥生さんに一言触れよう。吉田さんは学習院女子短期大学で学ばれた本当に誠実で有能な年若い学究である。学習院大学・大学院に進まれ、国劇部の前部長諏訪春雄教授のご指導のもとに研鑽を積み、平成十五年には博士号を取得、歌舞伎学会奨励賞も受賞しておられる。『江戸歌舞伎の残照』(平成十六年)『黙阿弥研究の現在』(十八年)の著書があり、国立劇場の「芝居版画等図録十一」(十八年)の編著もあるので、この度の上演演目『菅原伝授手習鑑』等との関連からご存じの方も多いと思う。

私の傍らには現在、女子大学の「国劇部」がある。部員の元気なこと、そして賑やかなこと、目立つこと。入学式後の勧誘行事の際も、歌舞伎衣装は一段と異彩を放ち、留学生をも巻き込んで、まさに「カブイテイル」のである。その背後にある桜友会を始め多くの皆様のあたたかい御配慮に対し、心から厚く御礼を申上げる。

(学習院歌舞伎　学習院國劇部60周年記念公演　二〇〇七年九月一五日)

「中村雅楽」「鎌倉三代記」「富十郎氏」「諏訪先生」「吉田さん」

歌舞伎評論家戸板康二氏（大正五〜平成五）に『中村雅楽探偵全集』シリーズがある。これは老歌舞伎役者「中村雅楽（がらく）」が、歌舞伎界を中心とした難事件を解決するのを新聞記者の「私」が語る、という趣向のミステリ集である。戸板氏のことだから演目・劇場・楽屋・衣装・段取り・役者・裏方・小道具その他を知り抜いた上の推理であって、歌舞伎好きやツウやシロウトはそれなりに細部の機微にわたるもろもろに満足感をたっぷりと味わうことができる。その解き方も鋭く、というより悠々と滋味に溢れるといった粋なものであり、そこに昭和三十年代以来のちょっと古めかしい時代性も加わって実に楽しい読み物に仕上がっている。このうちの『団十郎切腹事件』は四十二回直木賞を受賞した。

今般の学習院公演「鎌倉三代記」に対しては六十周年を経て新しい歩みを始められた皆様方のご活躍を心から念じたい。昨年十二月の大歌舞伎では『絹川村閑居の場』の佐々木高綱（三津五郎）の芝翫型仁王襷が話題となった。「雅楽シリーズ」（『松風の記憶』昭和三十四年）には以下のように仁王襷に触れているのでご一読をお勧めする。

四月の芝居には、久しぶりに雅楽も出て、「鎌倉三代記」の母親役を演じた。三浦之助は当太郎である。先月、大阪の此花座で、初役で演じたものだが、雅楽の意見で、今月の佐々木は、四代目芝翫のこした、仁王だすきのこしらえですることになり、佐々木役の与七が当太郎と二人で、千駄ヶ谷へ二日もかよって、打ち合わせた。

本年六月二十日に行われる草上会総会には、中村富十郎氏（人間国宝）の「延年の舞」と、元学習院国劇部長　諏訪春雄先生の「歌舞伎役者の家狂言」と題するご講演があると伺っている。前号に続き学習院大学・大学院で諏訪先生を師とされた研究者「吉田弥生　文教学院大学准教授情報」に触れよう。『江戸歌舞伎の残照』(文芸社・平成十六)『黙阿弥研究の現在』(雄山閣・平成十八)に加え、十九年十二月号の『演劇界』には「舞台の裏側」特集として「歌舞伎の意匠」の花(菊など)・自然(海など)・仕掛(がんどう返しなど)・幕(網代幕など)の絢爛豪華な写真とともに吉田氏のつぼを心得た解説がある。「舞台を支える」(ツケ打ち・面明り・引き抜きなど)も担当されたとのこと。今後も研究書等の出版が相次ぐという話も仄聞しており、大いにこれからを期待したい。

こうした様々な話題に溢れるのが学習院国劇部の歴史と豊かさというものなのであろう。

(学習院歌舞伎　学習院大学国劇部　二〇〇八(平成二十)年八月一七日

『御所桜』と浮遊と

ヒトは、何故、異なる世界を現実の中に創造するのか。特に、いわゆる芸術。中でも、演劇。長いあいだこうした興味と疑問にとらわれて、古今東西の様々な考え方に接しながら、現在はそれがヒトなのだ、ということで何とか納得している。

特に、特に、歌舞伎。相変わらず謎の存在である。二〇〇九年の国劇部はそうした辛気くさい境地を颯爽と越えて「御所桜堀川夜討　弁慶上使の場」を披露されるとのこと、若々しい気概に心からおよろこびを申し上げたい。

本年三月発行の「国立劇場所蔵　芝居版画等図録　十二」の中にも「御所桜　弁慶上使の場」三枚が収録されている。明治三十七年（一九〇四）一月、明治座上演の芝居絵で「市川小団次（侍従太郎）・市川米蔵（腰元しのぶ）」「市川左団次（武蔵坊弁慶）」「市川女寅（花の井）・市川芝翫（おわさ）」といった華やかな配役であり、実に美しく、同時に深みを持った品格ある三枚である。それから一〇〇年以上経過した国劇部の舞台にも同じくドラマチックな世界が展開するであろうと「観る」側は想像する。それにしても弁慶というヒトをこれほど辛い矛盾に追い込み、それを繰り返し演じたり観たりする文楽や歌舞伎とは何なのか。芝居は「演者」や「観者」の意識とどう関わるのか。濃密な伝統世界の密林に分け入り、覚悟を決めて演じられる部員の皆さんにも伺いたいものである。いずれにせよ舞台の上には創造による歓喜が待ち受けていることは間違いなかろう。

平成十九年度の学習院国劇部パンフレットで触れた「図録十一」に続き、この「図録十二」の作成にも、学習院大学・大学院卒業の研究者である吉田弥生さんが協力しておられる。吉田弥生さん情報をもう一つ。

今年の始め、『芝居にみる江戸のくらし』が新典社新書として出版された。危うげのない専門的な立場で的確な資料に基づきながら、芝居を通じて江戸のくらしを解読してゆく、実に読みやすく楽しい一冊である。

こうした異世界に通じる自由な風穴なしには、どうにもこの世を過して行けない不思議さを楽しみつつ、虚実の間を浮遊し続けているのがヒトだ、とも言えるだろうか。

（学習院歌舞伎　学習院大学国劇部　二〇〇九（平成二十一）年九月一五日

扇雀の匂ふしぐさよ

国劇部の、学習院歌舞伎百回記念公演という快挙を心からお祝いしたい。

初めて歌舞伎を見たとき、これは何とも不可解な演劇だと思った。「舞台」とは空間的にも理念的にも日常生活とは隔絶した存在であり、その限定的な場に於いて俳優による異世界が展開する。ところが歌舞伎では境界を犯して日常的な邪魔者が同じ舞台に在るのだ。音を担当する人々は、化粧気無しの顔をゆがめて苦しそうに奇妙な声で様々に唸ったり、楽器をベンベンと鳴らしたりして、やがて恍惚たる表情を見せる。「聴覚」を快く刺激するのは良いが「視覚」をおびやかすことなく陰に引っ込んでいて欲しい。黒い衣装を纏うおどおどとした人物が小腰をかがめ後部をこそこそと動き回るし、花道と称して役者が見物人の領分にまで乗り込むのには恐れ入る。混乱するではないか。ああ、邪魔だ。

扇雀の　匂ふ仕草《しぐさ》よ
浄瑠璃の　黒きその面《つら》隠れなましを

これは、文楽や能に対しても同様の疑問を抱いたまま時を重ね、或る年に女子高等科の行事として観劇した折の滑稽な歌である。時は昭和二十八年頃、「扇雀」は当時の二代目、現在の四代目坂田藤十郎。評判の「曾根崎心中」のお初であったと思う。扇雀の匂い立つ姿とその芸に陶酔した分、浄瑠璃は隠れていてしかるべきだ、という不見識な歌は今見ると誠に失礼千万であり、同時に新鮮でもある。なお、その頃の我々にとって「歌を詠む」ことは、初等科で山本徳一先生から「一日一句一首」の実行を叩き込んで頂いたから、日常性の範疇内であった。

長じてのちは、浄瑠璃の格の高さ、見ても見ず有っても無い面白さ、日常の素顔を非日常化する不思議、境界を超えてすべてを一体化する芸の力、当方の眼力、その他、大切なもろもろの事を知る。それにしても、知識が増え「わけしり」になる前の時期にこうした機会を提供する学習院の教育に幸あれ、である。さて毎号お馴染みの文京学院大学准教授吉田弥生さんの最新情報を一つ。吉田さんは『演劇界』(二〇一〇・三)黙阿弥特集の、「名作三十選」「黙阿弥年譜」を担当しておられる。その冒頭に今回のOB演目「三人吉三巴白浪」が挙げられているのでご覧頂きたい。吉田さんから国劇部の皆さんへの、「陰ながら応援しております!」という頼もしく優しい「添え書き」の一節をお伝えしておく。

(学習院歌舞伎　学習院國劇部第百回記念公演　学習院大学國劇部・学習院女子大学國劇部
二〇一〇(平成二二)年九月二五日

おお、これこそ「沙翁」だ――オセロー学習院女子大学公演によせて

ここにあるのは紛れもなく、躍動する美しい人間の肉体である。深く彫り込まれた彫像の如き静謐感を漂わせながら、時に鍛え抜かれたアスリートの如く、無駄のないしなやかな動きと、空気を切り裂くような鋭い跳梁を瞬時に見せる。これは紛れもなく人間の声だ。不思議な抑揚とリズムは、英国語を超えて音楽や詩へと昇華し別次元の快活な世界や悲しみの深淵へと我々を惹き込むではないか。そして、これは紛れもなく「芝居」であるらしい。柔らかさに満ちた淑女、人を人とも思わぬ強引な老女、知恵と清純と狡猾を具えた美女、こましゃくれた少女、その他、その他。女性だけでもいったい、どんなに大勢の役者がわざわざイギリスから馳せ参じて下さったことか。様々な沙翁があるものの、根本的な作者の精神に遡るとすれば、この生気に溢れた公演は、おお、これこそ「沙翁」だ。

これはかつてイギリスの劇団ＩＴＣＬの公演に触れた折の素朴な感想である。今回の Othello は本学公演としては４回目であり、Animal Farm（２００７秋）Hamlet（２００８春）Romeo and Juliet（２００９春）に続く。演出のポール・ステビングズ氏は今回初めて同行ということで、この緻密な構成と知略に満ちた戯曲の、更に新しい世界の創出が楽しみである。なお、上述の「大勢の役者」は、実際には「少数の役者」であり、厳しい訓練を経た一人一人が早変わりの限界に挑み何役も演じ分ける。理念的にスピードを意識した演出方針があり、それに呼応する役者魂によって多層的な躍動感が生じる、ということかもしれない。

ところで、若い方達は「沙翁」をご存じだろうか。「沙吉比亜」等の漢字書きから来た呼び方だが、日本語の発音でたどたどしく〝ウィリアム・シェイクスピア〟と唱えるよりも「沙翁（サオー）！」と言い切るのが私は好きだ。天才「沙翁」の「オセロ」は、ある面に於いて異質との遭遇を前提とする「国際的」

なるものの接点における興奮と歓喜、厳しさと深さ、生と死と愛の凄みを抱え持つ。そしてそれを超えて「人間」の普遍性へと眼を開かれる。本物の「国際文化交流」が持つ切り口の鋭さを見たい。

学習院全体の方向性として国際的な文化受容、文化発信の活動は極めて活発である。その中でこの公演は本学の「国際文化交流学部」における教育の一環としての役割を担う。シェイクスピア研究者の古庄教授がその中心ではあるものの、ゼミの学生達が公演の様々な面を分担しているので、その活き活きとした若い姿を是非ご覧頂きたい。

劇団ＩＴＣＬに深く感謝するとともに、おいで頂いた皆様に厚く御礼申し上げる。

学長　永井和子

学習院女子大学「オセロー」公演プログラム（二〇一〇年五月二三日）

ント大学名誉教授
カナダ

V

靖子さんを思う

「ほほえみ」✝マリヤ平塚靖子の思い出

大学時代の靖子さんは一番楽しそうだった――とお母様は繰返しおっしゃる。丁度その楽しい四年間をはさむ前後の、一番お苦しい、真剣なたたかいの時期の靖子さんが、私の知るすべてである。受験と御病気、そんな時にあっても、何とお楽しそうで聡明なあかるさにあふれていらっしゃったことか。あまりにも短い間ではあったけれど、靖子さんの御一生は本当の意味で楽しそうに生きることに満たされていたのであり、それはやさしい純な魂にしてはじめて能いうることであったのだろう。

立教女学院三年生の夏に進学の御相談をお受けしたのが最初だった。大変な勉強をされていたのに、この時につきものの神経質な苛立ったところなど少しもなく、のびやかで生き生きした靖子さんは全く可愛らしいお嬢様だった。二人はすぐに不思議とよいお友達となり、勉強を離れてさまざまなお喋りをするのは本当に楽しかった。少女の清らかさそのままのお美しさは、当時とかく固く閉しがちだった私をいたく感動させ、これほどそこなわれない素直さが有り得るのかと目の覚める思いだった。センチメンタルなところのない弾むような強さは私の生活にはりと喜びとを与えた。お互に励まし励まされ合って力いっぱいに勉強したみずみずしい楽しさを五年以上たった今でも忘れることができない。首尾よく御入学の後は、離れてはいたけれどお互の心に近く、一年ちがいの大学生活をそれぞれ歩みつつあったのだった。

もう御卒業と心づもりしていた春に、御入院を知った時の激しい驚き。どうしても信じることが出来ないでいるうちに、だんだんと快方に向われ、〝小康〟を得て御退院になった。やっぱり快くおなりになった嬉しさに、恐ろしい御病気の性質を忘れ〝御全快〟であることをひたすら信じ祈った。それまで御手紙や電話のやりとりはあったものの、御病中の靖子さんにお目にかかるのはあまりにも怖しく無惨な気がして、御退院になって二三日後はじめて、お宅に伺った。恐る恐るお待ちしていた私の心配を裏切って、ピンクのパジャマにつつまれて御玄関まで出ていらっしゃった靖子さんは全く前の通りであった。「今ね、一寸おひるねをしていましたの」と頬を上気させてお笑いになる感じのみずみずしさに私はすっかり安心し、嬉しさに満たされた。それからは楽しかった。前に打たれた清らかな純なものは少しも損われず、それがあながちお年若の故でなく、持って生れられた御資質であることを知り、以前の可愛らしい少女が人間として、いよいよ逞しく見事に成長されたことを知った。平塚さんに伺う日はきまって雨が降った。静かに濡れるお庭のみどりを眺めつつ、お好きなレコードを聞かせて下さったりした。五年前に汗を流して問題を〝研究〟した二人を思い出しておかしがった。何しろ私は大学生の先輩気取で研究室や図書館やの厚く冷い本をひっくり返して必要以上の〝正解〟を得るのに骨を折り、それを靖子さんは又一生懸命読んで下さっていたのだから。「妹が丁度あの時の私とおんなじように受験でさわいでいるでしょう。私がいつもうちにいるから勉強できないってブウブウいいますのよ。」まことに側にはあの頃の靖子さんそのまま
な優しい陽子さんが、姉君の身を憂えてかいささか淋しげにひっそりと笑っていらっしゃるのだった。

靖子さんには、信じられない程の平和があった。心配すること自体思い過しかと思われるほどのやすらかさに、却って慰められ、力づけられた。静かなうちにはずむような明るさでおっしゃったひとことひとことが耳に響いて来る。けれど御病気が御病気である、どんなに暗く激しい不安が御胸の衷にうずまいたことだろう。真剣な強い瞳と、頭を覆った華かなスカーフには何かしらはっとさせるものがあった。自分で自分の眼を未来に向って高くあげ、毅然として立つ靖子さんのお強さに、深く心打たれたのである。好んで恵まれたる人を犯すという、普通なら直ちに死を齎すほどのひどい病に、まだお若いこれからの生命は激しくあらがい、無理に肉体を離れ、もぎとられ行くことに最後の抵抗を試みつつあったのだろう。その靖子さんを静かに見守っていらっしゃった肉親の方々のお苦しみはお察しするに余りあるものがある。

ある日、お邪魔して大きく真赤な西瓜をいただいているとお医者様がいらっしゃった。「私ね、まっく

ろなどろどろした注射しますの。洩れるといたいのよ。」こんなにお元気なのに、まだそんな事が必要な御容態なのかと胸を刺されて、永いお別れとも知らずさよならをした。

夏休み、秋、と御元気な御噂ばかり伺って安心し切っていたところ、秋も深まったある日、抑くも最初に靖子さんを御紹介下さった秀村欣二先生から、再入院の御知らせをお受けした。もはや面会もかなわず、時間の問題であると知った時、あまりのことにしばし茫然とした。それから一月余りの間、秀村先生が御容態を機ある如にお知らせ下さり、追詰められたような恐しい毎日だったが、この前もよくおなりになったのだからと、心のうちに何らかの奇蹟を祈り、望みをすてることが出来なかった。この、靖子さんを知るすべての人の祈りを裏切って、遂に十二月七日、悲しい事実が齎されたのであった。

靖子さんは、その前に立つと自ずから心が素直になり、自分の中の一番美しいものがひき出されて来るといった、数少ない不思議な力を持つ人のひとりであった。聡明なまなざし、優雅でのびした身のこなしから匂い出て来るようなやさしい御気持は、子供のように純な楽しさの中に人をつつみこんだ。どうしてかくもたぐいまれな方を神は召し給うたのであろうか、靖子さんをおもうと、深いさびしさの底から、不思議に明るいよろこびが湧出て来るのである。靖子さんと私は、いろいろな境遇が念入りに実によく似ていた。そんな事もあってか、ほんの短い間であったけれど靖子さんは大切なお友達としてずっと私を力づけていて下さった。今までに死の恐しさを強く知りながらも、この年若く大切な友を失っていうべきことばを知らない。若い時代に召されたお友達の話を、そして殊に戦争によるそのいたましさを、大人の方達から伺い乍ら、思い出によってきよめられたその姿を遠いことのように悼んでいたのだが、今こうして靖子さんをお送りしてその現実の無惨なことに胸裂かれる思いである。すぐれたひとを天に送って、地にのこる人の苦しみ。こうした苦しみを耐えてひとは大人になって行くのであろうか。今や平塚さんの御一家は天に二人、地に二人、相半ばされた。まだまだこれからという時にひきさかれた楽しくあるべき御家庭を思って心いたむのであるが、まことに天国の近きを思い、復活の望みなくして到底私達にたえられぬ現実の姿である。ここにかの幼な子の如く「我らは四人」とはっきりおっしゃることの出来る強さを、地なる御母様と陽子さんの上にみる。

短い御生涯だったけれど、何と多くの人の眼を清らかな明るい世界に向けしめられたことだろう。その一人として、靖子さんから与えられたものあまりにも多く、私自身満たされ乍ら、私は何もすることができなかった。靖子さんの示された強い積極的な世界を眼ざすことこそ、この地に残された生きている我我の責任であり、喜ばしい義務であるだろう。はじめて知った深い驚きと悲しみから立上がってそれぞれの道を誠実に歩むことを、靖子さんは望み、天に在ってそれを支えていて下さることと強く信じている。

（昭和三十四年三月）

前田（永井）和子　お茶の水女子大学・学習院大学大学院卒業　（一九六〇年二月）

話しことばを創る——奥山彰子先生を偲ぶ

女子学習院初等科一年に入学した時国語を担当して下さったのは奥山彰子先生であった。以後多くのすぐれた国語の先生方のお世話になったが、文字通り「アイウエオ」から教えていただいた最初の国語教育が、私の基となっていることを思うことしきりである。

先生はまず「アイウエオ」の「エ」は賤しい音を持つとおっしゃる。「エ」のみならず「エ」の列「ケセテネ…」はすべて賤しい口のあけ方をする、だから発音する時には品格を失わないように注意しなければならない、また、「ン」は全く口をあけずに発音できるので、怠惰な印象を含み持つ音である、従って口をきちんと引き結んではっきり発音すべきである云々。一語一字に高貴卑賤とか怠慢勤勉とかいう音の区別が存するはずがあるのだろうか、と大変不思議におもしろく感じたものだが、文字の面の構造体とのみ思いがちな「アイウエオ」を、同時に音声言語として意識したのが私の言語認識の第一歩であった。先生御自身も女子学習院の御出身でいらっしゃったから、幼い一年生の粗雑な何の訓練もない声はさぞかしお耳に障ったことだろう。言いかえれば、それまでの年代の方々には自然に備わっていた発音が、我々にとっては教えていただかなくてはわからないものになっていたという事でもある。音声のみならず、ことばづかい、お行儀、字などにしても大変厳しい先生であり、国語の時間は緊張の連続であった。一方授業外ではとても笑い上戸の楽しい先生で、遊んで下さる時は「賤しい」だの「怠惰だ」だの一切おっしゃらず「エ」も「ン」も許して下さったから、思う存分喚き叫ぶことができた。それだからこそこうした年相応ののびのびとした私的な場のほかに、教室という半ば公的な場の厳然と存在することが、際立って感じられたのであろう。

このようにかなり早い段階から、公的な場に於ける大人のことばという言わば共通語への訓練が学校教育の中で厳しく要求されていたわけである。現在定評のある学習院の初等科から高等科に至る国語教育もこの伝統を負っていよう。それは当時の女子学習院なりの価値観による規範であったかもしれないが、同時に、場に応じた使い分け、場に対する柔軟で自然な対応をも教えていただいたのであるし、また規範が示されたことによって、それに対峙する個人としての自己の言葉がむき出しに意識されたのでもあった。私自身は決して従順な生徒ではなかったけれども、こうした教育に対する共感のみならず反発、反抗、反逆、すべてをくるめて、話しことばに強い関心を抱くようになった。自分なりの話しことばを創りあげること、更にことばの存在さえ意識しないような自在さに至ることを、はずかしいことに、未熟な私はいまだに果たせない夢としていだき続けている。奥山先生は、御礼も御詫びも申しあげないうちに先頃世を去っておしまいになった。つつしんで御冥福をお祈り申しあげたい。

このような話しことばの面からみると、現在の情況にはとまどうことも度々である。音声言語の情報が氾濫し、価値観の多様化がみられる現在に於いてこそ、発達の各段階に応じた話しことばの意識化はますます必要なことではないだろうか。大学の授業には演習形態が多い。たとえば短大国文科の場合には一年から専門教育にはいるが、演習の発表内容を云々する以前に発表者の声が聞きとれない、朗読が曖昧である等々、発生に関する姿勢に多々問題がある。言語が伝達機能を持っている以上どの学科も同じであろう。大学は高校以下のような「クラス」がなく原則として一時間ごとが異なった顔ぶれによる別個の集団である。クラスの母胎がある場合には、お互いが各自の個性をよく把握しているのであるからそれなりの活きた言語の応酬があろうが、大学のような他者の集団では、教室という親密な学問の場を成り立たせるためにも、各自が甘えのない自立したことばを持つことがどうしても必要となってくる。方言・訛り・癖の問題ではなく、個人として創り上げつつあることば、本当の意味での責任ある自分の自然なことばを教室では期待したいと思う。ことばが話し手の、聞き手に対する誠実さと、訴える内容の切実さに結びついているものであるなら、曖昧な発音は曖昧な心しか伝達し得まい。ことばは本来、通じないかも知れない、というこわさを内包しているものである。人格的個人的なものであるだけに、大学生の段階で発音を云々するのはなまなましい生の領域に踏みこむような具合の悪さがつきまとう。早い時期に於ける話し方の意識化がこの意味からものぞましい。

自分の考えを日本語で正確に表現することのできるような話しことばの教育が、読み書きの教育と同時にまず必要であろう。学習院の卒業生は社会人となってからも、いきいきした話しことばの遣い手であってほしい。それはことばを超えた微妙な生の相を鋭く感じとる、しなやかな心が前提であるとすれば、人間教育そのものであるとも言えようか。

『学習院広報』第30号（一九八四年一二月一〇日）

故玉井由美さんのこと

玉井（旧姓林・30回卒）由美さんは、本学卒業後58年3月まで副手として研究室に勤められた。御退任後財団法人交通遺児育英会に勤務、間もなく同会専務理事玉井義臣氏の婦人となられたが、平成元年七月九日背髄腫瘍の為二十九歳の若い生命を終えられた。本学・研究室・学会にとっても、私個人としても、その悲しみは言葉を超えるものがある。御発病後御家族の愛情に支えられて大手術にも耐え、全身の麻痺の中で人工呼吸器の助けを借りつつ、唇と眼の動きのみ使ってなおかつ明るく中国語等の勉強に意欲的に励んでおられたと伺う。ほとんど付ききりで看病しておられた玉井氏は、同会の新聞（平成元・8・15）の中で「謙虚で、積極的に」がモットーだった由美さんについて

いつでもどこでも一生懸命で人の二、三倍駆け足で青春し、人生し、誰からも愛された。短いけれど充実した幸せな人生を裏づけるものばかり、再発見の日々だった。

よかったね、由美。

と述べておられる。生き生きとした弾むような足どりで楽しげに研究室や学会の仕事をこなしておられた姿を覚えておられる方も多かろう。感謝と哀悼の意を籠めて、本会報十一号（昭和57・3）に「国文研究室の場」と題して寄せられた文の一部を再録する。

お世話になり、親しんだ場所も、職場としての研究室へは不安の霞の中に飛び込むような気持ちでいましたが、皆様にはほんとうに暖かく迎えていただきました。思い出される出来事の数々

に、心にしみるものがたくさんあります。また、研究室に流れる和やかで、そして凛とした空気にも勇気づけられました。多くの卒業生や学生の皆さんを迎えるこの空気も、代々の皆様があためてこられたものであると気がつき、それを思いますと改めて身がひきしまります。

そろそろ新前というレッテルは通用しない今でも、なかなか十分な仕事はできませんが、学会活動の観劇会や文学散歩などの計画も楽しい事です。十一月にございました学会講演会にあたっては、皆様からのご返事に添えられたひと言を読ませていただきながら、この結びつきが、何とも言えない、心楽しいものに感じられました。会員の一人として、学会の仕事ができますことを、とてもうれしく思います。

自分の人生の中では誰もがみな主人公だという詞があります。それを思い出すと力が湧いてきます。私の人生の中では、学生役はもう終わりました。新たに副手という役どころで、国文研究室の場が始まりました。たくさんの素晴しいキャストで構成されたこの場の一コマ一コマを大切にして、進んでいきたいと思います。まだまだ大根ではございますが、一生懸命務めさせていただきたいと存じます。どうぞよろしくお願い申し上げます。

最後まで御自分の人生の「主人公」でありつづけた由美さんの御冥福を、お祈り申し上げたい。

追記

玉井義臣氏は、本年（一九九〇）一月「朝日社会福祉賞」を受賞された。「交通遺児を救済して社会福祉に貢献した功績」によるものである。（朝日新聞1・3朝刊）。共に尽力された由美さんを思いつつ、心からおよろこび申し上げます。

『学習院女子短期大学国語国文学会会報』19（一九九〇年二月）

阿部俊子先生——可能性の挑戦者

平成五年十月二日、阿部先生の御急逝を知った時には、文字通り耳を疑った。六日前の九月二十六日に、いきいきとしたお姿に接したばかりだったからである。

その日は国文関係の打ち合わせの会があり、遠近の老若十人ほどが集まって相談を重ねた。それは長い間の懸案に関する会合であったが、全く新しい事柄であるだけに将来について見当がつかぬ面もあって、参会者一同やや戸惑いの気を抱え込んでいた。そこを先生はまさに先頭に立って鮮やかにしかも柔軟に切り開いて行かれたのである。本質的な部分の検討から始まって、問題点の整理、事実の確認、実行の方法、分担と進み、気が付いた時には先生の見事な領導ですべてが決定していた。参会者は、賛嘆と同時に意外の念に打たれた、というのが正直なところである。というのは、先生は国文学のさまざまな場面に於いても、決して物事の先頭や目立つところに立とうとはなさらず、いろいろなお願いに対して、たおやかに、やわらかく、しかも断固としてお断りになるのが常であったからである。先生が一足先にお帰りになったあとで、残ったものたちは、敢然たる力強さと鋭さを今日という今日、自発的にお見せになった驚きをひとしきり語りあった。女子高等科の頃から公私にわたって先生のお世話になって来た私は、その時、これが阿部先生だ、と胸を打たれる気持であった。

高等科で教えておられた頃の先生はとてもやさしく、美しく、おもしろく、笑い上戸で、細かく気を配り、才気に溢れ、何でも理解してくださる方であったが、それだけではなかった。生徒の本質を一瞬にして見抜き、その内面を挑発なさるのである。それぞれの分に応じた自己の可能性に対して鈍感であることに、先生は厳しかった。こうして眼を拓かれた私達は、一方で限りなく先生に甘え、そして一方で身のすくむ程に畏敬の念を抱いていた。その先生を、私はここに見た、と思ったのである。

その日はまた、開会前に四十分間ほど、私には先生とこまごまとお話をする時間があった。先生が「大学は今うろうろしていて本当の学問を問い続ける姿勢を失っていると思う」と厳しいことを真剣に語り出されたので、その続きを伺おうとしたところで会が始まった。短大の国文学専攻設立に関わり、国語国文学会を創られた先生が「この事は又ゆっくりお話したい」と言われたその「又」が既に失われてしまった無念さは例えようもない。

あの日、先生は、進んで物事を受けて立つ凛とした気概を漲らせて、御生涯の最後に我々を挑発された。先生は女性としてばかりではなく、人間として実に偉大な方であった。「自分で立て。しかもしなやかに」という難しい命題を見事に体現された先生の御志を、この国文学専攻の精神のうちに生かして行きたいと思う。

阿部先生御逝去の旨は、先生の直接のお教えを受けられた卒業生委員の方々に、文書をもって早速お知らせした。卒業生の方々は本学会に対して数々の御心のこもった御便りをおよせ下さった。高橋光子氏からは、先生を偲ぶ級会の御様子を寄稿していただいた。厚く御礼申し上げると共に、先生の御存在の大きさと先生を失った悲しみを改めて思うことしきりである。

『学習院女子短期大学国語国文学会会報』23　阿部俊子教授追悼特集号（一九九四年二月）

阿部俊子先生御略歴

大正元年九月二日　出生

昭和五年三月　東京女子高等師範学校卒業

昭和十二年三月　東京文理科大学国語学国文学科卒業

昭和十二年四月　東京府立第六高等女学校教諭

昭和十六年四月　実践女子専門学校教授
昭和二十年四月　女子学習院助教授
昭和二十二年三月　学習院教授
昭和二十五年三月　学習院大学助教授
昭和二十九年六月　学習院女子短期退学教授
昭和三十七年三月　文学博士（東京文理科大学）
昭和五十三年三月　停年退職　学習院名誉教授
昭和五十三年四月　大正大学教授
昭和六十年三月　停年退職
平成五年十月二日　逝去
平成五年十月二十九日　正六位勲四等瑞宝章を受く

悲しみの極みに——松尾聰氏

女子高等科からの進路を決める際に、大学の国文科には大変こわい先生が沢山いらっしゃるということで敬遠し、お茶の水女子大学に進んだ。一年生の四月から関根慶子先生の研究会で「寝覚物語」をご指導いただいたのが松尾聰先生との御縁の始まりであった。「寝覚」の大先達でいらっしゃる先生の研究論文の、該博な知識を縦横に駆使した厳密にしてしかも公正・周到な論証、そして万端の手だてを尽したのちの鮮やかな飛翔には、まさに息を呑む思いであった。「尾上本浜松中納言物語」の、書写本を活字にする折の限界に挑む精緻な工夫には目を見張ったし、ちょうど岩波古典文学大系の精密にして迫力溢れる「落窪物語」が発刊された頃であった。どれもこれも、言葉に対する厳しい強靭な筋が鋭く通った、凄みのある偉大なもので、私は圧倒され、畏怖の念を抱いた。

その大先生に、学習院の大学院に入学してお目にかかることとなる。先生はとてもあたたかく、気品に溢れ、またきびきびとした魅力に溢れたお方であった。直接「寝覚物語」のご指導を受ける、という夢のような幸せに遭遇し、以後四十年、「全釈源氏物語」のお手伝いを皮切りに、御一緒の仕事も多く、公私にわたり筆舌に尽せぬほどの御世話になってきた。最後まで学者としての生を貫かれた先生とのお別れに、私は茫然として言葉を失う。先生の遺された、正しいと信じたことに対する断固たる姿勢、一語をもゆるがせにせぬ厳しさ、そこから自在に飛び立つ豊かで柔軟な精神は、お教え頂いた私共の胸に生き続け、更に次代に継承されていることを、せめて御報告したいと思う。

『学習院大学国語国文学会会報』復刊26（一九九七年一一月）

お別れの言葉——弔辞

松尾聰先生

松尾先生。いつもお元気でいらっしゃるのが当然と考えておりましたので、まだお別れを信ずる事が出来ず、茫然としております。ほほ一年前の御発病後も、この一月まで着々とたゆまずお仕事をお進めになり、御研究を続けていらっしゃいました。今後も、その御成果は公になるものがあると存じます。今にして思えば、最高の医療のもとで、奥様始めお子様方・御家族の懸命な御看病と、先生の、体力の限界をも超えようとされた類まれな強靭な精神のお力によってなされた奇蹟であったと存じます。

先生は厳しい方で、正しいと信じたことは敢然とやり遂げよ、言うべきことははっきりと表現せよといつもお教えになり、御自身もそれを毅然として実行なさいました。一旦原則を決めた以上は、それに厳しく従って筋を通し、公平に対処する、ということを重んじておられました。それだけにその原則を決めるまでの徹底した鋭く厳密な御調査、全体を見渡す細やかな御配慮には、並々ならぬものがございました。このことは先生の偉大な御業績にも、言葉や言葉遣いに対する数々の御論文にも、又、学習院大学国文科や、代表をおつとめになった紫式部学会、創立に関わられた中古文学会などの組織に於いても厳しく貫かれた御姿勢であったと思います。

その厳しさの反面、先生は本当にお優しく折り目正しく、また生き生きとした才気に溢れていらっしゃいました。全力を傾けて勉強せよ、又絶対に一筋の道からはずれるな、という厳しさは、同時に自分らしく自在に伸びやかに生きよ、ということと同じお教えでございました。バッハのマタイ受難曲に始まる音楽への御傾倒が象徴しておりますように、美しく清らかなもの、純粋なものに細やかな心を寄せられ、人の世の悲しみを知り尽くしておられました。ぴりりと辛いユウモラスなお言葉や、きびきびとした軽やかなお身のこなしも、御年齢を超えていらっしゃいましたし、芸術作品の如き流麗優美な御筆跡は、お手紙によって多くの方が御存じのことと存じます。

私事でございますが、私は御縁がございまして、学習院の大学院でお教えを受け、常磐井和子さんに続いて筑摩書房の全釈源氏物語のお手伝いをさせていただいた頃に始まり、現在小学館の枕草子の注釈を御一緒に進めているところで、その四十年程の間、筆舌に尽くせぬほどのお世話になり、それにすっかり甘えておりました。

もはやお動きになる力も失われて、おやすみになり上をお向きになったまま、認めて下さった昨年十二月二七日のお手紙にこのようにございます。「めづらしい紺碧の空がつづく冬空のなかを、陽のうき沈みにわずかに冷たい風が動いてゆくさまを、しずかに窓辺からながめながら、どうやらわたくしも八十九年四ヶ月あまりの馬齢を加えられそうな希望がもてそうになっています」。一月十日の最後になりましたお手紙は「澄み切った空、これでは当分生きていたいなあ、と思うのも、未練だけではなく動物の本能かも、と苦笑しています。お大事に、おしあわせで。だんだん字が小さくなるのはびんぼー症です。アナオソロシヤ」と結ばれております。

目立つこと大袈裟なことがお嫌いで、謙虚に簡素な生活を静かにお続けになり、御家族、特に奥様・御子様に対しては溢れるほどの御愛情を先生一流の方法で表現しておいでになりました。そのお慈《いつく》しみを、私共の一人一人にも及ぼして下さったことを強く感じております。生まれながらの品格と明敏な御頭脳・御才能を豊かにお持ちになり、なお御自分の信条に添いつつ志を高く保って節を曲げず、最後の最後まで毅然として生き抜かれ、学究として書き抜かれた先生。その御資質をお子様方はそれぞれにしっかりと受け継いでいらっしゃいます。

先生は、お手紙にありましたように、澄み切った静かな空の中にいつまでも生きておいでになることを心から信じております。

平成九年二月八日

永井和子

秋山虔先生の「いったい」

某所にて、秋山虔先生の研究論文のコピイを資料として拝読し、ご論文中の「いったい」という独特の表現の微妙な深みについて語った一週間後に、突然の悲報が走った。

先生の「いったい」は、「何か？」という問答的な措辞ではなく、先生がその論文の中で語られてきた論調を一気に転換し、独自の深い世界に対し更に鋭く切り込もうとされる絶妙な構えの合図である。『源氏物語の論』（二〇一一）中の「玉鬘」を例とすれば四ペイジの間に三例を見る。「いったい、一般的にいって人間の生き方は彼の置かれた環境なり状況なりとの作用被作用の関係においてこそ具体的にありうるのだから」「いったい和歌は、贈答歌や唱和、また独詠もそうだが—非日常な言語活動というほかなかろう」「いったい、六条院という世界を造営しようとする源氏の意図は」などなど。それ故に、ご論文中に「いったい」が来ると、私には緊張が走り、たちまちその論の深淵に引きこまれることとなる。

現実の先生は玲瓏《れいろう》たるお人柄をお持ちの非常に優しい方でいらっしゃったが、ご論文の「いったい」の転調と同様に、未熟な私は思いがけなく激しいお叱りを受け物事の本質についてご教示を頂くことが度々であった。研究対象にも厳しく「文学作品として近づこうとする意欲が湧かないものを何故選ぶのか？」とのお言葉をも何度も伺う。

先生が正面切って対象とされた『源氏物語』に対する読み方の厳しさには全く揺るぎがない。ご著書『源氏物語』（一九六八）は既に「古典」と化している。静止した鯉ではなく「水中に躍動する姿態」をどのようにかたどる事ができるかが急所であり「一つ一つの細部が互いに抜き差しならぬ関係で息づいている、その呼吸を仕止める」のでなくては読むことにならない、とおっしゃる（『いま「源氏物語」をどう読むか』

一九九五)。二〇〇八年の源氏千年紀も秋山先生の深いご思索が基盤であったからこそ人の心に響くものとなった。

第二次大戦後、日本の文化・文学の扱いや位置附けに戸惑っていた時代に始まり現在に至る間に、秋山先生は文学の存在の基軸を見事に構築される。『古典をどう読むか』(二〇〇五)においては、平安時代に限らず、明治三十八年の藤岡作太郎『国文学全史 平安朝篇』を始めとする十二人の先人の「文学」に関わる名著によって「思想の核」をよみとかれた。それは先生の読書録の僅かな一部であり、先生ご自身の思想・方法の背後には、如何に膨大にして浩瀚《こうかん》な思想が胚胎しているかを知る。私はこのご著書を「三つの音が鳴り響く」という拙い言葉により紹介させていただいたことがある。その一部を僭越ながら引かせて頂く。〈それ(『古典をどう読むか』永井注)は「古典」「名著」を偉大なものとして呈示する方法によってではない。先学が果たしたように、根源的な部分を自分の頭で考え抜き自分の足で歩むことによって、細微な自己の限界を超えたより自在で自由な研究へと至らしめる「芸術」の力ともいうべき方法である。〉また、海外の新しい思潮や、変容の激しい同時代の著書・論文をも丁寧にしっかりと受けとめ、ご自分のものとされた。このように、先生によって鋭く照射された文学、特に平安(中古)文学の理念としての基軸が築かれ、その基軸を指標として、弱輩の私共は各自それぞれの方法を模索し、体現してきたと言っても良かろう。

始めてお目にかかったのは、学生時代か、卒業直後であったろうか。東大構内で国文科の或る学会に伺うべく当日のプログラムを手にうろうろしていると、若々しい貴公子が会場まで私を送ってくださった。瀟洒な濃紺の背広を召したその方は私の中で幻と化し、どなたであるかは長いあいだの謎であったが、幻のようなその御方が秋山虔先生でいらっしゃったことに後年、気がつく、という迂闊さである。

以来、長年にわたり様々な場面でお世話になりご指導を賜る。中古文学会・紫式部学会は言うに及ばず、叔母の前田善子の「紅梅文庫」についても格別なご配慮を賜った。原子朗先生の「墨戯展」では先生ご所望の作品を、私が主人ともども一足先に頂戴すべくお約束してしまっていたことも度々であった。何通もの、お心遣いに満ちたお便りに先生を偲ぶ。

「いったい」の語を用いる程の深淵に至り得ぬ私は先生について語る事自体が冒涜ではないかと恐れる。一九九四年九月二一日の私のメモに「小学生の頃、豆狸と言われた、と秋山先生がおっしゃった」とあるが、そのお言葉はいったい、本当のことだったのだろうか。

『国語と国文学』一二四号「秋山虔先生追悼」二〇一六（平成二八）年九月

三角先生の深淵

三角先生とのお別れは、果たして本当のことであろうか。現実を受けとめられないままに、今は先生のご冥福を心からお祈り申し上げたい。

　『源氏物語と天台浄土教』（一九九六）に纏められたご論文を始め、先生の仏教に対する多くのご論考に私はいつもお教えを頂いていた。二〇一二年三月の池田利夫氏のご葬儀か、同年四月の七七忌だったろうか。法要の営まれた保土ヶ谷の大仙寺に伺った折のことである。帰途の保土ヶ谷駅まで三角先生と私の二人はずっとご一緒に歩んだ。池田氏とお別れした悲しみに心を塞がれつつ、三角先生の余りにも深い浄土教へのご考察に並々でないものを感じていたので、折も折とて、失礼ながら仏教的・浄土教的な環境にお育ちになったのかどうか伺ってみた。お答えは否、であったが、それに重ねて先生は『源氏物語』の時代における仏教的背景の思想的な深化と、人間の持つ現代に通じる生の普遍性について、気迫を籠めて熱く語られた。いつもの寡黙な先生とは異なる口調はいくらかの含羞を伴いながらも次第に激しくなり、歩調は緩くなる。先生はどんな時でも温厚、穏やかなお人柄と思っていたが、この会話ではむしろ針のような鋭さと深さ、強靱なもの、と同時に、震えるような繊細な感性を示され、私は深淵を覗くが如き恐ろしさと驚きに深く打たれた。

『いはでしのぶ』に私は長く携わったのだが、古典文庫、三条西公正氏の三条西家本（一九四九）を始めとして、頼るのは小木喬先生の名著『いはでしのぶ物語　本文と研究』（一九七七）などの先達の翻刻や研究である。そして新たに市古貞次先生・三角先生の『鎌倉時代物語集成』全七巻の第二巻（一九八九）には幸にも『いはでしのぶ』が収録されている。抜き書き本である三条西家の底本は、自在な変体假名を読み取る事自体が難しく、意識的に一字一字に向きあわざるを得ない状況にあり、故・松尾聰先生でさえ、「何これ。いったい」と仰せになったほどである。しかし、あれか、否、こうも読めるか、といった迷いを払拭したこの部分に当たる『集成』本文の翻刻は、余計なものを一切含まず、一方締まるべきところはきちっと締った静謐な翻刻である。その凄みに、前述の大仙寺帰途の三角先生の、お姿が重なる。繊細さを超えた厳しさと、更にそれを超えた穏やかなお姿に対して過剰なものを浄化した研究者とも申し上げるべきかと思うが、長い間の学恩に対して、御礼さえも申し上げぬままに、すべては終わってしまった。

平安時代・鎌倉時代、また中古、中世という歴史的な変容は文学とどのように関わるのか。仮に「物語」という不可思議な存在に絞った時には、それを如何ように把握すべきなのか。平安時代の『寝覚物語』と中世の改作本『夜寝覚物語』にも強い関心を持つ私にとっても大きな問題である。先生の『物語の変貌』（一九九六）にはその問題意識やご自身の方向性・抱負が意気込みと共に明確に示されており、『王朝物語の展開』（二〇〇〇）はその問題意識の発展と見られよう。御逝去はまさに現在、「文学」という存在を始めとして、「鎌倉時代物語」「中世物語」「中世王朝物語」に類する名称自体の再検討をも迫られている矢先であった。

若い方達に向けた『古典日本語の世界二――文字とことばのダイナミクス』（東京大学教養学部国語・漢文学部会編（二〇一一））ではまた、先生は何と楽しく溌溂と、生き生きと語られていることか。ここでも先生は「和漢混淆文」に的を絞って「ことば・文字」の表現や表記そのものに焦点を当てておられ、この「言葉・文字・表記」に対する清新な視点によるご研究のこれからを、私はたいへん楽しみにしていた。

鈴木日出男先生・小町谷照彦先生・秋山虔先生のご逝去に続く、三角先生との六十八歳、という思いがけないお別れに私は心身ともに大きな衝撃を受け、暫く起きることさえできず、この「三角先生ショック」は現在も尾を引いている。今は、ご生涯のうちに、すべてのご研究が凝縮されていた、と思うほかは無いのだろうか。

『国語と国文学』二〇一七（平成二九）年三月

初出一覧

「老い」と「日なたと日かげ」と……『医歯薬桜友会会報』第16号（二〇〇九年一月）
教育ショック……（大和郷幼稚園　一九五七年卒）
大和郷幼稚園を語る―学制体現者として
……学校法人大和郷学園80周年記念誌『80年のあゆみ』（平成二一年五月二九日　学校法人大和郷学園）
「源氏物語絵巻」とコカコーラ……『学習院女子短期大学国語国文学会会報』13（一九八四年二月）
たじろぐ―高村智恵子のこと……『レモン会報』（二〇〇二年五月一日）
医者のむすめ……『医歯薬桜友会会報』第14号（二〇〇七年四月）
擬似的時間としての平成二十年……『医歯薬桜友会会報』第15号（二〇〇八年四月）
オノ・ヨーコさんの力……『やわらぎ』（二〇〇八）
安藝基雄先生のこと―饗宴の時……『医歯薬桜友会会報』第17号（二〇一〇年四月）
椎を踏むな　銀杏を踏むな―「古典の日推進フォーラム」……『医歯薬桜友会会報』第18号（二〇一一年四月）
新しい人の誕生―天変地異と日本……『方舟』第52号（二〇一一年一一月）
祈りの場―柏木と戸山……『今井館ニュース』第34号（二〇一六年四月）
「眠り」の文学―枕草子……『鑑賞日本の古典枕草子大鏡』月報5（一九八〇年五月　尚学図書）
中宮様のことば
……［栞］完訳　日本の古典　月報21　第13巻『枕草子二』（小学館　一九八四（昭和五九）年八月三一日）

「蟻通の明神」は日本を救った……「礫」特集「短歌と国文学」2（一九九五年一二月）
消えた章段―能因本『枕草子』の問題……「礫」八月号特集「短歌と国文学」（二〇〇七年八月）
『枕草子』の空間―中宮定子と清少納言……『国際服飾学会誌』No.40（国際服飾学会　二〇一一年一一月）
『源氏物語』と絵と筆跡と『むらさき』巻頭言……『むらさき』第四八輯
（紫式部学会　二〇一一（平二三）年一二月）
草の庵をたれかたづねん……「武蔵野文学12」―特集枕草子Ⅱ（一九六五年）
黒髪のみだれ　かきやりし髪……『国文学解釈と教材の研究』（一九七八年三月）
物語（源氏物語以後）……木村正中編『中古日本文学史』第9章（一九七九年一一月三〇日）有斐閣双書より
序にかえて　島本達夫氏の世界……島本達夫編著『だれも読まない2―本朝古典文学瞥見』（二〇一一年）
永井和子　深遠と通俗の両面が鮮やかに躍動する
……ＡＥＲＡ Ｍｏｏｋ「源氏物語」がわかる。（１９９７年7月10日発行、発行所／朝日新聞社）
志は高く自在に―師関根慶子先生……『低き心高き志』
おわりに……（『低き心高き志　関根慶子博士の生涯』関根慶子博士追悼文集刊行会編　一九九九年九月一二日
風間書房刊）
語らぬひと―佐野眞先生……（『文献探索２００２　佐野　眞　追悼文集』二〇〇二（平成一六）年）
歌から源氏へ、源氏から歌へ―吉岡曠氏
……（吉岡曠『作者のいる風景　古典文学論』二〇〇二年一二月二九日　笠間書院）
鈴木一雄先生の鬼……（『夢のうきはし―鈴木一雄先生追悼集』十文字学園女子大学編　鈴木一雄先生追悼集刊行
委員会　二〇〇四年五月一九日）

はじめに　高橋新太郎『杜と櫻並木の蔭で―学習院での歳月』
……（高橋新太郎『杜と櫻並木の蔭で―学習院での歳月』永井和子　園木芳編　二〇〇四年七月三〇日　笠間書院）
はじめに……（『目加田さくを先生追悼文集』関根賞運営委員会編　二〇一二年）
旗を掲げて戦う……（『目加田さくを先生追悼文集』関根賞運営委員会編　二〇一二年）
松尾　聰―デモンと論理……（『源氏学の巨匠たち―列伝体研究史―』紫式部学会編　二〇一二年）
松尾聰先生の古典遊び……（『源氏学の巨匠たち―列伝体研究史―』紫式部学会編　二〇一二年）
池田利夫氏　追悼の記　硬い骨を持つひと
……（『これからの国文学研究のために―池田利夫追悼論集』二〇一四年一〇月三〇日　笠間書院）
阿部先生と高校生……『学習院女子短期大学国語国文学会会報』7（一九七八年七月）
旅立ち……『学習院女子短期大学国語国文学会会報』9（一九八〇年三月）
選択と決断……『学習院女子短期大学　昭和63年（一九八八）度　就職のしおり』
新しい研究室にて……『学習院女子短期大学国語国文学会会報』23「阿部俊子教授追悼特集号」（一九九四年二月）
見事な上級生……『ふかみどり』第30号（社団法人常磐会　一九九五年一一月一三日）
文学は「雑誌賞」に生きている……『学習院輔仁会雑誌』№228（二〇〇五年一月一日）
言葉のある場所……『ふかみどり』第32号（社団法人常磐会　二〇〇五年一二月一二日）
「信濃木崎夏期大学」の先生たち―結んで開いて
……『雑誌高等科』（発行　学習院高等科　一九九六年二月二十九日）
源氏物語講座―「つわもの」との遭遇
……『桜蔭会東京支部六十年記念誌』（社団法人桜蔭会東京支部　二〇〇七年一〇月一八日）

面対ショック……『学習院面接対策セミナー　20周年記念誌』（二〇一一年一月九日）
人　INTERVIEW68……『桜蔭会会報』復刊246号（二〇一六年二月一日　お茶の水女子大学同窓会）
「国劇部」と「歌舞伎研究」と……（学習院歌舞伎　学習院國劇部60周年記念公演　二〇〇七年九月一五日）
「中村雅楽」「鎌倉三代記」「富十郎氏」「諏訪先生」「吉田さん」
……（学習院歌舞伎　学習院大学国劇部　二〇〇八（平成二十）年八月一七日
『御所桜』と浮遊と……（学習院歌舞伎　学習院大学国劇部　二〇〇九（平成二十一）年九月一五日
扇雀の匂ふしぐさよ……（学習院歌舞伎　学習院國劇部第百回記念公演　学習院大学國劇部・学習院女子大学國劇部　二〇一〇（平成二二）年九月二五日
おお、これこそ「沙翁」だ―オセロー学習院女子大学公演によせて
……学習院女子大学「オセロー」公演プログラム（二〇一〇年五月二三日）
靖子さんを思う……前田和子　お茶の水女子大学学習院大学大学院卒業（一九六〇年二月）
話しことばを創る―奥山彰子先生を偲ぶ……『学習院広報』第30号（一九八四年一二月一〇日）
故玉井由美さんのこと……『学習院女子短期大学国語国文学会会報』19（一九九〇年二月）
阿部俊子先生―可能性の挑戦者
……『学習院女子短期大学国語国文学会会報』23　阿部俊子教授追悼特集号（一九九四年二月）
悲しみの極みに―松尾聰氏……『学習院大学国語国文学会会報』復刊26（一九九七年一一月）
松尾聰先生　お別れの言葉―弔辞……（平成九年二月八日）
秋山虔先生の「いったい」……『国語と国文学』一二四号「秋山虔先生追悼」二〇一六年九月
三角先生の深淵……『国語と国文学』二〇一七年三月

あとがき

詩人・早稲田大学名誉教授　原子朗（はらしろう）氏が、二〇一七年七月四日逝去された。「まえがき」に記した如く本書の題名と巻頭の「日なたと日かげ」は氏の詩の引用により成ったものである。本書編集中のことであり驚愕した。これまでのご厚誼・ご教導に感謝し、心から哀悼の意をお捧げ申し上げたい。

二〇一七年八月

著者略歴

永井和子（ながい・かずこ）

1934（昭和９）年　東京に生まれる。
1957（昭和32）年
　お茶の水女子大学文教育学部文学科卒業。
1960（昭和35）年
　学習院大学大学院（修士課程）修了。
現在、学習院女子大学名誉教授。
主要編著書『寝覚物語の研究』（笠間書院・1968年）『日本古典文学全集　枕草子』（小学館・1974年・共著）『完訳日本の古典　枕草子』全二巻（同・1984年・共著）『続　寝覚物語の研究』（笠間書院・1990年）『源氏物語と老い』（同・1995年）『新編日本古典文学全集　枕草子』（小学館・1997年・共著）『源氏董草』（笠間書院・1999年・編）『源氏物語の鑑賞と基礎知識　横笛・鈴虫』（至文堂・2002年・編）『杜と櫻並木の蔭で―学習院での歳月　高橋新太郎』（笠間書院・2004年・共編）『源氏物語へ　源氏物語から〔中古文学研究24の証言〕』（笠間書院・2007年・編）『笠間文庫　原文＆現代語訳シリーズ　枕草子［能因本］』（笠間書院・2008年）『幻想の平安文学』（笠間書院・2018年）。

日なたと日かげ　永井和子随想集

2018年１月11日　初版第１刷発行

著者　永井和子

装幀　笠間書院装幀室
発行者　池田圭子

発行所　有限会社 笠間書院
東京都千代田区猿楽町2-2-3［〒101－0064］
電話　03-3295-1331　fax　03-3294-0996
NDC分類：914.6

ISBN978-4-305-70854-0　装幀・組版：ステラ　印刷／製本：モリモト印刷
落丁・乱丁本はお取りかえいたします。
出版目録は上記住所または info@kasamashoin.co.jp まで。